라틴아메리카
춤추듯 걷다

김남희가 매혹된 라틴아메리카 1

라틴아메리카
춤추듯 걷다

김남희 지음

문학동네

* **일러두기**
1. 인명과 지명 등 외래어는 가급적 국립국어원 외래어표기법을 따랐으나, 일부는 지은이의 뜻에 따라 원음을 살려 표기했다.
2. 단행본·잡지는 『 』, 시는 「 」, 영화·애니메이션·음악·미술·텔레비전 프로그램은 〈 〉로 표시했다.

프롤로그

배낭 무게 28킬로그램, 총 여행 기간 14개월, 왕복 두 차례, 1백 시
간이 넘는 비행. 야간버스에서 보낸 수많은 밤, 한 번의 교통사고와 세
번의 소매치기 미수, 그리고 네 번의 도난 사고, 수십 번의 길 잃기. 그
곳에서 보낸 시간은 10년 넘도록 여행으로 밥을 버는 삶을 살아온 나에
게도 만만치 않았다.

중남미 대륙은 그 거대함만큼이나 하나로 규정될 수 없는 다양한 얼
굴을 지니고 있었다. 이건가 싶으면 다른 얼굴이 그 모습을 드러냈다.
아, 이 모습이 진정한 아메리카 대륙의 얼굴이구나 생각하면 또다시 완
전히 다른 표정이 나타났다. 하나의 산을 넘으면 새로운 얼굴이, 국경

을 넘으면 다시 낯선 얼굴이 모습을 드러냈다. 스페인 침략자가 몰려오기 전부터 제각기 다른 문화를 꽃피우고 있었고, 극지방에서 사막과 원시림까지 대자연을 품은 대륙이니 그럴 수밖에. 그럼에도 하나의 공통된 얼굴을 꼽으라면, 그 땅의 사람들이었다. 3백 년에 걸친 스페인의 지배가 끝난 후에도 독재정권과 외세에 휘둘려야 했던, 묵묵히 아픔을 견뎌온 사람들.

긴 여행에 지쳐 주저앉고 싶어질 때면 그 땅의 사람들이 다시 나를 일으켜주었다. 열정과 축제의 땅이라는 이미지 너머를 들여다보면 그곳 또한 평범한 이들이 일상을 꾸려가는 공간이었다. 고단한 삶을 저마다의 방식으로 견뎌가는 약하면서 강인한 사람들이 살아가는 땅이었다. 못 가진 것을 욕망하기보다는 가진 것을 감사히 여길 줄 알며, 내일은 내일의 태양이 떠오를 테니 중요한 건 오늘 하루를 살아내는 거라는 단순하지만 고귀한 진리를 체화한 이들이었다. 걸으면 걸을수록 그 생명의 기운이 내게도 번져갔다.

그 넓은 대륙에서 내가 가장 사랑한 곳을 꼽으라면 나는 한 치의 망설임도 없이 파타고니아를 말할 것이다. 그 이름을 불러보는 것만으로도 가슴속으로 한 줄 바람이 불어오는 곳. 오랫동안 방랑자들의 종착지이자 범죄자들의 은신처, 이상주의자들의 해방구였던 땅. 루이스 세풀베다의 『파타고니아 특급 열차』나 『지구 끝의 사람들』을 읽으며 나는 얼마나 자주 책장을 덮고 한숨을 내쉬었는지 모른다. 지구 끝의 텅 빈 공간, 수많은 작가들에게 영감을 주었다는 대자연 속에서 걷고, 책을 읽고, 청명한 공기를 한껏 들이마시겠다는 꿈으로 부풀었다.

현실은 상상보다 가혹했다. 사나운 날씨는 종종 나를 홍수에 쓸려가는 생쥐 꼴로 만들었다. 짧게는 2~3일에서 길게는 7~8일치 식량이 든 배낭은 집어던지고 싶을 만큼 무거웠고, 야영장에 도착하면 책장을 펴기도 전에 곯아떨어지기 일쑤였다. 그럼에도 불구하고, 그 땅의 풍경은 압도적이었다. 내가 한 번도 본 적 없는 자연이 매일 눈앞에 펼쳐졌다. 그 거칠고 순결한 대지 위에 나는 가슴이 터질 것 같은 먹먹함으로 오래 서 있곤 했다. 내 삶을 두 배쯤 풍성하게 만들어준 시간이 그곳에서 흘러갔다. 그렇게 나는 파타고니아에서 석 달을 머물렀다.

칠레의 산티아고와 아르헨티나의 부에노스아이레스는 나에게 중남미 비극의 현대사를 들려주었다. 오랜 독재와 외세의 억압을 견디는 동안 그들은 파블로 네루다와 이사벨 아옌데, 루이스 세풀베다와 로베르토 볼라뇨, 가브리엘 가르시아 마르케스, 호르헤 루이스 보르헤스에서 마누엘 푸익에 이르기까지 지지 않는 문학의 꽃을 피웠다. 그리고 빅토르 하라, 비올레타 파라, 메르세데스 소사, 아타우알파 유팡키를 비롯해 '누에바 칸시온'으로 대표되는 새롭고 독창적인 음악을 만들어냈다. 시와 소설, 노래를 무기 삼아 영혼의 파괴에 맞섰던 사람들. 산티아고의 라이브 카페에서는 여전히 노래의 힘이 살아 있었다. 부에노스아이레스에서는 매일 밤 탱고의 격정적이고도 슬픈 선율에 흔들렸다. 나는 하루하루를 노래하듯, 춤추듯 그렇게 걸었다.

그리고 가난한 이들의 불빛으로 따스해지는 나라 볼리비아. 그곳은 슬픈 아름다움이 가득한 땅이었다. 남미에서 가장 풍부한 천연자원을 지녔지만 그래서 가장 가난한 나라. 해발고도 4천 미터가 넘는 도시 포토시에서의 광산 투어는 지금껏 내가 해본 것 중 가장 아픈 투어였다. 겨우 두 시간을 머물렀던 갱도에서 올라온 후 바라본 하늘은 유난히 푸르렀다. 나는 함부로 '막장 인생'이라는 말을 쓰지 말아야겠다고, 사는 게 힘들다고 쉽게 투정부리지 말아야겠다고 생각했다.

이 책의 원고를 마무리할 무렵, 페루에 간 중년 남자들의 '꽃청춘' 이야기가 한창 화제가 되었다. 마추픽추의 산정에서 그들이 눈물을 흘렸다는 이야기도 들려왔다. '그래, 거긴 울 만한 곳이지' 싶었다. 그곳은 네루다와 체 게바라와 빅토르 하라에게도 아메리카인으로서의 자긍심을 불러일으켰던 곳이기에. 멸망한 제국의 흔적으로 가득한 페루는 우리 가슴속에 묻어둔 과거의 어느 시간에 대한 기억을 되살린다. 지나가버린 것들, 이미 사라진 것들의 희미한 뒷모습을 불러내는 아름다운 폐허가 그곳에 있다. 그 마추픽추로 향하는 길목인 옛 제국의 수도 쿠스코는 내가 남미에서 가장 사랑한 도시였다. 쿠스코가 위험한 도시인 것은 고산병 때문이 아니라 마음을 헐겁게 만드는 주술과도 같은 매력 때문이다. 나 역시 그 도시에서 백악기 신생대에 사멸한 줄 알았던 내 연애세포의 재생을 확인했으니.

에콰도르의 갈라파고스는 천국이 있다면 이런 곳이 아닐까 싶었다. 바다사자와 이구아나와 푸른발부비새, 지구에 마지막 남은 핀타 섬 거북이 조지…… 그곳에서 만난 야생의 동물들은 이 행성을 특별하게 만드는 존재였다. 그들이 하나둘 사라진 후 인간만이 지구에 남게 된다면

009

얼마나 쓸쓸해질까. 그곳에서 보낸 일주일은 내 인생의 가장 아름다운 장면 중의 하나로 남아 있다. 10년 전 탄자니아의 세렝게티 국립공원에서 열세 마리의 기린에 둘러싸였던 날 이후, 나는 어린 조카들이 열두 살이 되면 그곳으로 데려가겠다는 야망을 품었다. 6년째 넣고 있는 적금을 찾는 날, 아마도 나는 세렝게티와 갈라파고스를 놓고 괴로운 선택을 하게 될 것 같다.

주변의 지인들은 내가 중남미를 다녀온 이야기를 쓰고 있다고 하면 고개를 한껏 내 쪽으로 들이밀었다. 그들의 눈빛이 빛날수록 내 손은 더뎌졌다. 그곳에서 본 것들을 어떻게 전할 수 있을까. 나를 무력하게 만들던 포악한 산과 나를 선하게 만들던 대지의 기운. 내 주머니를 털어간 이와 나에게 튀김만두를 사주던 손. 화려한 영광의 흔적과 초라한 오늘의 모습. 모순되는 그 수많은 장면들을 어떻게 묶어낼 수 있을까. 여행을 하고, 여행에 대한 이야기를 쓰며 살아갈수록 쓴다는 일이 점점 두려워진다. 무디고 조급한 관찰자에 불과한 내가 혹여 그곳에 대한 그릇된 인상을 주게 될까 망설여진다. 그러니 중남미 대륙의 풍부한 문화와 자연, 수천 년에 걸쳐 이어진 삶의 궤적을 이 책에서 모두 보여주겠다는 헛된 욕심은 품지 않는다. 지나가는 여행자인 내가 마주친 단편적인 풍경을 서툴게나마 그려냈을 뿐이다.

여행은 끝났지만 이 여행의 진정한 끝은 아직 떠나지 못한 이들이 이 글을 읽어주는 일로 마무리될 것이다. 그러니 나는 늘 지금 이곳에 머무는 이들에게 빚을 지고 있는 셈이다. 이 부족한 책이 멀고먼 지구 반대편으로 떠나는 여행 티켓이 될 수 있기를 바라며.

2014년 10월
인왕산 자락에서

c o n t e n t s

프롤로그 ·· 005

1장 칠레

1. 시와 노래가 무기인 도시_**산티아고** ······························· 016
2. 지구에서 가장 긴 천연 눈썰매장_**푸콘** ···························· 032
3. 거대한 땅에서의 고요한 시간_**이스터 섬** ······················ 048

2장 파타고니아

1. 슬픔의 푸른 성벽을 마주하는 곳_**아르헨티나 엘찰텐 / 엘칼라파테** ··· 062
2. 야생의 세계로 들어가는 길_**칠레 토레스델파이네** ·························· 086
3. 내가 이 배를 왜 탔을까_**나비맥 크루즈** ··························· 110

3장 아르헨티나

1. 세상의 끝에서 슬픔을 묻다_**우수아이아** ························· 124
2. 말벡 와인의 성지에 신의 은총이_**멘도사** ······················· 138
3. 가장 매혹적인 공기를 지닌 도시_**부에노스아이레스** ········· 152
4. 오래된 도시를 산책하는 기쁨_**부에노스아이레스** ············ 164

4장 아마존

1. 사라져가는 눈물과 신비의 땅_**아마존** ·························· 180

5장 볼리비아

1. 가난한 이들의 불빛으로 살아나는 곳_**라파스** ⋯⋯⋯⋯ 202
2. 하늘과 땅이 몸을 섞는 곳_**우유니 사막** ⋯⋯⋯⋯ 214
3. 죽음의 공포와 맞선 강인한 사람들이 사는 곳_**포토시** ⋯⋯⋯ 228
4. 내일을 향해 쏴라_**투피사** ⋯⋯⋯⋯⋯⋯⋯⋯⋯⋯⋯ 240

6장 페루

1. 아름다운 것들은 상처를 남긴다_**쿠스코** ⋯⋯⋯⋯⋯ 256
2. 변함없이 서 있는 강의 땅_**우아라스** ⋯⋯⋯⋯⋯⋯ 278
3. 사막에서 샌드보딩을_**나스카 / 우아카치나** ⋯⋯⋯⋯ 294
4. 서로를 알아보던 찰나의 순간_**아레키파** ⋯⋯⋯⋯⋯ 306
5. 모든 것이 태어나고, 모든 것이 사라진 호수_**티티카카 호수** ⋯ 318
6. 돌은 여전히 말이 없다_**마추픽추** ⋯⋯⋯⋯⋯⋯⋯ 334

7장 에콰도르

1. 다시 찾고 싶은 나의 오래된 미래_**갈라파고스** ⋯⋯⋯ 348
2. 세상의 중심에서 비틀거리다_**키토** ⋯⋯⋯⋯⋯⋯ 370
3. 끝까지 오르지 못해도 괜찮아_**코토팍시 / 바뇨스** ⋯⋯ 382

CHILE

1장

칠레

이스터 섬   발파라이소   산티아고

푸콘

01

시와 노래가
무기인 도시

산티아고

라틴아메리카 춤추듯 걷다

칠레 ⟶

　　남위 18도에서 56도까지, 남북 길이 4329킬로미터. 태평양을 향해 열린 서쪽과 안데스 산맥의 발치에 드러누운 동쪽 사이의 폭은 약 175킬로미터. 사막부터 극지방까지 품은, 세계에서 가장 길고 날씬한 나라. 인류 역사상 처음으로 선거를 통해 사회주의 정권을 연 아옌데 대통령이 소총으로 자살하고 그후 이어진 피노체트의 군사 독재로 비극의 현대사를 써야만 했던 나라. 그리고 2010년 가을, 지하 7백 미터 갱도에서 서른세 명의 광부들이 쓴 휴먼 드라마로 전 세계에 그 이름을 다시 새긴 나라. 내게는 파블로 네루다와 이사벨 아옌데, 로베르토 볼라뇨의 글과 비올레타 파라와 빅토르 하라의 목소리, 몬테스 알파의 붉은 맛으로 기억되는 땅. 나는 지금 칠레의 수도 산티아고의 공항에 서 있다. 지구의 반대편인 여기까지 꼬박 스물다섯 시간을 날아왔다.

　　입국 심사를 마치니 세관 검사가 기다리고 있다. 언제나처럼 신고할 물건이 없는 쪽으로 간다. 무작위로 검사를 하는 우리나라와 달리 이곳은 소지품 일체를 엑스레이로 스캔한다. 그 개성 없는 기계가 한 성격을 발휘할 줄이야. 세관원이 내 배낭을 놓고 유적 발굴이라도 하듯 꼼꼼히 뒤지기 시작했을 때만 해도 기계의 오작동이라 믿었다. 내 소유물 중에 위험한 물건이라고는 나밖에 없으니까. 잠시 후, 가방에서 0.165 킬로그램짜리 호두 한 봉지를 꺼내들고 의기양양한 표정을 짓는 세관원. 먹다 남은 저 호두가 도대체 뭐가 문제라는 거지? 설마 저 안에 코카인 가루라도 들어 있다고 믿는 건 아니겠지? 내 범죄행위를 고발하는 파란 종이 한 장을 든 그가 어딘가로 나를 데려간다.

오늘밤을 산티아고의 유치장에서 보내게 되는 걸까. 벌금형과 구류형 중 하나를 선택하라고 하면 어쩌지? 한푼이라도 아끼려면 역시 몸으로 때우는 편이 낫지 않을까? 여행자에서 범죄자로 전락이라니 너무 극적이잖아. 그런데 이곳 유치장에서는 갈비탕 대신 뭘 시켜줄까? 스테이크? 연어구이? 이런 상황에서 내 상상력은 무한 탄력을 받고 달려나간다. 쇠창살을 부여잡고 자유의 세계를 그리워하다가 허겁지겁 저녁을 먹는 내 모습이 떠오르려는 순간, 누군가 어색한 발음으로 내 이름을 부른다. 그녀를 따라 들어가니 책상 위에 호두가 놓여 있다. 범죄행위의 명백한 증거품으로 비닐봉지에 담겨 번호까지 매겨진 채. 이 나라 국민 전체를 원인 모를 전염병으로 몰살할 수 있는, 재래종 호두를 멸종시켜 생태계를 완벽히 교란시킬 수 있는 슈퍼 울트라 호두 폭탄. 그 폭탄을 들고 잠입하다 현장에서 검거된 나는 불안하고 초조한 마음으로 심문에 응한다.

"왜 호두가 가방에 담겨 있는 거죠?"

"트레킹할 때 먹으라고 밴쿠버의 친구가 준 선물이에요."

"호두 같은 열매를 들여오는 건 불법이라는 거 몰랐나요?"

"몰랐어요."

몇 년 전, 스페인에서 돈을 물쓰듯 써가며 배운 내 스페인어 실력은 어디로 다 사라졌을까. 머릿속이 하얗게 지워진 나는 무뇌 인간. 낡은 마룻장처럼 삐거덕거리는 '발스페인어'로 한마디 덧붙인다.

"칠레를 여행하려고 왔어요. 그러니까, 칠레에서 돈을 쓸 거예요. 많이, 아주 많이."

이렇게 비굴할 수가…… 자괴감 끝에 억울함이 밀려들어 막 따지고 싶어진다. 우리나라 마트는 이미 칠레산 포도와 홍어가 점령한 지 오래라고, 너네 때문에 우리 농가는 막대한 타격을 받고 있다고, 근데 겨우 호두 한 봉지 갖고 이렇게 매정하게 굴 수 있느냐고. 하지만 내 스페인어 실력은 벙어리를 겨우 면한 수준이니 입다물고 있을 수밖에. 내 애절한 호소에도 불구하고 눈앞에 나를 고소할 서류들이 하나씩 쌓여간다. '데클라라시온'. 그다음에는 '악타 데 데스트룩시온'. 그리고 '악타 데 인테르셉시온'. 뜻은 전혀 모르겠지만 발음하는 것만으로도 심상치 않은 기운이 전해졌다. 그녀가 종이를 한 장씩 들이밀며 "피르마사인!"란다. 이걸 사인하면 어떻게 되는 거지? 설마 내 죄를 인정하고 죗값을 달게 받겠다는, 그러니까 징역 3년 이하 집행유예 1년 뭐 이런 걸 받아들이겠다는 사인? 얌전히 손을 모아 쥐고 최대한 가련하고 불쌍한 표정을 지으며 그녀를 바라본다. 어딘가 절박해 보이고, 궁핍해 보이는 내 외모는 늘 어려운 순간에 결정적 도움을 끌어내곤 했으니. 눈을 깜빡거려보지만 그녀의 표정은 변화가 없다. 결국 떨리는 손으로 사인을

019

한다. 마침내, 판결문을 내미는 그녀. 도무지 해독할 수 없는 스페인어에 멍한 눈길을 주고 있자니, 그녀가 손가락으로 아래를 가리킨다. 영어 해설판이다. "벌금형에 처해야 하는 중대한 범죄행위이나 초범임을 감안해 관대히 사면한다"는 내용. 사람을 감화시키는 건 처벌이 아니라 용서임을 온몸으로 깨닫는 나. 고마움을 숨기지 못한 목소리로 "그라시아스감사합니다! 무차스 그라시아스정말 감사합니다!"를 외친 후 사무실을 나선다. 도망치듯 뛰어서. 혹시라도 마음을 바꾼 그녀가 칠레 정부의 재정 적자를 만회하겠다며 벌금형이라도 때릴까봐.

입국신고식을 호되게 치른 후 공항을 빠져나온다. 이 나라와의 첫 만남은 내가 기대했던 방식은 아니었다. 하지만 여행이란 어차피 환상이 깨지며 예상치 못한 방식으로 눈앞의 세계와 대면하는 일. 꼼꼼한 칠레의 세관은 어리숙한 여행자의 부주의함에 이렇게 경종을 울린다.

020

시내의 숙소에 짐을 풀어놓고 바로 아르마스 광장을 찾아 나선다. 낯선 도시에 도착하면 제일 먼저 그 도시의 신에게 인사를 드린다. 다행히 이 도시의 신은 나도 익히 아는 분이다. 가톨릭의 그분이시니. 알마 광장의 대성당에서 무릎을 꿇고 잠시 기도를 올린다. 여기까지 오게 하심을 감사드린다고, 길 위에서 열린 마음으로 내내 깨어 있게 해달라고.

성당을 나온 후 한 남자의 집을 찾아간다. 스무 살에 쓴 시집 『스무 편의 사랑의 시와 한 편의 절망의 노래』로 전 세계의 청춘을 사로잡았던 남자. 어디서 왔는지, 언제 어떻게 왔는지 모르지만 시가 나를 찾아왔다고, 시인이 될 수밖에 없던 자신의 운명을 기가 막히게 표현한 파블로 네루다. 처음 그의 시를 읽었던 스무 살 무렵 이후, 늘 그가 나고 자란 땅에 서보고 싶다는 바람을 품었다. 영화 〈일 포스티노〉를 보고, 영화보다 10여 년 늦게 번역된 원작 소설 『네루다의 우편배달부』를 읽은 후 그 바람은 조금씩 더 자라났다. 순진한 우편배달부와 망명중인 시인 네루다의 우정을 그린 영화를 보며 얼마나 오래 울었는지 모른다. 내가 가장 사랑한 장면은 시인이 우편배달부에게 은유를 가르치던 시간이었다. 네루다가 이 섬의 아름다움에 대해 이야기해보라 하니 사랑하는 여인의 이름 "베아트리체"라고 답하던 우편배달부 마리오. 네루다가 아내 마틸다를 위해 쓴 시를 베껴 베아트리체에게 보낸 마리오를 꾸짖는 시인에게 "시는 그 시를 쓴 사람의 것이 아니라 필요로 하는 사람의 것"이라며 당당히 항변하던 마리오. 칠레로 돌아간 시인을 위해 큰 파도와 작은 파도, 밤하늘의 별빛과 곧 태어날 아기의 심장 고동 소리와 아버지의 서글픈 그물에 이는 바람 소리까지, 이슬라네그라의 소리를

모으던 마리오. 언제나 그 장면에서 울음이 북받치고는 했다. 한 권의 시집, 한 편의 영화, 한 권의 소설이 마침내 나를 이곳까지 데려왔다.

칠레를 대표하는 시인인 네루다의 생가는 모두 세 곳에 있다. 태평양을 바라보는 이슬라네그라, 산티아고 시내, 그리고 항구도시 발파라이소. 이슬라네그라와 산티아고 시내의 생가를 둘러본 나는 마지막으로 발파라이소의 생가를 찾아간다. '천국의 계단'이라는 의미의 발파라이소는 산티아고에서 북서쪽으로 190킬로미터 떨어진 항구도시다. 이곳은 미국과 유럽을 드나드는 배들의 중간 기착지 역할을 했던 곳이다. 유럽에서 몰려든 이민자들이 고유의 방식으로 건설한 교회나 학교, 집 등이 19세기 후반 모습 그대로 고스란히 남아 있어 세계문화유산으로 지정된 곳이기도 하다. 도시 입구에 들어선 순간, 나는 넋을 잃고 만다. 걱정 근심이라고는 없는 천국의 화가들을 불러모아 마을을 꾸미게 한 걸까. 온 동네가 연보라, 샛노랑, 진분홍, 초록 등 밝고 화사한 파스

텔톤으로 가득하다. 구름 한 점 없는 하늘과 멀리 수평선으로 이어지는 바다는 완벽한 배경이다. 때마침 거리에서 악단이 연주하는 부에나비스타 소셜 클럽의 〈찬찬〉이 울려퍼진다. 어쩐지 비현실적으로만 느껴지는 순간이다. 나도 모르게 광장의 노천카페에 앉아 커피를 주문한다. 그리고 〈찬찬〉의 선율에, 발파라이소의 풍경에 마음을 열어놓는다.

정신없이 골목길을 탐험하다가 마침내 네루다의 생가, 지금은 박물관이 된 집을 찾아간다. 열다섯 살에 바다를 처음 본 이후 한평생 바다와 배에 대한 연모를 품어온 그답게 집안 어디에서도 바다가 한눈에 들어온다. 시인이자 정치가, 외교관이었으며, 가장 서정적인 연애시부터 가장 격렬한 서사시까지를 자유롭게 오간 네루다. 그는 자신이 살았던 시대를 뜨거운 심장으로 끌어안았던 사람이었다. 그는 연애시를 쓰던 수줍음 많은 청년에서 라틴아메리카의 역사와 정치에 눈을 돌린 시인으로 변신했다. 그 자신의 표현에 따르면, 그는 떠돌이 생활을 하며

의기소침한 채로 알파벳을 갉아먹으며 지내다가 어느 날 광산으로 들어갔다고 한다. 다른 사람들이 어떻게 사는지 보러갔을 뿐이었지만 광산의 갱도에서 나왔을 때, 그의 손은 쓰레기와 슬픔으로 얼룩졌다고 한다. 그렇게 광산에 발을 디딘 네루다는 가장 험한 일을 하면서도 가장 가난하던 광부들과 함께 싸우고, 광부들의 지지로 상원의원이 되었다. 네루다는 탄광의 갱도에서 올라온 광부가 검은 손을 내밀며 "오래전부터 당신을 알고 있었습니다" 라고 인사를 건넸던 일을 두고 '내 시의 월계관'이라 표현할 정도로 민중 속에서 자신의 의의를 찾았다. 가장 낮은 이들의 편에서 그들의 목소리를 전했던 네루다는 마지막 순간까지 그들을 잊지 않았다. 이슬라네그라의 집을 광산 노동조합에게 남겼으니.

네루다는 여전히 칠레 광부들의 가슴속에 살아 있다. 2010년 8월 5일, 세계에서 가장 건조한 사막 아타카마 사막의 산호세 구리광산의 갱도가 무너져 서른세 명의 광부가 지하 7백 미터의 갱도에 갇힌 사고를 기억하는지. 광부들은 희박한 공기와 막막한 어둠 속에서 69일을 견딘 후에야 구조 캡슐 피닉스에 실려 지상으로 나올 수 있었다. 세계를 열광시킨 그 드라마에서 나를 흔든 건 그들을 이끌었던 작업조장 루이스 우르수아의 한마디였다. 그는 갱도에서 네루다와 가브리엘라 미스트랄 같은 칠레 시인의 시를 읽으며 버텼다고 했다. 이 나라에서는 시가 막장에 갇힌 광부들의 마지막 희망이 되기도 하는구나. 광부들이 지상으로 올라오던 날, 마지막으로 구출된 루이스 우르수아는 소감을 묻는 기자의 질문에 이렇게 답했다. "기억에 남는 여행이었다." 삶과 죽음을 넘나든 시간에 대해 그렇게 말할 수 있다니, 네루다의 시를 읽는 사람다운

$\longrightarrow$ 산티아고

말이 아닌가.

　광산의 갱도에서, 칠흑 같은 어둠만이 드리운 그곳에서 광부들이 읽은 네루다의 시는 무엇이었을까. 어쩌면 로타의 탄광에서 흐느껴 우는, 지쳐버린 칠레인에 관한 시 「남쪽에서의 굶주림」이었을지도 모른다. 네루다가 그 시를 쓴 후 반세기가 넘는 세월이 흘렀는데 어째서 칠레의 광부들은 여전히 구리를 캐다가 갱도에 갇혀야만 했던 것일까. 구리의 국유화를 위해 싸웠던 아옌데의 시절에서 달라진 것이 없는 걸까.

　칠레는 전 세계 구리 소비량의 35퍼센트 이상을 공급하는 세계 최대의 구리 생산국으로 구리는 칠레 수출품의 절반 가까운 비중을 차지한다. 구리는 결국 칠레의 역사에 드리운 비극의 씨앗이 되었다. 〈레인 오버 산티아고〉. '산티아고에 비는 내리고'라는 제목의 노래와 영화가 있었다. 1973년 9월 11일. 화창한 봄날이었다. 칠레 국영 라디오 방송에서는 "지금 산티아고에는 비가 내리고 있다"라는 엉터리 일기예보를 반복했다. 라디오에서 흘러나온 멘트는 쿠데타 작전 개시를 알리는 암호였다. 아옌데 정부는 구리광산을 국유화하는 정책을 폈는데, 이로 인해 미국은 구리 채굴권을 잃는다. 이런 이유로 미국의 지원을 받은 피노체트는 전투기로 대통령궁을 폭격했다. 비운의 아옌데 대통령은 마지막 순간까지 저항하다가 "칠레 만세! 민중 만세"를 외치며 삶을 마감했다. 그후 17년간 이어진 피노체트의 군사 독재 기간 동안 칠레에서는 최소 3천 명이 납치, 살해됐고, 2만 8천 명의 고문 피해자가 생겨났다. 네루다가 1971년 노벨문학상을 받은 후 아옌데 대통령의 초대로 7만 명의 군중 앞에서 시낭송을 했던 산티아고 국립경기장은 피노체트

집권 후에는 시민을 체포해 고문하고 처형하는 장소가 되었다. 스페인 내전 때는 공화파의 편에서, 제2차세계대전 때는 반파시스트 전선에서 시로 싸웠던 네루다는 결국 피노체트의 쿠데타가 있고 얼마 후인 1973년 9월 23일에 세상을 떠난다. 공개적인 장례식을 금지했음에도 불구하고 칠레 민중은 거리로 쏟아져나왔다. 네루다의 장례식은 칠레인들의 독재에 대한 최초의 저항이었다. 거리에서는 네루다의 시가 낭송되었고, 네루다가 죽기 며칠 전 국립경기장에서 살해당한 빅토르 하라의 노래가 불렸다. "기타는 총, 노래는 총알"이라는 슬로건으로 '누에바 칸시온새노래' 운동의 중심에 서 있었던 가수 빅토르 하라. 칠레가 사랑했던 그는 5천여 군중이 지켜보는 운동장에서 개머리판에 맞아 손목이 으스러진 채 총살당했다. 오늘날 '빅토르 하라 스테디움'이라고 불리는 운동장에서 그는 마지막 노래를 남겼다.

얼마나 더 천천히 더 많은 죽음들이 일어날까?
그러나 곧 양심의 물결이 나를 건드리고
이렇게 우리의 주먹은 새로이 일어설 것이네.

피노체트의 독재가 시작된 1973년 이후 약 백만 명의 칠레인이 조국을 떠났다. 피노체트 치하의 칠레에서 글을 쓰거나 노래를 하는 일은 사형이나 감옥행, 최소한 망명의 위험을 각오해야 했다. 그 시절 이 나라에 드리운 독재의 어두운 그림자에 대해서는 칠레가 낳은 세계적인 소설가 로베르토 볼라뇨의 소설 『먼 별』이나 『칠레의 밤』에 슬프고도 우습게 드러나 있다. 모든 것이 퇴행하고, 모든 이가 침묵하는 시간이 지속될 때 가장 자유롭게 노래하고 가장 급진적인 상상력으로 시를 쓰는 이들은 어떻게 견뎠을까. 『칠레의 밤』에서 볼라뇨는 지하실에는 고문을 당하는 이가 있는데, 위층에서는 작가와 예술가 들의 모임이 열리는 상황을 그려냄으로써 그 시절에는 모두들 그렇게 문학을 했다고 자조했다. 그의 소설을 읽는 동안 칠레의 상황이 어쩐지 내 나라의 1970~1980년대와 겹쳐지는 것만 같았다.

하지만 칠레인들은 가장 어두운 시기에도 문학을 향한 열정을 잃지 않았다. 중남미 최초로 노벨문학상을 받은 시인 가브리엘라 미스트랄, 전 세계의 청춘을 사로잡은 파블로 네루다, 아옌데 대통령의 조카였던 이사벨 아옌데, 환경 문제에 대한 고발을 멈추지 않는 루이스 세풀베다 등. 적어도 내가 찾아 읽은 책 속에 담긴 칠레의 시와 노래는 늘 정치적이었다. 문학은 사람들이 말할 수 없는 것을 말하고, 들을 수 없는 것을 들려주고, 보이지 않는 것을 보여줘야 한다고 믿는 내게 그들의 책은 칠레라는 세계의 또다른 얼굴을 보여주었다.

저항의 역사는 오늘날에 와서도 멈추지 않고 칠레인의 가슴속에 살아 숨쉬고 있다. 피노체트 정권하에서 반체제운동을 하던 부모 밑에서 자란 스물세 살 여학생이 다시 한번 칠레와 세계를 뒤흔들었으니. 국립 칠레 대학 학생회장 출신 카밀라 바예호. 그녀는 교육과정 개선을 요구하는 대학생들의 대규모 시위를 수십 차례 이끌며 21세기의 체 게바라로 떠올랐다. 산티아고 광장에서 진압경찰이 발포한 최루탄 깡통을 모아놓고 "여기에 들어간 돈으로 교육현장 개선에 힘써라"라고 일갈하는 장면이 보도된 후 그녀의 이름은 전 세계로 퍼졌다. 빼어난 외모도 인기에 한몫을 했는지 그녀는 영국 일간지 가디언의 독자가 뽑은 2012년 '올해의 인물' 1위를 차지하기도 했다. 그녀를 비롯해 교육 시스템 개혁 운동을 이끌었던 학생 네 명은 2013년 총선에서 국회의원으로 당선되어 대학등록금이 비싸기로 손꼽히는 나라의 무상교육운동을 주도하게 되었다.

시와 노래를 무기로 들었던 이들답게 산티아고는 음악을 빼놓고 이야기할 수 없다. 포크 음악을 연주하는 라이브 카페가 늘어선 거리에서는 비올레타 파라나 빅토르 하라의 노래가 종종 들려온다. 1월의 어느 저녁, 거리의 카페에서 무명 가수가 부르는 〈그라시아스 아라비다^{생에 감사를}〉를 듣는 순간, 눈물이 날 것만 같았다. 그가 연이어 체 게바라를 기리는 노래 〈아스타 시엠프레, 코만단테^{지휘관이여, 언제까지나}〉를 부르기 시작했을 때, 심장은 터져버릴 것처럼 뛰었다. 우리가 1980년대에 불렀던 노래의 대부분은 서울의 거리에서 사라진 지 오래인데, 산티아고에서는 여전히 '누에바 칸시온'의 노래가 불리고 있다니. 게다가 노래는 아름답기까지 했다. 수십 년이 지나도 살아남을 수 있는 힘은 노래 자체의 완성도에 달린 걸까.

공연이 끝난 후에도 흥분을 가라앉히지 못한 그 밤, 결국 또다른 라이브 카페를 찾아 나섰다. 멀리 갈 것도 없이 바로 옆 카페에서 록앤드 블루스 공연이 한창이었다. 멜빵 달린 작업복을 입고 춤을 추는 할아버지. 리듬에 몸을 맡긴 채 키스하는 젊은 연인들. 피스코^{Pisco}나 와인 잔을 들고 서빙을 다니며 몸을 흔들어대는 웨이터들. 아, 이토록 자연스럽게 춤과 음악과 사람이 어울리다니. 그 모습을 바라보는 것만으로 마음이 더워졌다. 칠레의 자연을 찬미한 노래가 끝난 후 리드 보컬이 외친다. "우리는 거리로 나가 싸워야만 합니다." 칠레 남부 파타고니아 지역에 댐을 건설하겠다는 정부의 계획을 반대하는 시위가 매일 밤 거리에서 일어나던 날들이었다. "밴드가 정치적이네요"라는 내 말에 "정치적이면서도 시적이에요"라고 답하는 사람들. 이 도시에서 시는 여전히 노래가 되고, 노래는 가장 강력한 연대의 도구가 되는구나. 어깨를 걸고 노래 몇 곡을 함께 불렀다는 이유만으로 "미 아미가 내 친구!"라 부르며 손가락에서 반지를 빼 내 손에 끼워주는 다정한 사람들. 어느새 우리는 누가 먼저랄 것도 없이 어깨동무를 한 채 "비바 코레아" "비바 칠레"를 외쳤다.

네루다의 서재 벽에 걸린 옛 지도를 들여다본다. 내가 걸어가게 될 여정을 짚어본다. 이 넓은 대륙의 수많은 사람들이 품고 있을 그 비밀스런 이야기들을 듣기 위해 나는 지구의 남쪽 끝까지 내려갈 것이다. 오늘, 친구가 카카오톡으로 편지를 보내왔다.

"외롭지만 한 번 지나갈 인생, 뭐가 두렵겠어. 산들산들 바람에 미친년 치맛자락 맹키로 질정 없이 나부끼다 흐드러지게 찢어질지언정, 많이 사랑하고, 울고, 또 건강하게 한 걸음 한 걸음 해. 언제나 멀리서 지켜봐줄게."

나는 지금 거리에 서 있다. 키스와 사랑이 나를 부르고 있는 거리로,

막 한 발을 떼었다. 이 긴 여행이 끝나는 날, 내 세계가 조금 더 넓어져
다시 네루다의 시를 기억하게 되기를. "오늘밤 가장 슬픈 시를 쓸 수 있
을 것 같습니다"라던 시에 깃든 그 마음을.

02

지구에서 가장 긴
천연 눈썰매장

푸콘

라틴아메리카 춤추듯 걷다

칠레 ⟶

거실 창밖으로 보이는 하늘은 냉기를 품은 채 차갑게 빛나고 있다. 나는 포트에 물을 끓여 뜨거운 차를 우린다. 책장에서 조지 오웰의 『나는 왜 쓰는가』를 꺼내 안락의자에 앉는다. 겨울 오전의 햇살은 거실 깊숙이 들어와 온기를 만들어낸다. 전화벨도 울리지 않고, 메일함에 새 메일도 없다. 동면하는 곰처럼 가만히 집안에 웅크리고 있는 사이 갈등도, 상처도, 흔들림도 없는 날들이 지나간다. 간이 안 된 국처럼 싱거운 인생이다. 오뉴월 가뭄으로 피기도 전에 시들어 떨어진 오이꽃 같은 날들이다. 누군가 내 머릿속에서 감정선만 싹둑 잘라버린 것 같다. 손을 잡고 걸어가는 연인을 보면서도 곧 시들해질 감정의 끝만 보이고, 함박눈이라도 쏟아지면 길이 엉망이 되겠다는 생각부터 드니. 이 건조함이 나쁘지 않게 느껴지니 그게 더 문제다. 결국 나는 지루한 천국을 벗어나 짜릿한 지옥으로 가는 비행기표를 끊고 만다. 그 결과, 지금 난 서울에서 3만 리 떨어진 칠레의 산속을 혼자서 헤매고 있다. 벌써 한 시간째다.

$\longrightarrow$

푸콘

산티아고에서 야간 버스를 타고 열 시간을 내려와 푸콘에 도착한 건 사흘 전. 연기를 내뿜는 활화산 비야리카(칠레에는 무려 2천 6백 개의 화산이 있고, 그중 여든여섯 개가 활화산이란다)의 발치에 누운 호숫가 마을 푸콘은 칠레의 대표적인 호수 지방이다. 원주민 마푸체족의 언어로 '산맥의 입구'를 뜻하는 푸콘은 투명한 호수와 눈 덮인 활화산, 기복 없는 기후 때문에 칠레 최고의 관광지로 꼽힌다. 스키와 승마, 가벼운 하이킹에서 암벽 등반과 고난도의 등산까지, 산악자전거와 캐노피와 집라인, 래프팅과 카약킹과 수영 등 온갖 야외 활동으로 '모험 스포츠의 천국'을 자부하는 마을이다.

　　마을에 들어서면 무성한 나무가 늘어선 거리를 따라 통나무로 지은 작은 집이 이어진다. 그물침대가 걸린 마당마다 정성껏 가꾼 수국과 장미, 부겐빌레아가 화사하게 피어 있다. 가벼운 등산복을 입은 여행자들이 노천카페에서 아이스크림이나 햄버거를 먹고 있다. 마을 전체가 잘 꾸며놓은 리조트 단지 같다. 거리를 걷다가 고개를 들면 길게 연기를 날리는 활화산 비야리카가 마을을 굽어보고 있다. 마을의 중심지에서 북쪽으로 10분쯤 걸어가면 나타나는 화산과 같은 이름을 쓰는 비야리카 호수. 수영을 하거나 요트를 타는 사람들, 검은 모래사장 주변에서 일광욕을 즐기는 이들로 가득하다. 나도 해변의 파라솔을 빌려 긴 의자에 드러눕는다. 지금 서울은 영하 13도라니 이곳의 더위도 고맙기만 하다. 가끔 고개를 들면 비야리카가 백발 미녀 같은 자태로 눈을 뒤집어쓴 채 연기를 뿜고 있다.

　　푸콘에서 가장 인기 있는 야외 활동은 단연 비야리카 화산 등반.

035

2847미터의 산 정상까지 왕복 일곱 시간이 걸리는 이 산행은 기상상황이 악화되거나 화산 활동이 활발해지면 금지되기 때문에 운이 따라 줘야 한다. 여행사에 화산 트레킹을 신청하니 등반 브리핑을 하겠다며 가이드가 숙소로 찾아왔다. 옷과 신발을 비롯해 대여해주는 모든 장비를 착용해보며 일일이 사이즈를 확인한다. 다음날 아침, 구름 한 점 없이 갠 푸른 하늘이 열렸다. 바람도 잠들어 완벽한 날씨다. 덕분에 리프트를 탈 수 있어 먼지 나는 자갈길을 한 시간 남짓 걷는 수고를 덜었다. 리프트에서 내리니 경사가 심한 눈길이 기다린다. 그만큼 전망은 탁 트여 비야리카 호수와 안데스 산군이 시원하게 눈에 들어온다. 마푸체 원주민들은 이 산을 루카피얀, '영혼의 집'이라는 근사한 이름으로 부른다. 오늘 우리는 영혼의 집으로 들어갈 수 있을까.

가격은 조금 더 비싸지만 명망 있는 여행사를 선택한 덕분에 여섯 명의 일행이 산악 가이드 두 명의 안내를 받으며 산을 오른다. 앞뒤로 가이드가 있으니 더 안심이 된다. 아이스액스를 꽂아가며 오르는 길. 눈길이라 발이 무겁다. 숨을 고르기 위해 잠시 멈춰 뒤돌아보니 수백 명의 등산객이 열을 지어 올라오고 있다. 저 무리와 섞이면 호젓한 등반의 묘미가 사라진다고 출발 때부터 재촉하던 가이드 마로우스는 우리가 선두를 유지하게끔 쉼 없이 몰아세운다. 저물녘 집으로 끌려가는 양떼처럼 내몰려 가파른 오르막을 세 시간 반 남짓 오르니 정상. 눈앞에는 이 지역에서 가장 높은 라닌 산이 그림처럼 솟아 있다. 발아래 아득히 펼쳐진 비야리카 호수의 푸른 물빛이 하늘의 경계를 지우며 어우러진다. 네 시간 오르고 이런 풍경을 마주하다니 올라온 보람이 넘친다. 마로우스가 바람이 잠든 틈을 타 분화구에 다녀오라고 한다. 분화구를 들여다보니 바닥이 보이지 않는 깊은 구멍에서 검은 연기가 솟구쳐오른다. 분화구 안에서 용암이 고여 있는 용암호가 활동중이라고 한다. 분화구 앞에서 사진을 찍는 대부분의 등산객은 외국인이다. 점심을 먹으며 쉬는 동안 마로우스에게 묻는다.

"칠레 사람들은 트레킹을 안 해요?"

마로우스가 웃으며 답한다.

"우리? 다들 해변에서 바비큐나 하고 있을걸. 이토록 대단한 산은 죄다 외국인에게 맡겨버리고 말이지."

바람이 불어오기 전에 하산을 시작한다. 보통 하산은 잡지의 부록처럼 덧붙여지는 시간이지만 비야리카의 하산은 오늘의 하이라이트다. 눈썰매를 타고 내려가기 때문이다. 올라올 때 가방에 매달아 들고 온 플라스틱 눈썰매를 꺼낸다. 아이스액스로 스피드를 조절하거나 멈추는 법을 익히며 안전 교육을 받은 후 출발. 까마득한 바닥을 내려다보니 두려움이 밀려든다. 일이백 미터도 아니고 천 미터가 넘는 거리를 이걸 타고 내려가야 한다니. 나같이 운동신경 둔한 사람이 괜찮을까. 눈구덩이에 처박혀 다리라도 부러지면 어떡하지? 후회하기에는 이미 늦었다. 엉덩이에 힘을 주고 몸을 앞으로 밀며 달려나가는 수밖에. 두려움은 잠깐이고, 곧 스피드가 주는 짜릿한 쾌감이 밀려든다. 잘 닦인 경사로를 쏜살같이 달려 내려오는 속도감이 불러일으키는 흥분은 롤러코스터 따위와는 비교할 수 없다. 아드레날린이 마구 솟구친다. 하산길이 짧게만 느껴진다. 어디에도 이런 눈썰매장은 없겠지. 내 인생 최고

의 하산이었다. 산에서 내려오니 숙소의 정원에서 다 함께 맥주로 목을 축이는 시간이 기다린다. 내친김에 트레킹 동료들과 어울려 노천 온천을 찾아가 등반의 피로를 지운다.

거기서 딱 끝냈으면 좋으련만…… 그랬다면 공포영화를 찍지 않아도 됐을 텐데…… 비야리카의 눈썰매 하산이 내 안의 야생 본능을 살려내고 말았다. 어제 아침, 내 인생 최초로 2박 3일간의 캠핑 트레킹을 나섰다. 그 이름도 이국적인 우에르케우에 국립공원으로.

텐트며 코펠에 식량까지 다 짊어지고 혼자서 하는 트레킹은 처음이다. 한여름 더위에 땀은 비 오듯 쏟아지고, 배낭의 무게는 온몸을 짓누른다. 잠시 자학도 해보지만 그리 심란하진 않다. 몸을 쓰는 것 외에 어디서 이토록 강렬하게 살아 있다는 느낌을 찾아낼 수 있을까. 적어도 내게 있어 삶을 만끽하는 최고의 방법은 걷기다. 돌도끼를 들고 여우라도 잡겠다고 들판을 달릴 수는 없으니 내가 살려낼 수 있는 유일한 원시적 감각이기도 하다. 울창한 나무가 깊은 그늘을 드리우는 숲길을 걷는 지금 이 순간, 부정할 수 없다. 온몸으로 번져가는 이 생생한 행복감만큼은.

산길 곳곳에 숨듯이 자리잡은 폭포와 호수를 보기 위해 계속해서 짧게 우회하며 걷는 길. '작은 호수'라 이름 붙인 라고치코를 지나니 평지가 시작된다. 내 발소리에 놀란 도마뱀들이 빠르게 달아난다. 큰 태풍이 지나갔는지 거대한 나무들이 여기저기 누워 있어 등을 기대며 쉬어간다. 이토록 고단한 낮을 보낸 후의 밤은 얼마나 달콤할까.

다섯 시간 남짓 걸었을까. 드디어 캠핑장이다. 산장도 있다더니, 뜨거운 물에 씻을 수도 있다더니, 도대체 누가 그런 헛소문을 퍼뜨린 걸까? 판자로 얼기설기 엮은 '푸세식' 화장실과 얼음장 같은 물이 쏟아져 내리는 수도꼭지 하나가 전부인데. 불평 지수가 높아지려는 찰나, 재빨리 모드를 전환한다. 앞으로 사흘간 머물 곳이니 애정을 가져야지. 맑은 물이 흐르는 계곡이 바로 옆이니 씻을 걱정도 없고, 한밤중에 볼일 보려고 들판을 헤맬 필요도 없으니 얼마나 다행인지.

텐트를 치는 내 모습이 한눈에도 어설퍼 보였는지 한 남자가 다가와 거든다. 가족, 친지 십여 명과 이곳으로 여름휴가를 온 루이스 비센테 안토니오 푸엔테스 고를로(칠레에선 보통 양가 할아버지 이름까지 붙여 이름

을 짓는다) 아저씨. 산티아고에서 몇 년간 태권도와 합기도를 배워 한국
말도 몇 마디 안다. 주로 '관장님'이나 '사부님' 같은 단어지만. 친절한
군인 아저씨 루이스의 도움으로 텐트를 치고 나니 이제 안심이다. 한
가지 걱정은 검은 구름이 슬금슬금 하늘을 덮기 시작한다는 점. 루이스
에게 날씨를 물으니 "날씨는 여자처럼 변덕스러워서 도무지 알 수가 없
어"라면서 비가 오긴 올 거란다.

비가 내리기 전부터 텐트를 옮기라는 루이스의 권유를 나는 끝내 무
시했다. 귀찮다는 이유만으로. 천둥 번개를 동반한 비가 본격적으로 쏟
아지자 텐트 안으로 빗물이 들이치기 시작했다. 망연자실한 채 앉아 있
자니 먹구름을 뚫고 들려오는 구세주의 목소리.

"남희, 아 유 오케이?"

루이스의 열아홉 살짜리 아들 하비에르다.

"노, 노, 아임 낫 오케이."

칠레 육군 중령 루이스 비센테 씨의 판단은 정확했고, 구조 작업 지시는 신속했다. 하비에르는 곧 텐트 주변에 물고랑을 파기 시작했다. 번개 같은 솜씨다. 텐트 안으로 들이치던 흙탕물이 잦아들기 시작했다. 잠시 후, 비가 그칠 기미가 보이지 않는지 루이스가 찾아왔다. 내가 덮어쓸 판초까지 들고서. 결국 그의 조카 헤르만의 텐트로 몸을 피한다.

텐트를 찢어놓을 듯 두들겨대던 빗소리가 멈춘 새벽, 텐트 밖으로 몸을 내밀었다. 하늘을 올려다본 순간, 무릎이 휘청거렸다. 어마어마한 별이 빛나고 있다. 검은 밤하늘을 빼곡하게 채운 별들. 이 별을 보기 위해 여기까지 왔구나. 오늘 하루는 이 별을 위한 기다림이었구나. 가슴까지 환하게 밝아진다. 모두 잠든 밤, 오래도록 혼자서 별을 올려다봤다.

별로 인한 기쁨은 잠시, 다시 고통의 시간이 찾아왔다. 내 텐트로 돌아와 잠을 청하지만 텐트 사이로 스미는 한기에 잠을 이룰 수 없다. 내가 하는 일이 다 이렇지. 제대로 알아보지도 않고 텐트를 인터넷으로 주문하다니. 무게가 가볍다는 이유만으로 냉큼 사버리다니. 이곳에 와서 텐트를 꺼내보니 아랫부분이 모기장처럼 구멍이 숭숭 뚫린 여름용 텐트다. 이 텐트로 파타고니아를 돌아다닐 생각을 하니 한숨이 절로 나온다. 무식하고 용감하면 몸이 고생하는 수밖에 없다. 밤새 추위에 바들바들 떨다가 잠시 잠이 들었나보다. 나를 부르는 루이스의 목소리. 폭우에 불어난 강물 위를 둥둥 떠다니다 물고기들에게 보시를 하는 운명이 되고 말았을 나를 구해준 그 목소리다. 그쪽으로 건너가니 하비에르는 뜨거운 차를 건네고, 니콜라스는 불을 피우고, 마티아스는 옷을 덧입혀

043

———→   푸콘

준다. 전생에 분명 난 공주였거나 거지였을 거다. 그러지 않고서야 어떻게 이렇게 주는 대로 넙죽넙죽 잘도 받고, 남들이 대접해줄 때 아무렇지 않을 수 있을까. 아침까지 얻어먹고 나니 벌써 해가 중천이다.

온천욕도 즐길 겸 왕복 여섯 시간의 국립공원 탐사에 나선다. 구름 한 점 없는 하늘에 타오르는 태양의 열기. 산을 오르락내리락하며 세 시간 남짓 걸으니 리오블랑코 온천이다. 계곡 바로 옆에 돌로 쌓은 낮은 담이 전부인 천연 노천탕. 몸이 익을 것 같으면 계곡의 찬물에 뛰어들어 열기를 식힌 후 다시 온천탕으로 돌아온다. 인공적인 개발은 전혀 하지 않아 자연 그대로 즐길 수 있다. 다만 지나치게 친환경적이어서 둥둥 떠다니는 이끼나 흙먼지도 몸에 둘러야 한다는 게 단점이다. 온천 옆은 캠핑장이다. 여기서 야영을 하면 밤에 온천욕을 즐길 수 있겠구나. 밤하늘의 무성한 별은 부록으로 따라오겠지. 따뜻한 물에 몸을 담그고 요조의 〈우리는 선처럼 나란히 누워〉를 들으며, 별을 따다 주겠다는 수작을 부려보면 어떨까. 에잇, 쓸데없는 상상은 그만두자. 이런 곳에서 내가 혼자인 건 단 한 번의 예외도 없이 면면하게 이어지는 전통 같은 거니까.

돌아오는 길, 나를 기다리는 불행한 운명도 모른 채 콧노래를 흥얼거리며 오르막을 오른다. 날은 어찌나 찌는지 죽을 맛인데도, 장비를 안 메고 걷는다는 것만으로 신이 난다. 여기저기 쓰러져 누운 하얀 나무의 몸피가 보인다. 고개를 들면 눈 덮인 산까지 불쑥 다가와 전망이 시원하다. 내 둔감한 오감이 뒤늦게야 뭔가 이상하다는 걸 감지한다. 같은 자리를 맴돌고 있다는 사실을.

길을 잃는 순간의 공포는 언제나 새롭다. 아무리 반복된다 해도 결코 익숙해지지 않고, 통제되지도 않는다. 수백 미터만 나가면 캠핑을 즐기는 사람들이 있다는 것을 알면서도 출구를 찾을 수 없어 혼자 적막한 숲을 헤매는 그 순간, 흘러가던 시간은 속도를 멈춘다. 온갖 불길한 상상과 함께 극도의 고립감이 날렵한 사냥꾼의 그물처럼 순식간에 마음을 뒤덮는다. 도무지 길을 잃을 이유가 없는 곳에서 길을 잃고 만 자신에 대한 환멸과 불신도 따라붙는다. 해는 슬슬 넘어가기 시작하고, 공포와 초조함에 사로잡힌 나. 우왕좌왕 오가며 길을 더듬어보지만 소용없다. 어쩌다 나는 길만 나서면 무조건 길을 잃고 마는 지독한 방향치로 태어났을까. 그런 주제라면 얌전히 집에나 머물 것이지 어쩌자고 매번 이렇게 먼길을 나서는 거람. 길을 나서면 남들 가는 곳이나 가고 말 일이지 왜 이런 곳까지 찾아오는 걸까.

어느새 한 시간 반을 제자리에서 뱅뱅 돌고 있다. 나도 모르게 주저앉아 눈물을 쏟고 만다. 결국 온천 쪽으로 되돌아가는 수밖에 없다고 결심하고 일어서는 순간, 풀이 흐릿하게 드러누운 자국이 눈에 들어온다. 내가 길이라 확신해 수십 번을 왔다갔다한 곳 옆으로 희미하게 다져진 흔적. 분명 길이다. 결국 난 칠레의 귀신이 될 운명은 아니었나보다. 살았다고 안도하는 것도 잠시, 그다음부터는 해 떨어지기 전에 캠핑장에 도착해야 한다는 절박함에 산악 마라톤이다. 내가 다시는 혼자 캠핑을 오나봐라 거듭 맹세하면서 달리는 길. 고3 체력장 시험에서도 이렇게 죽을힘을 다해 뛰지 못했는데…… 어스름이 밀려들 무렵에야 야영장에 들어선다. 루이스의 가족을 보는 순간, 다시 눈물이 나온다.

루이스는 어두워지고도 내가 돌아오지 않으면 찾아 나서려 했단다. 그 사이 젖은 내 텐트를 옮겨 햇볕에 바싹 말려놓기까지 했다.

생환의 즐거움을 누린 다음날, 푸콘으로 돌아왔다. 무사귀환을 자축하며 와인까지 곁들인 저녁을 먹고 나오는 길. 비를 머금은 바람이 불어온다. 젖은 머리를 바람에 날리며 거리에 서 있다. 붉게 번져가는 저녁 하늘 아래 손을 잡고 걸어가는 연인들. 어딘가로 달려가는 차들, 불이 켜지기 시작한 창들. 시들어가는 수국과 장미의 향기. 나는 살아 있구나. 살아서 지구의 반대편에서 여름밤을 맞으며 서 있구나. 여기까지 걸어온 나는 어디에서 멈추게 될까. 내일에 대해서는 아무것도 알 수 없지만 지금 이 순간, 나는 강렬한 기쁨으로 살아 숨쉬고 있다.

03

거대한 땅에서의
고요한 시간

이스터 섬

라틴아메리카 춤추듯 걷다

칠레 ⟶

　　넓은 창으로 햇살이 쏟아져 들어오고 있다. 창 너머로는 이륙을 기다리는 비행기의 긴장한 몸체가 보인다. 주위를 둘러보면 배낭을 메거나 트렁크를 끌고 서 있는 사람들. 그들의 몸에서 묻어나는 낯선 도시의 냄새. 얼굴에 서린 홍조와 옅은 불안이 드리운 눈동자. 나와 같은 피를 지닌 사람들이 있는 이곳은 내게 가장 익숙한 공간이다. 이곳에서라면 내 앞에 앉은 남자가 어떤 사연을 품고 어디로 가는지를 상상하는 것만으로 몇 시간쯤 그냥 보낼 수도 있고, 배낭에 넣어온 책을 읽으며 하룻밤쯤 문제없이 지샐 수도 있다. 어느 날 문득 잠에서 깨어 가방을 꾸려 지구 반대편으로 날아가 남은 생을 살 수도 있음을 일러주는 곳. 날개가 없는 내게 날개를 달아줘 이 넓은 지구의 구석구석을 둘러볼 수 있게 해주는 곳. 공항의 로비에 앉아 있으면 비밀이 많은 남자와 바에 나란히 앉아 칵테일 한 잔을 나누는 것처럼 두근거린다.

049

　　나는 지금 칠레 산티아고 공항의 출국장 로비에서 비행기를 기다리고 있다. 지구에서 가장 고립된 섬으로 나를 데려다줄 비행기 한 대를. 3백만 년 전 화산 폭발로 생겨나 70여 개의 크고 작은 분화구가 남아 있고, 거석문화와 폴리네시아 유일의 문자가 있었던 섬. 칠레령이 된 지 백 년도 넘었지만 자신을 칠레인이라고 생각지 않는 사람들이 살아가는 곳. 칠레 본토에서 3790킬로미터 떨어진 섬의 공식 이름은 이슬라데파스쿠아. 섬의 주인들은 안면도 크기의 이 작은 섬을 라파누이, '거대한 땅'이라 부른다. 가장 흔하게는 이스터 섬(네덜란드 탐험가가 상륙한 날이 부활절이었기 때문이다)이라고 불리는 곳.

다섯 시간 반을 날아온 비행기가 날개를 접는다. 트랩을 내려선 순간, 훅 끼쳐오는 열대의 습습한 바람. 소나기가 막 지나간 후의 물비린내. 하와이안 셔츠를 입고 노래하는 남자들. 키가 작고 얼굴이 검은 원주민이 걸어주는 부겐빌레아 꽃목걸이. 내리쬐는 햇살에 일렁이는 푸른 바다. 벌써부터 발바닥이 웅웅거린다. 그런데 신경을 거스르는 이 묘한 분위기는 뭐지? 주변을 둘러보니 단체로 신혼여행이라도 온 듯 죄다 쌍쌍이다. 아아, 왜 아름다운 섬일수록 연인들로 가득차는 걸까. 지옥에서도 짜릿할 그들이 왜 굳이 지루한 낙원을 찾아오는 걸까. 지구 위 섬 하나쯤은 '커플 출입 금지'나 '솔로 파격 혜택'을 영업 전략으로 내걸면 안 되는 걸까. 나를 제외하곤 죄다 쌍쌍인 이들이 내뿜는 열기에 시달리며 숙소로 향한다.

이 섬의 유일한 배낭족 숙소에 도착하니 바다를 품은 정원이 4인용 침실의 허름함을 보상해준다. 짐을 풀어놓고 저녁노을을 보기 위해 바닷가로 간다. 검은 모아이 너머로 붉은 해가 진다. 서편 하늘이 조금씩 붉어지고 바다를 건너온 바람이 머리를 쓸고 간다. 잔디밭에 앉아 말없이 바다로 지는 해와 모아이를 바라보는 이들. 지금 이 순간 우리는 따로 떨어져 앉아 있지만 같은 마음이리라. 인생은 살아볼 만하다고, 지구는 참 아름다운 별이라고 믿는 그런 마음. 저녁노을에 심장까지 붉게 물들어 돌아오는 길, 소나기가 쏟아진다. 불빛도 없는 밤, 세계의 또다른 끝에서 비를 맞으며 달린다. 남태평양의 파도가 출렁이며 따라온다. 멀고도 먼 곳까지 와버렸구나.

얼굴을 간질이는 환한 햇살에 눈을 뜬다. 물자가 부족해서 뭐든지 비싸기만 한 이 섬에 햇볕만큼은 아낌없이 내리쬔다. 아침을 먹고 작은 배낭을 메고 분화구 라노카우를 만나러 가는 길. 태평양을 향해 내려앉은 분화구와 홀로 마주한다. 원형의 분화구는 마치 자연이 만든 콜로세움 같다. 완벽한 침묵과 텅 빈 충만. 분화구의 끝에서 다른 쪽 끝까지 걸어본다. 분화구의 움푹 파인 공간 너머로 작은 바위섬 세 개가 떠있다. 가장 멀리 있는 섬은 제비갈매기가 알을 낳기 위해 날아오는 곳.

저 섬에서 그해의 첫 알을 들고 돌아오는 사람이 조인鳥人이 되었고, 조인을 낳은 부족이 1년간 섬을 통치했다지. 이 까마득한 절벽을 타고 내려가 거센 바다를 헤엄쳐 갈매기 알을 품에 안고 돌아오는 의식이라니. 완벽하게 격리되어 살던 이 섬의 주민들은 경계 없이 세상을 가로지르는 새를 신의 메신저로 받아들였다. 결국 인간의 알고자 하는 욕망이란 신성에 대한 침범인 걸까. 태초의 인간에게 뱀이 "너희도 여호와처럼 되리라" 속삭이며 내민 것도 결국 선악을 알 수 있는 열매였으니. 이 섬의 수호신 마케마케는 새의 머리를 가진 인간으로 그려진다. 마케마케는 바깥세상을 봄으로써 신성을 획득한 인물이었을 것이다. 알지 못하는 세계에 대한 근원적인 끌림을 지닌 존재가 인간이라면 나는 그 원초성에 충실한 태초형 인간인 걸까. 이런 생각을 하며 바다 위에 뜬 세 개의 섬을 바라본다.

052

사람들이 이 섬에 매혹되는 건 물론 거대한 석상 모아이 때문이다. 섬에는 서 있는 모아이와 누워 있는 모아이 등 총 8백 개가 넘는 모아이가 남아 있다. 부족장이나 중요한 인물의 몸을 상징하는 모아이는 항상 바다를 등지고(단 한 곳만 예외다) 마을을 품어 안는 위치에 세워진다. 마을과 부족을 지키기 위해서다. 섬 주민들이 오랫동안 신성한 산으로 여겨온 라노라라쿠 산은 바로 모아이를 만들던 채석장. 이곳에 있는 '자이언트'라 불리는 모아이는 키 21.6미터에 무게 160톤을 넘는다. 미완성으로 누워 있는 이 거대한 모아이를 보노라면 이 섬의 멸망 원인에 대한 재러드 다이아몬드의 이론에 수긍이 가기도 한다. 그는 이스터 섬의 비극이 부족 간의 과도한 경쟁에서 시작되었다고 주장했다. 야자나

무를 비롯한 자연자원을 무분별하게 사용하며 석상 경쟁을 치른 결과,
자연이 파괴되고 사회 붕괴까지 이르렀다는 것이다. 나무가 거의 없는
이 섬의 현재 모습이 바로 그런 경쟁으로 인한 걸까. 물론 다른 가설도
있다. 이 섬에서는 애초부터 문명 붕괴가 없었으며, 유럽인들이 원주민
을 노예화하고 폴리네시아에서 건너온 쥐떼가 극성을 부리면서 이 섬
이 황폐화되었다는 이론이다.

　이 거대한 석상을 어떻게 바닷가로 옮겼을까 하는 문제 역시 오랫동
안 풀리지 않는 수수께끼여서 외계인 제작설까지 등장했었다. 물론 모
아이 제작과정은 실험으로 검증되었지만 과학적 실험 결과와 상관없이
내가 가장 혹한 이론은 섬 원주민들의 주장이었다. 모아이가 오른쪽,

$\longrightarrow$

왼쪽으로 방향을 바꿔가며 스스로 바다를 향해 걸어갔다는. 이 섬의 문명을 둘러싼 이론에 대해서는 어느 쪽이 사실이든 상관없다. 아니, 나는 이 섬의 신비가 영원히 풀리지 않기를 바란다. 신화와 질문이 사라진 인간의 삶은 명확할지언정 얼마나 삭막하겠는가. 호기심과 상상력은 언제나 인간의 삶을 풍부하게 만드는 동력이었다. 그러니 지구 위에 신비로움을 아우라로 두른 섬 몇 개쯤은 그냥 남겨두어도 괜찮지 않을까. 점점 희미해져가는 우리의 상상력이 잠시나마 그 빛을 살려낼 수 있도록.

조금 전까지 나는 바다를 헤엄쳐 갈매기 알을 가지고 오는 이를 이곳 너머를 본 존재, 신의 메신저로 여겼다. 그 삶은 다른 세계에 대한 호기심 때문에 늘 이곳이 아닌 저곳을 찾아 떠도는 나의 삶과 닿아 있다. 그런데 지금 나는 저 너머는 너머 그대로 두어도 좋지 않을까 하는 모순적인 생각을 한다. 아무리 저 너머를 향해 나아가도 그 너머에 또 다른 너머가 이어질 것임을 알기 때문일까. 살면 살수록 아무것도 제대로 아는 게 없다는 사실만을 깨달아가기 때문일까. 여행지에서 나는 종종 지적인 호기심 자체를 내려놓는다. 논리적으로 지식을 쌓아가기보다는 직관적으로 느끼는 쪽에 마음이 기울 때가 더 많다. 여행지에서 여행을 떠나온 이유 자체를 자주 잊어버리게 되는 것. 어떤 것을 꼭 봐야겠다거나 어떤 의문에 대한 답을 확인해야겠다는 갈망이 희미해지는 것. 좋은 일인지는 모르겠다. 하지만 여전히 길을 떠나는 한 앎에 대한 내 욕망은 그대로인 것이 아닐까. 다만 때로는 그대로 덮어두는 것 또한 필요하다는 사실을 깨달아갈 뿐.

내 여행에 여백이 있기를 바라는 마음은 게으름에 대한 변명일지도 모른다. 삶이 그렇듯 여행에서도 고요하게 흘려보내는 시간이 필요하지 않을까. 더구나 섬에서라면 육지의 시간과는 다르게 흘러가는 섬의 속도가 있으니. 이스터 섬에서 나는 여드레를 머무르며 느린 시간을 보낸다. 섬에서 가장 높은 테레바카(무려 511미터나 된다) 언덕으로 일곱 시간 동안 트레킹을 다녀오기도 하고, 아주 작은 박물관에서 오후시간을 다 보내기도 한다. 마치 민속학자라도 되는 듯 심각한 얼굴로 돌무더기를 들여다보면서. 이 섬의 주민인 양 동네 도서관을 찾아가 관장과 수다를 떨기도 한다. 어느 날은 숙소의 긴 의자에 드러누워 책을 읽으며 하루를 보내기도 한다. 그것만이 나의 유일한 의무라도 되는 듯. 같은 숙소에 머무는 프랑스 청년들과 함께 차로 섬을 일주하기도 한다. 일출 명소라는 통가리키에서 쏟아지는 비를 맞으며 바다를 배경으로 서 있는 열다섯 개의 모아이를 바라보며 새벽을 맞기도 한다. 무념한 시선으

로 서 있는 모아이의 강인함이 드러나는 저 사각턱과 떡 벌어진 골격이 어쩐지 나와 닮은 것 같다는 생각도 하면서. 어떤 일을 해도 서두르는 법 없이, 사소한 일에 마음을 다하며 하루하루를 보낸다. 섬에서의 시간은 그런 내 마음을 안다는 듯 느리게 흘러간다.

폴리네시아에서 건너온 이 섬의 원주민들이 최초로 닻을 내렸던 아나케나 해변을 거닐던 오후. 에메랄드그린의 물빛에 부드러운 백사장, 야자나무가 그늘을 드리우는 해변은 고즈넉했다. 간이매점에서 튀김만두 엠파나다를 팔던 남자가 간단한 호구조사를 하더니 내게 묻는다.

"여기서 나랑 같이 살면 어때요?"

어이가 없어 웃음이 나온다.

"뭘 해서 먹고살게요?"

망설임도 없이 그가 답한다.

"바다가 우릴 먹여 살릴 건데 뭘 걱정해요? 게다가 난 말도 스무 마

리나 있는데."

아, 이렇게 쉽고도 빠르고 가벼운 작업이라니. 자연에 모든 것을 맡기고 살아가는 이 사람의 욕심 없는 삶이 보이는 것 같다. 바다에서 건진 그물에 담긴 것만으로 넉넉히 하루를 맞고 보낼 일상이리라. 이 남자의 유혹에 못 이긴 듯 넘어가볼까. 저녁상에 올라올 물고기 몇 마리만 있으면 내일에 대한 시름도 없을 것 같으니.

아름답고 평화로운 풍경과 달리 섬은 뜨거운 갈등의 불씨를 안고 있다. 칠레 정부는 이스터 섬의 삼분의 일을 국립공원으로 지정한 뒤 원주민들을 한곳으로 강제 이주시켰다. 수백 년 전 스페인 정부가 저지른 짓을 칠레 정부가 20세기에 반복했다. 단지 총칼 없이 세련된 방식으로. 현재 칠레 정부를 상대로 한 원주민들의 땅찾기 소송이 진행중이다. 내가 오기 몇 달 전에도 섬 주민들이 공항을 점거하고 시위를 벌이다가 무력충돌이 일어났다. 정부가 추진하는 대규모 리조트 개발을 막고 환경 파괴를 앞당기는 관광객 수를 제한하라는 시위였다. 이 섬의 원주민들은 자신들이 원하는 삶의 방식을 지켜낼 수 있을까. 지구 어디에서건 지금 인간에게 가장 필요한 건 그대로 내버려두는 지혜이리라.

한반도에서 1만 6천 킬로미터 떨어진 작은 섬 라파누이. 분화구와 현무암 돌담과 석상이 내가 사랑하는 섬 제주를 떠올리게 한다. 몇 년 전, 세계 신7대 자연경관의 후보지를 놓고 투표가 한창일 때 칠레의 대통령은 이렇게 말했다. "그 누구도 이스터 섬의 경이로움을 알기 위해 투표 따위를 필요로 하지 않는다."

PATAGO

2장

파타고니아

산마르틴데로스안데스

푸에르토바라스
푸에르토몬트

엘볼손

파타고니아

엘찰텐
엘칼라파테

토레스델파이네
푸에르토나탈레스

슬픔의 푸른 성벽을
마주하는 곳

아르헨티나 엘찰텐 / 엘칼라파테

짙푸른 하늘에 떠 있는 몇 점의 구름이 모였다 흩어지기를 반복하며 빠르게 흘러가고, 키 낮은 가시덤불 너머 끝없는 지평선이 그 아래로 펼쳐진다. 마침내 나는 오랫동안 꿈꾸어온 땅을 향해가고 있다. 지리적으로는 아르헨티나와 칠레 두 나라에 흐르는 콜로라도 강 이남의 남위 39도 아래 지역. 서쪽으로는 안데스 산맥 너머 빙하와 산을 품고, 동쪽으로는 고원과 낮은 평원을 지나 대서양까지 이어지는 광대한 대지. 지구 끝의 텅 빈 공간으로 가장 용감한 모험가들조차 겸손하게 만들었던 땅. 인도의 속담처럼 "인간은 계획하고 신은 웃는다"는 땅이며, 잔혹하고 거친 원시성이 문명을 압도하는 곳. 브루스 채트윈, 폴 서루, 루이스 세풀베다와 찰스 다윈을 매료시킨 곳. 방랑자들의 종착지이자 범죄자들의 은신처, 이상주의자들의 해방구. 가만히 소리내어 그 이름 불러보는 것만으로 가슴속에 한 줄 바람이 불어오는 곳, 파타고니아. 나는 지금 그곳으로 가고 있다.

'거인들의 땅' 파타고니아. 그 넓은 땅에서도 내가 향하는 곳은 아르헨티나의 엘찰텐이다. 파타고니아 특급열차를 타기 위해 찾아갔던 히

피들의 마을 엘볼손에서 사흘을 머문 후였다. 엘볼손에서 엘찰텐까지
는 버스로 스물여섯 시간이 걸린다고 했다. 섬이 되어버린 한반도에서
는 상상도 못할 거리를 이동하는 동안 버스는 내내 같은 풍경을 달려간
다. 마을도 보이지 않고, 초록의 숲도 만날 수 없고, 사람의 흔적도 없
는 벌판이 막막하도록 이어진다. 그 아득한 지평선을 붉게 물들이며 아
침해가 떠오른다. 어째서 이른 아침의 태양은 어제보다 오늘이 나을 거
라는 희망을 함께 배달하는 것일까. 하루가 저물 무렵이면 배신당했음
을 다시 확인하게 될지라도 아침의 태양은 새로운 기대를 가슴에 품게
한다. 저토록 찬란한 태양이 빛나는 한 오늘 하루가 나쁠 리 없을 거라
는 희망을.

끝없는 벌판을 달리던 버스가 손바닥만한 시골 마을에 사람들을 내
려놓고 가버린다. 두 시간쯤 후에 초록색 버스로 갈아타라는 암호 같은
지령을 던져놓은 채. 졸지에 오갈 데 없는 처지가 되어버린 승객들은
자리를 잡고 앉아 서로 호구조사를 시작한다. 사표 내고 1년간 아시아
와 중남미를 여행중인 호주 토목공학자 제프, 홍콩에서 온 맨디와 케네
스, 신혼여행으로 세계일주중인 '염장 커플' 캐서린과 밥, 초고층 빌딩
설계를 하는 프랑스 청년 알렉스. 이들과 어울려 카드 게임을 하거나
마을 탐험을 하고 있자니 네 시간 만에 초록색 버스가 들어왔다. 결국
엘볼손을 떠난 지 서른네 시간 후에야 장대비 쏟아지는 엘찰텐에 도착
했다. 내가 점점 지구의 끝을 향해가고 있긴 한가보다. 가혹한 날씨(듣
던 대로 바람이 지독하게 불어 비가 수평에 가깝게 쏟아져 우산을 무용지물로 만
든다), 혹독한 물가(인터넷 사용료가 15분에 1천 5백 원이라니), 사나운 인

심(트레킹을 가기 위해 숙소에 짐을 맡기는 데도 돈을 내란다)의 삼박자가 척척 들어맞는다. 게다가 와이파이는커녕 휴대전화조차 터지지 않는 통신상태는 고립감까지 부록으로 안겨준다.

그래도 괜찮다. 여기는 엘찰텐. 아르헨티나 남부 파타고니아에서 가장 아름답다고 꼽히는 빙하 국립공원이 있는 곳이니. 빙하 국립공원은 남쪽과 북쪽으로 나뉘는데 남쪽의 입구는 페리토모레노 빙하가 있는 엘칼라파테, 북쪽의 입구는 피츠로이 봉우리로 향하는 엘찰텐이 맡고 있다. 나는 엘찰텐에서 며칠을 보낸 후 엘칼라파테로 넘어갈 예정이다. 엘찰텐의 얼굴마담인 세로피츠로이(3405미터)와 세로토레(3128

미터)는 암벽 등반가들에게 사랑받는 봉우리다. 변화무쌍한 날씨로 인해 이 동네는 전문 등반가뿐 아니라 트레커도 국립공원 사무소에서 날씨와 트레일 상태를 필수적으로 확인해야 한다. 국립공원 사무소에서 일기예보를 확인해보니 모레부터 일주일간 계속되는 비구름과 강한 바람. 방수 잠바의 성능을 확인하는 기회로 삼아야겠구나.

첫 코스는 상어의 이빨처럼 생긴 바위 봉우리 세로토레로 가는 왕복 여덟 시간짜리 토레 호수 트레킹. 동행자는 어제 버스에서 만난 호주 출신의 제프와 영국에서 온 앤드리아. 앤드리아는 얌전한 얼굴과 달리 호주여행중 돈이 떨어지자 포커 대회에 나가 시드니 챔피언으로 뽑혀 그 상금으로 여행을 계속한 범상치 않은 이력의 소유자다.

울창한 숲을 지나기도 하고, 키 낮은 관목으로 뒤덮인 벌판을 통과하기도 하고, 작은 폭포를 품은 계곡에서 달고 시원한 물을 마시기도 하며 느릿느릿 걷는다. 토레 호수가 다가올수록 뾰족 봉우리 세로토레도 점점 가깝게 다가온다. 오르기 어려운 바위로 손꼽히는 3천 미터가 넘는 봉우리. 저 수직의 바위를 오르려는 인간의 의지란 얼마나 끈질긴지…… 길이 없다면 만들어서라도 오르겠다는 집념이 저 잘생긴 바위에 수백 개의 볼트를 박아넣는 참혹한 결과를 가져오기도 하는 것이리라. 자연이 언제든 인간의 목숨을 앗아갈 수 있었던 시절에 인간은 자연에서 얻은 간단한 도구만으로 자연과 대면했다. 그 시절, 인간은 적어도 자연에게 겸허했다. 과학기술이 발전해 인간의 탐험이 안전해질수록 지구는 황폐해져갔다. 이제 인간에게는 미지의 영역을 정복하려는 의지가 아니라 미지를 미지로 두려는 의지, 욕망을 억누르는 의지가

필요한 게 아닐까. 이곳이 이토록 내 마음을 흔드는 건 이곳의 자연이 아직 인간의 손을 덜 탔기 때문이다. 하지만 비행기와 버스를 갈아타고 쉽게 여기까지 와서 겨우 몇 주 머물다 떠나는 내가 진짜 파타고니아를 느꼈다고 말할 수 있을까. 이제는 여행에 아무런 제약이 없는 시대가 되어버렸는데, 돈만 있으면 어디든 갈 수 있어 누구나 훌쩍 떠나서 여행기를 쓰는 시대에 내 여행의 의미는 무엇일까. 떠나지 못하도록 붙잡는 가족도 없는 나에게 여행지에서의 제약이란 기껏해야 빠듯한 예산, 가벼운 몸살, 외로움 같은 것뿐이다. 이제 더이상 목숨을 잃을지도 모른다는 두려움을 감수하며 미지의 세계로 떠나는 여행은 없다. 지구 어디에도 더는 오지가 없듯이. 그러니 파타고니아의 이 가혹한 날씨는 편

$\longrightarrow$ 아르헨티나 엘찰텐 / 엘칼라파테

할 대로 편해진 여행을 하며 대자연의 위용이 어쩌고 떠들어대는 나에게 자연이 가하는 최소한의 제약인지도 모른다.

세 시간 만에 캠프장이 있는 라구나토레에 들어섰다. 비 때문인지 호수는 잿빛이라 살짝 실망스럽다. 이곳에서 마에스트리 전망대를 향해 호수를 왼쪽에 끼고 계속 걷는다. 바위 언덕을 한 시간쯤 넘어가니 전망대. 호숫가로 쏟아져내린 것처럼 토레 빙하가 눈앞으로 다가왔다. 잠시 짐을 내려놓고 배낭에 넣어온 샌드위치로 점심을 먹는다. 앤드리아, 제프와 이런저런 이야기를 나누다 어느 순간 침묵이 찾아왔다. 자연스럽고 안온한 침묵이다. 따스한 햇살을 받아 반짝이는 관목 숲에 앉아 눈을 인 큰 산을 바라보며 생각에 잠긴 우리들. 이 순간 우리는 같이 있지만 저마다의 세계에 잠시 머물고 있다. 평화롭게.

하루종일 걷고 난 후 뜨거운 물에 몸을 씻는 일은 트레킹만큼이나 즐겁다. 빨래까지 해서 넌 뒤 동네의 채식 식당에서 제프, 앤드리아와 다시 모였다. 인도식 커리에 밥을 비벼 먹으며 이야기를 나누는 시간. 창밖으로는 비가 내리지만, 안락한 식당의 불빛 아래 벗들과 함께하는 저녁식사. 부드럽고 따스한 시간이 흐르고 있다.

평화는 번갯불처럼 지나가버리고 말았다. 다음날에는 소낙비에 두들겨맞으며 걷고 난 후 흠뻑 젖은 몸으로 텐트를 치는 심란함이 찾아왔으니. 여기는 피츠로이 봉우리 아래 포인세노트 야영장. 피츠로이는 1834년에 다윈을 태운 비글호를 몰고 온 영국인 함장 피츠로이를 기념해 붙인 이름이다. 원주민인 테우엘체족은 이 산을 '연기를 뿜는 산'이라는 뜻의 '세로찰텐'으로 불러왔다. 봉우리의 정상 부근이 늘 구름에 덮여 연기를 내뿜는 것처럼 보이기 때문이다. 상상력 빈곤과 저급한 소유욕을 증명하는 피츠로이라는 이름은 마음에 들지 않으니 나도 세로찰텐이라고 불러야겠다.

아침에 제프와 함께 출발할 무렵만 해도 날씨는 괜찮았다. 카프리 호수에서 간식을 먹을 때까지는 햇살이 비쳤지만 곧 거센 비가 쏟아지기 시작했다. 비만 그친다면 이곳의 풍경은 어제 걸었던 길과는 또다른 아름다움을 뽐낼 텐데…… 크고 작은 호수와 연못, 맑은 물이 흐르는 계곡과 울창한 숲 너머로 세로찰텐 봉우리가 우뚝 솟아 있을 테니. 안타깝게도 세로찰텐은 먹구름 속에 얼굴을 감췄다. 포인세노트 야영장에 도착하니 제프가 강풍에도 끄떡없도록 텐트를 쳐주겠단다. 늘 "혼자서도 잘해요!"를 부르짖는 나인데 이럴 때 힘의 차이를 확인한다. 오늘밤 버스로 떠날 제프는 산을 내려가고, 나 혼자 야영장에 남았다. 대낮부터 텐트 안에서 무기력하게 날씨가 개기만을 기다리며 시간을 보낸다.

지루하던 차에 나타난 이웃은 옆 텐트의 미국인 부부 패트릭과 질. 작년에 19일 동안 존 뮤어 트레일을 걸었다는 트레킹 마니아다. 알고 보니 이들의 취미는 트레킹 못지않은 장비 자랑. "우린 텐트가 네 갠데 그중 하나는 5백 그램밖에 안 나가"부터 시작하더니 입고 있는 옷과 취사도구까지 장르를 넘나들며 장비 예찬을 이어간다. 나중에는 식량까지 다 꺼내들고 와서 미국 캠핑 푸드의 우수성을 맹렬히 홍보한다. 적당히 맞장구를 쳐주며 저녁을 먹는다. 설거지를 마치고 텐트로 돌아오

니 시간은 일곱시. 폭 60센티미터, 길이 2미터가 될까 싶은 비좁은 텐트에 누워 잠들지 못하고 뒤척인다. 벌판을 휘돌아 몰려든 바람이 숲을 뒤흔들고, 그칠 기미 없는 비가 텐트를 두드려댄다. 옆 텐트에서 두런거리는 소리는 남의 애를 끊이고.

허리가 아플 때까지 자다가 깼는데도 시간은 겨우 아침 일곱시. 비는 여전히 쏟아지고, 바람은 텐트를 날릴 듯 불어댄다. 파란 하늘까지는 바라지도 않으니 비라도 좀 그쳐다오. 읽을 책도 없는데다, 하루치 식량이 더 남았을 뿐이다. "신에게는 아직 열두 척의 배가 남았사옵니다"라고 담담히 말씀하던 장군님을 본받아 나도 중얼거려본다. "나에게는 아직 세 끼의 식량이 남았다."

라틴아메리카 춤추듯 걷다   파타고니아 ⎯⎯⎯→

정오가 가까워지니 위로라도 하듯 야영장 하늘가에 무지개가 떠오른다. 빗줄기가 약해진 틈을 타 야영장에서 한 시간 거리인 로스트레스 호수로 향한다. 세로찰텐을 조망하기에 최고의 장소로 꼽히는 곳이다. 블랑코 강을 건너 숲으로 이어지던 길은 곧 가파른 오르막으로 변했다. 바람이 어찌나 거세게 부는지 하체가 튼실하기로 소문난 나도 날아갈 것 같다. 비바람과의 사투 끝에 호수에 도착하니 푸른 빙하와 옥색의 호수 뒤로 구름에 가려진 세로찰텐이 솟아 있다. 그사이 비가 그쳤다. 혹시나 구름이 걷힐까 싶어 바위틈에서 바람을 피하며 기다려본다.

한 쌍의 커플이 마치 화보 촬영이라도 하는 듯 호수를 배경 삼아 갖가지 포즈로 사진을 찍고 있다. '아니, 뭐 저렇게 유치하지' 싶어 유심히 살펴보니 며칠 전 버스를 같이 타고 온 알렉스다. 그때만 해도 혼자 여행하고 있었는데 어느새 여자친구라도 생긴 걸까. '엄청나게 큰 카메라에 망원렌즈를 달고 고작 자기 얼굴이나 찍냐?' 부러움을 꾹꾹 누르며 비웃어준다.

언제 올라왔는지 패트릭과 질이 나타났다. "어제저녁에 네가 우리 초콜릿 푸딩을 맛봤어야 했는데…… 얼마나 맛있는지 깜짝 놀랐다니까." 또 시작이다. 말린 망고와 에너지바를 건네주며 이어지는 말. "우린 에너지바도 열아홉 가지 종류로 두 개씩 사왔어. 브라우니나 푸딩 같은 디저트도 매일 먹을 양을 다 들고 왔지. 물론 주식은 매끼 다른 걸로 준비했고." 여행할 때 집을 떠메고 다닌다고 놀림 받는 미국인의 전형이다. 조금의 불편도 감수하지 않으려는, 타국에서조차 일상과의 간극을 최대한 줄이려는 놀라운 의지. "정말 미국에서 모든 걸 다 들고 왔네요"라고 하니 자랑스럽게 답한다. "그럼. 우린 아르헨티나에서 아무 것도 안 사." 이 정도로 순진무구하다니 부러울 정도다. 어쨌든 덕분에 미국산 캠핑 푸드를 종류별로 제대로 시식하고 있다.

두 시간 넘게 기다렸지만 '연기를 내뿜는 산'은 여전히 연기를 내뿜고 있다. 나는 무엇을 얻겠다고 이렇게 기다리고 또 기다리는 것일까. 이렇게 기다려서 갠 하늘 아래 드러난 바위산을 보게 된다면 내가 얻는 것은 무엇일까. 견디고, 기다리고, 다시 또 원하고…… 여행하는 나를 움직이는 욕망은 무엇일까. 남들이 보지 못한 것을 보고, 남들이 듣지 못한 것을 듣고, 남들이 가지 못한 곳에 가겠다는 의지? 결국 여행을 통해 내가 얻고자 하는 것은 한 번뿐인 생에서 최고의 것을 보겠다는 욕망과 다름없지 않은가. 그 욕망은 나를 어디로 데려갈까. 오늘 이 풍경을 본다면, 내일은 더 나은 풍경을 찾아 헤매게 되는 것이 아닐까. 이 만족 없는 길의 끝에서 어떤 풍경을 마주하게 될까. 세상을 헤매다 결국 기력이 쇠해 돌아오면 내 곁을 지켜줄 이나 있을까. 그런 생각을 하며 눈앞의 산을 올려다보지만 여전히 세로찰텐은 얼굴을 드러내지 않는다. 나는 쓸쓸히 산을 돌아 내려온다.

2박 3일을 악천후 속에서 보내고 마을로 내려와 이틀을 쉰 후 다시 산으로 들어간다. 도대체 내 핏속에는 뭐가 흐르기에 사서 고생을 하겠다고 이토록 덤비는 걸까. 나 자신을 나도 알 수가 없다. 이번에는 코스를 달리해 사람들이 잘 가지 않는 동쪽 지역으로 향한다. 블랑코 강을 오른편에 끼고 숲길로 들어선다. 어제까지는 지겹도록 비가 내리더니 오늘은 기후의 신께서 모처럼 기분이 좋으신지 믿을 수 없이 화창하다. 이곳에 온 이후 이런 날씨는 처음이다. 로스트랑코스 산장의 야영장에 텐트를 쳐놓고 엘렉트리코 봉우리 근처로 왕복 일곱 시간짜리 트레킹을 나선다. 야영장 뒤로 난 길을 따라 걸어가니 곧 가파른 오르막이다. 그늘 한 점 없어 햇살이 그대로 목덜미에 내리꽂힌다. 지그재그로 돌며 한 시간을 오르니 세로찰텐의 뒷모습이 보이는 고원이다. 거대한 바위 아래 서 있는 인간의 모습이 하나의 점처럼 작고 아득하다. 뒤를 돌아보면 멀리 빙하가 보이고, 발아래로는 몸을 틀며 흘러가는 강줄기. 눈이 맑아지는 풍경이다. 이렇게 아름다운 것들만 보고 살아도 괜찮은 걸까. 젊은 날을 너무 진하게 보낸 내가 나이들어 심심해할까봐 걱정이라는 어느 선배의 말이 생각난다. 나이가 들수록 내 몸안의 뜨거운 피도 식어가지 않을까. 욕망의 불꽃이 꺼져가는 대신 일상의 풍경 속에서 아름다운 것을 찾아내는 예민함을 갖게 될까.

073

　이어지는 험한 자갈길을 두 시간 남짓 올랐더니 길이 사라졌다. 새삼스럽지도 않다. 담담한 마음으로 재빨리 후퇴. 오른쪽으로 돌아가보니 앞서가는 사람들이 보인다. 서둘러 따라가지만 그들도 개척자들이다. 모두 길이 아니라는 걸 확신하면서도 바위가 쏟아지는 가파른 언덕을 오르고 있다. 그들을 따라가다보니 마침내 더이상은 오를 수 없는 벽 앞이다. 우회할 길도 없고, 오를 수도 없는 바위가 가로막고 있다. 하산하는 수밖에. 내려오는 길에 빙하가 녹아 생긴 호수로 길을 튼다. 빙하에서 떨어져 나온 얼음덩어리가 호수 위에 떠 있고, 주변의 산들이 호위하듯 호수를 둘러싸고 있다. 바위에 걸터앉아 세로찰텐의 뒷모습과 빙하를 바라본다. 완벽한 적막 속에 혼자 이 풍경을 누리고 있다. 한 사람이 평생 동안 볼 수 있는 좋은 것과 나쁜 것의 양이 정해져 있다면 앞으로 내가 무엇을 보게 될지 두려워진다.

산에서 내려와 짐을 꾸려 포인세노트 야영장으로 이동한다. 며칠 전 이틀 내내 쏟아지는 폭우를 견뎠던 바로 그 야영장이다. 내일도 날씨가 좋다기에 세로찰텐의 일출을 보겠다는 욕심을 낸다. 두 시간 정도 숲으로 난 길을 따라 발걸음도 가볍게 걷는다. 숲에서 나와 강을 건너니 또 길이 사라졌다. 강을 되건너기 위해 바위틈 사이 좁은 침니로 내려서는데, 누군가 나를 잡아당긴다. 놀라 돌아보니 아무도 없다. 그런데도 발을 뗄 수가 없다. 배낭이 바위틈에 끼었다. 아무리 애써도 빠지지 않는다. 그 순간, 보지도 않은 영화 〈127시간〉이 떠오른 건 왜일까. 혼자서 암벽 등반에 나섰다가 바위에 팔이 끼는 바람에 자신의 팔을 잘라 탈출했다는 남자의 이야기. 아무리 해도 가방은 꼼짝도 안 하고, 해는 점점 넘어간다. 주위를 둘러봐도 인기척은 없다. 공포가 점점 나를 장악해갈 때, 배낭에 넣어둔 스위스 군용칼이 떠올랐다. 온몸을 접고, 구기고, 비틀어 배낭에서 몸을 빼냈다. 칼을 꺼내 망설임도 없이 가방끈을 자른다. 내가 자르는 게 팔이 아님을 진심으로 감사하며. 바위틈에서 빠져나왔지만 길은 보이지 않는다. 곧 어둠이 밀려들 텐데…… 절망감에 무너지려는 찰나, 강 건너편에 기적처럼 사람의 모습이 나타났다. 브라질에서 온 지우송과 알리. 복장부터 완벽한 트레킹 고수다. "혹시 여기가 어디쯤인지 알아요?" 장난감 같은 목걸이 나침반을 내밀며 묻는다. "잠깐만 기다려봐요." 지우송이 목에 걸린 무언가를 꺼내든다. 띠

익. 띠릭. 띠익. 몇 번을 누르더니 "여기서 야영장까지는 북서쪽으로 8백 미터쯤 남았어요"란다. 말로만 듣던 GPS다. 지우송의 머리 뒤로 둥근 아우라가 드리운다. 나는 슬그머니 내 나침반을 밀어넣는다.

마가 낀 게 틀림없다. 가방을 희생시킨 걸로는 부족했던 걸까. 야영장에 도착하니 '중동의 무법자'들이 야영장을 접수했다. 전 세계 배낭여행자들의 기피 대상 1호. 일당백의 소란함을 자랑하는 이스라엘 배낭족들이다. 군대에서 월급을 모아 제대 후 장기여행을 하는 게 유행인 이스라엘 아이들은 그 혈기와 무례함으로 '민폐의 종결자'로 등장한 지 오래다. 이스라엘 아이들이 몰려가는 곳은 그 동네에서 가장 싸고, 가장 시끄러운 곳으로 소문났다. 이곳 엘찰텐에서는 방이 찼다면서 이들의 투숙을 거부하는 숙소도 있다. 그런 애들이 야영장을 점거했으니 오늘밤 잠들기는 글렀다.

왜 불행한 예감은 틀린 적이 없을까. 밤새 이어지는 소란에 뒤척이다 눈을 뜨니 일곱시. 텐트 밖으로 나오니 벌써 세로찰텐은 태양빛에 붉게 타오르고 있다. 평생에 한 번 올까 싶은 기회를 잠 때문에 날려버리다니…… 식충이, 잠벌레, 게으름뱅이, 의지박약아, 온갖 험한 말을 스스로에게 퍼부으며 로스트레스 호수로 향한다. 정상에 도착하니 세로찰텐에 드리웠던 붉은빛은 이미 사라진 뒤다. 그래도 비에 씻긴 듯 맑은 얼굴을 드러낸 봉우리들은 경이롭다. 연기를 내뿜는 산이 오늘은 잠잠하다. 모두들 말도 없이 빙하와 산을 바라보고 있다. 거센 바람 소리만이 대기를 흔들고 있을 뿐 고요한 정적이 내려앉았다. 이런 풍경 앞에서 무슨 말이 필요할까. 옆자리에 있던 아르헨티나 청년들이 마테

차를 건넨다. 말없이. 나도 눈웃음으로 답하며 잔을 받는다. 뜨겁고 쓴 마테차를 마시며 세로찰텐을 바라본다. 더이상 아무것도 필요하지 않다. 파타고니아는 이 땅에서 무엇을 하는가가 아니라 도착하는 것만으로도 의미 있는 땅이니까.

결국 나는 이곳까지 와서 세로찰텐의 얼굴을 보고 말았다. 그사이 두 개의 서로 다른 욕망이 내내 충돌했다. 세로찰텐을 보고 싶다는 욕망. 동시에 오랜 시간이 흐른 후에도 이 산이 지금 모습 그대로이기를 바라는 욕망. 이 아름다움이 언제까지 지켜질 수 있을까. 내 발자국은 또다른 발자국을 부를 것이다. 내 뒤에 오는 이의 발걸음은 나보다 조금 더 편해지고 빨라질 것이다. 파타고니아가 우리를 뒤흔드는 것은 이곳에 앞서 다녀간 이들의 발자국이 최소로 남아 있기 때문인데, 이곳에 관한 글은 더 많은 이들의 욕망을 부추기고 말 것이다. 다만 나는 내 뒤에 올 이의 발걸음이 나보다는 더욱 조심스럽기를 간절히 바랄 뿐.

파타고니아는 결국 욕망을 내려놓는 곳이 아니라 욕망을 확인하는 곳이었다. 내 비루한 욕망을 인정함으로써 나와 화해할 수 있는 가능성을 열어주는 곳이었다. 세상에 여행처럼 슬픈 행위가 또 있을까. 익숙한 공간으로부터, 일상으로부터, 사랑하는 사람들로부터, 자기 자신으로부터 떠나는 것. 여행은 기본적으로 이별의 행위다. 기껏 이별하고 떠나와 새로운 것에 가까이 가면 갈수록 아름다운 것을 스스로 해치는 딜레마에 빠지게 된다. 욕망이 만들어낸 서글픈 이별과 파괴. 죽는 날까지 나는 이런 욕망과 의지의 충돌 사이를 오갈 것이다.

엘찰텐을 떠난 나는 남쪽의 엘칼라파테로 향한다. 페리토모레노 빙하 트레킹의 베이스캠프로 삼는 마을이다. 엘칼라파테는 파타고니아 지역에서 자라는 검푸른 야생 베리의 이름인데 이 열매를 먹으면 파타고니아로 돌아오게 된다는 전설이 있어 여행자들은 엘칼라파테를 맛보며 이 얼음의 땅으로 다시 오게 되기를 기원한다. 아쉽게도 엘칼라파테는 아직 철이 아니란다. 내가 찾아가는 곳은 일본인 남성과 결혼한 한국인 여성이 운영하는 작은 숙소다. 방 세 개가 전부인 숙소는 생각보다 작지만 부엌에서 요리도 할 수 있으니 경비를 절약하기에는 좋다. 시즌이 끝나갈 무렵이어서인지 한국인 여행자는 없고, 일본인 여행자만 몇 명 머물고 있다.

다음날 나는 길이 30킬로미터에 폭 5킬로미터, 높이 60미터의 얼음덩어리를 만나러 간다. 이 얼음의 성채를 세계적으로 유명하게 만든건 크기가 아니라 이 빙하가 계속 움직이고 있다는 사실이다. 파타고니아 빙원 남부에서 떨어져나온 빙하는 근처에 위치한 아르헨티노 호수를 향해 날마다 전진한다. 하루 2미터의 거리를 나아가며 때로는 빌딩크기의 얼음덩어리를 붕괴시킨다. 보통 빙하는 해발고도 2천 5백 미터에서 형성되는데 페리토모레노 빙하의 해발고도는 1천 5백 미터에 불과하다. 저지대임에도 이곳에 빙하가 만들어질 수 있었던 건 남극에 가까운 위도 덕분이다. 극한의 추위가 얼음의 대륙을 만들었지만, 지금과 같은 속도로 지구온난화가 계속된다면 반세기가 지나기 전에 파타고니아 남부의 빙하는 완전히 사라질 것이라고 한다. 이 빙하를 녹이는 건 결국 인간의 욕망이다. 끓어오르는 인간의 뜨거운 욕망이 이 빙하의 차가움을 녹인다.

어쩌면 사라져버릴 빙하를 보기 위해 지구 끝으로 찾아간 사람들이 빙하 위로 올라서면 얼음의 세계가 눈앞에 기다리고 있다. 눈부시게 하얗고, 한없이 투명하고, 모든 것을 비출 듯 밝은 빛의 세계. 폭포처럼 흘러내리는 빙하의 물줄기를 손바닥에 담아본다. 아리도록 차고 독한 기운이 금세 번져간다. 미묘한 푸른 빛깔의 얼음 조각이 햇살을 받아 보석처럼 반짝인다. 가만히 들여다보고 있으면 눈이 멀 것만 같은 푸른빛. 아주 오랜 세월에 걸쳐 조금씩 스며든 푸른빛. 눈이 내려 쌓이고, 그 눈이 얼고, 그 위에 다시 눈이 내려 쌓이기를 반복하며 만들어진 시간의 결정체. 바라보는 것만으로도 온몸과 마음에 차고 푸른 물이 들 것 같은, 순수한 블루의 세계. 이 푸른 얼음벽에 뜨거운 마음 하나를 가 두어둔다면 몇 번의 윤회를 거듭한 내가 다시 인간으로 돌아오는 날, 꺼내어 기억할 수 있을까. 가장 뜨겁던 날들의 온기를. 시퍼렇게 굳은 불의 마음 한 조각을.

이 푸르고 신비한 빙하 속에 서 있으니 지금껏 내가 본 모든 빙하를 잊게 된다. 알프스의 빙하도, 킬리만자로의 빙하도, 히말라야의 빙하 도…… 남극을 제외하고, 인간이 접근할 수 있는 빙하 중 가장 아름다 운 빙하로 꼽히는 페리토모레노 빙하는 그 압도적인 아름다움으로 말 을 앗아간다. 인간이 만든 건축물 따위야 아무것도 아닌 것이 되어버리 는 대자연의 건축물. 빙하의 붕락이 만드는 거대한 굉음을 들으며, 떨 어져나간 빙하가 일으키는 물보라를 바라보고 있는 지금, 우주를 품에 안은 것만 같다.

얼음 위를 걷다가 혼자 온 일본인 청년과 인사를 나눈다. 그는 빙하 가 무너져내릴 때 만들어내는 굉음과 물보라를 만나기 위해 여름휴가 를 얻어 이곳까지 날아왔다. 지구 반대편까지 왔다가 돌아가는 나흘의 시간을 제외하고 사흘 내내 이곳에서 빙하만 바라보고 있다고 했다. 도 쿄에서 이곳까지 만 킬로미터를 넘게 날아와 얼음벽 앞에서 며칠을 보 내는 이의 뒷모습은 고요했다. 얼음이 깨져내리는 소리가 그의 귓속을 채우던 세상의 번잡한 소리를 지워주는 걸까. 얼음의 투명한 빛깔이 세 속의 때에 더럽혀진 그의 몸을 말갛게 헹구어주는 걸까. 부서져내리는 얼음덩어리가 세상의 모든 소리를 집어삼킬 때, 그는 그 소리에 무엇을

묻고 싶은 걸까. 저 투명한 얼음 거울에 비친 그의 욕망은 어떤 것일까. 그는 자기 안의 욕망과 대면하고 그 욕망과 화해하고 떠날 수 있을까.

이 완벽한 아름다움을 두고 돌아서야 하는 아쉬움을 이 땅의 사람들은 아는가보다. 다섯 시간짜리 빙하 트레킹의 마지막 선물로 빙하의 얼음으로 만든 위스키 온더록스를 건네는 걸 보니. 위스키 한 모금에 백만 년의 시간을 몸속으로 흘려보낸다.

페리토모레노 빙하를 만나고 난 후에도 아쉬움에 마을을 떠나지 못하는 이들은 근처의 로카 호수로 송어 낚시를 떠나기도 한다. 지구에서 가장 큰 무지개송어가 산다는 이 호수에 낚싯대를 드리우며 저마다의 운을 시험해본다. 드물게 맑은 하늘이 펼쳐지는 날에는 숙소의 안주인

언니와 말을 타기 위해 목장을 찾아가기도 한다. 붉은 들풀과 흰 캐모마일 꽃이 흐드러지게 피어난 초원, 높고 푸른 하늘과 호수, 지평선을 두른 설산의 풍경 속을 달리며 파타고니아의 대자연을 만끽하던 오후. '천국의 다른 이름이 있다면 파타고니아가 아닐까' 하는 생각을 하기도 했다. 장작불이 지펴진 목장의 카페에서 뜨거운 초콜릿을 마시며 때묻지 않은 대지 위로 해가 지는 모습을 바라본다. 짧은 가을이 지나가고 마지막 남은 여행자들마저 떠나고 나면 마을은 적막하게 가라앉을 것이다. 가게는 문을 닫고, 마을 주민들조차 파타고니아의 혹독한 겨울을 피해 따뜻한 곳으로 여행을 떠나는 날이 찾아올 것이다. 그러면 눈이 내리고, 얼음이 얼고, 그 위에 다시 눈이 쌓이는 긴긴 겨울이 들이닥칠 것이다. 페리토모레노 빙하 위에 푸른빛이 더해지고 침묵이 사위를 점령할 것이다. 지루한 겨울이 마침내 물러가고 바람의 숨결이 부드러워지고, 햇살이 따스해질 무렵이면 다시 하나둘 가게 문이 열리고, 여행자들이 찾아들겠지. 그때 나도 돌아오게 될까. 돌아와 한 번 더 얼음의 문이 열리고 닫히는 소리를 듣게 될까. 결국엔 사라지고 말, 슬픔의 푸른 성벽을 다시 바라보게 될까.

085

02

야생의 세계로
들어가는 길

칠레 토레스델파이네

　울티마에스페란사. '마지막 희망'이라니. 한 주州의 이름이 이토록 비장하고 시적이어도 되는 걸까. 칠레가 자랑하는 국립공원 토레스델파이네가 속한 이 지역은 개발이라는 이름의 자연 파괴가 이루어지지 않은, 인류의 마지막 희망처럼 남은 곳이다.

　토레스델파이네로 가는 길은 푸에르토나탈레스에서 시작된다. 푸에르토나탈레스는 아무 특색도 없는 어촌 마을이다. 이 마을은 야생의 세계로 들어갈 예정이거나 그곳에서 막 빠져나온 이들을 위한 베이스캠프 같은 곳이다. 여행자들은 이곳에서 앞으로 시작될 '야생 체험' 준비를 한다. 2~3일 동안 이곳에서 머물며 텐트나 슬리핑백부터 성능 좋은 방수 잠바까지 다양한 장비를 빌리고, 막 트레킹을 마치고 돌아온 이들로부터 따끈따끈한 정보를 구하고, 저마다의 기호와 재력에 맞춰 식량을 마련하고, 당분간 포기해야 할 문명의 혜택을 맛있는 식사와 맥주로 누린 뒤 야생의 세계로 들어가는 것이다.

　원주민 테우엘체족의 언어로 '창백한 푸른 탑'을 뜻하는 토레스델파이네. 이 국립공원에서 캠핑을 하며 트레킹을 하는 건 내 오랜 소망이었다. 파타고니아 대초원 지대에 3천 미터의 높이로 치솟은 거대한 바위산군이 중남미 최고의 비경으로 꼽히는 곳. 하루에 사계절을 다 겪게 된다는 이곳의 예측할 수 없는 날씨와 악명 높은 바람에서 살아남자고 자못 비장하게 짐을 꾸린다. 거기에 덧붙여 불순한 마음도 슬그머니 품어본다. 토레스델파이네가 속한 파타고니아는 "셰익스피어가 『템페스트』의 영감을 얻은 곳이며, 조너선 스위프트의 『걸리버 여행기』에 나오는 거인의 모델을 제공한 곳이며, 생텍쥐페리의 『야간 비행』의 무대이자 코난 도일의 『잃어버린 세계』의 소재가 된 땅"이다. 그러니 나에게도 영감 비슷한 뭐라도 남겨주지 않을까.

토레스델파이네의 대표적인 코스는 두 개다. 가장 인기 있는 코스는 알파벳 더블유처럼 생겼다고 해서 더블유 트랙으로 불리는 4박 5일짜리 코스, 다른 하나는 더블유 트랙을 포함해서 101킬로미터 길이의 전 구간을 7박 8일간 반시계방향으로 도는 일주 코스다. 대부분의 여행자들은 더블유 코스를 선택하지만, 더 나은 전망, 더 완벽한 고립, 더 깊은 야생의 세계를 경험하고 거기에 더 높은 자부심까지 원하는 이들은 일주 코스로 향한다. 주제는 모르고 야망만 높은 나는 일주 코스에다가 페오에 호수 건너편 지역까지 돌기로 마음먹고, 총 9박 10일간의 트레킹을 나선다.

솔직히 말한다면 도시를 떠나 자연 속으로 들어가지만, 온갖 장비로 무장한 채다. 에머슨의 시구처럼 "우리는 도시에서 도망치지만, 도시에서 가장 좋은 것들을 가지고 온다". 우리의 체험은 태초의 자연 앞에서 인간이 맨몸으로 맞닥뜨려야 했던 공포와 감동을 주지는 못할 것이다. 이제는 문명의 도구에 의지해 자연의 불확실성으로부터 최대한 자신을 보호한 뒤 자연을 흘깃 들여다보는 수준으로 캠핑이 이뤄질 뿐이지만, 대자연을 체험하고 싶다는 갈망만큼은 여전히 살아 있다. 어떤 이들은 비판할 것이다. 자연으로 들어가는 이들이 자연스러운 모습이 아닌데 그 자연이 야생이긴 하냐고. 인간이 야생의 모습 그대로라면 어디든 야생이 된다고. 그런 기준에서 본다면 이곳 파타고니아에서의 캠핑도 당연히 '야생 체험'에 불과하다. 그렇다 해도 이건 내 수준에서, 내가 꿈꿀 수 있는 최선의 탐험이다. 익숙한 공간을 벗어나 낯선 곳을 여행할 때 누구나 자신의 의지를 최대치로 끌어올린다. 아무런 두려움이나 망설임 없이 미지의 세계로 성큼 걸어들어가는 이가 얼마나 있을까. 결국 한 번의 여행은 누구에게나 한 번의 모험이 되는 셈이다.

　세계 최고의 트레일 중 하나로 꼽히는 곳답게 국립공원 입장료도 세계 최고 수준이다. 우리 돈 3만 5천 원에 육박하니. 똑똑한 칠레 정부

는 알고 있는 거다. 입장료가 얼마든 외국인 여행자들은 기꺼이 지불할 거라는 사실을. 호텔 라스토레스에서 트레킹을 시작한다. 평생 처음이다. 여드레 치 식량을 메고 걷는 일은. 이틀 정도는 산장에서 밥을 사먹으며 열흘간 이 공원을 샅샅이 훑겠다는 각오를 다진다. 하늘은 당장이라도 비를 뿌릴 듯한 기세다. 오늘의 최고 고도는 387미터. 힘든 오르막도 없이 네 시간만 걸으면 된다고 가볍게 생각했지만…… 여드레 치 식량의 무게가 어떻게 나를 짓누를지는 상상조차 못한 오만이었을 뿐. 육체와 정신의 한계를 마주하며 걷는다. 고도 387미터의 고개는 에베레스트보다 높았고, 마지막 남은 2.5킬로미터는 화성으로 가는 먼길이었다.

　겨우 네 시간을 걷고 녹초가 된 몸으로 세론 야영장에 들어선다. 고작 한 주 동안 목숨을 유지하기가 이토록 무거운 일이었다니. 인간이란 이렇게나 나약하고 가련한 존재였구나. 일주일을 생존하기 위해 이토록 많은 음식을 먹어야만 하는 건가. 앞으로 자기가 먹을 일주일치 식량을 메고 걸어보지 않은 자와는 인생의 고단함에 대해 논하지 않겠다는 맹세라도 하고픈 심정이다. 일주일치 식량은 내가 짊어질 수 있는 최대의 식량 무게일 것이다. 하지만 가난한 부모가 자식을 먹일 일주일치 식량이 든 배낭을 메고 집으로 돌아가는 길이라면 그 발걸음은 가볍지 않을까. 쌀이 떨어질까 전전긍긍할 정도로 가난하지는 않았지만, 나의 부모는 평생 자식을 굶겨서는 안 된다는 공포를 안고 살았을 것이다. 인생에서 다른 길을 선택하고 싶은 순간이 있었더라도 삼남매의 입 때문에 당신이 가고 싶은 곳으로 가지 못했을 것이다. 부모에게 꽉 찬

냉장고보다 무거운 건 텅 빈 냉장고가 아닐까. 나는 끼니마다 자식을 먹여야 한다는 의무를 져본 적이 없다. 내 어깨에 진 무게는 고작 나를 위해 약속된 끼니의 무게일 뿐이다. 그러니 불평은 접고, 감사히 메자. 그래도 무게감은 줄어들지 않지만.

나무 아래에 텐트를 치고 물을 끓여 코코아 한 잔을 타 마시고 나니 그제야 살 것 같다. 서편 하늘에 오렌지빛이 잠시 어려 텐트 한편을 희미하게 밝히더니 금세 사라져버린다. 여름의 기운은 이미 간곳없다. 랜턴 불빛에 의지해 조지 오웰의 『나는 왜 쓰는가』를 읽는다. 손이 시린 밤. 여름의 끝인 3월 초순, 이곳에는 이미 겨울의 기운이 번져가고 있다.

늦가을 손톱 끝에 남은 봉숭아물처럼 희미한 주홍빛이 동편 하늘에 잠시 번지는가 싶더니 그걸로 끝. 태양의 기운은 조금도 느껴지지 않는 아침이다. 수프를 끓여 사과 한 알과 같이 먹고 텐트를 걷는다. 세계의 종말이라도 찾아올 듯 어둡고 흐린 하늘과 누렇게 바랜 벌판. 두 달 전 이곳을 걸었던 이들은 야생화가 가득 피어난 들판의 모습이 천상의 정원 같다 했는데…… 햇빛을 받으면 옥색으로 반짝일 물빛도 지금은 그저 잿빛이다. 강과 설산을 오른편에 두고 걷는 길. 겨우 15분간 오르막을 올랐을 뿐인데 심장은 고동치고 다리는 후들거리고 이마에는 땀이 맺힌다. 점심을 먹고 나니 희미하게나마 그림자를 만들어주던 해마저 사라지고 빗방울이 떨어진다. 설산은 점점 눈앞에서 지워지고 있다. 비는 거세지지 않고 조금씩 흩뿌린다. 길 위에 사람이 없어 고즈넉하다. 어제 캠핑장에 열다섯 개 정도의 텐트가 있었으니 많아야 서른 명

정도의 사람들이 이 길을 걷고 있으리라.

 고갯마루에서 마음의 준비도 없이 그림과 같은 풍경과 마주친다. 푸른 빙하와 설산 사이로 강이 흐르고 앞으로 뻗어 나온 작은 반도. 그 위에 딕슨 산장이 그야말로 엽서 속 풍경으로 서 있다. 아름다운 풍경을 만날 때면 조카 연우와 해윤이가 생각난다. 그 아이들이 자라나 내 나이가 되어서도 이토록 경이로운 지구와 만날 수 있을까. 그때까지 우리가 이 별의 아름다움을 지켜낼 수 있을까. 아이들을 자연 앞에서 심장이 두근거리는 겸손한 아이로 키워낼 수 있을까. 가끔씩 우리가 이 별의 초록빛과 풍요로움을 누리는 마지막 세대가 될까 겁이 난다. 무엇보다 내 조카들이 이 풍경을 보지 못하게 만드는 데 내가 한 걸음이라도 보태게 될까봐 두렵다.

 지난밤 내내 비가 내리더니 아침에 햇살이 비친다. 비에 젖어 부드러운 흙. 젖은 나무의 비릿한 물냄새. 이른 아침 숲의 고요함. 기분좋은 아침이다. 뒤를 돌아보면 딕슨 빙하가 호위하듯 따라오고, 앞으로는 눈을 인 바위산이 굽어본다. 계곡물 소리가 부쩍 가깝게 들린다. 폭포와 작은 협곡을 지나 나무다리 위에 서니 페로스 빙하가 눈앞에 불쑥 다가와 있다. 숲이 끝나고 나니 빙하와 호수가 눈앞에 펼쳐진다. 로스 페로스 야영장 도착. 텐트를 치고 있으니 햇살이 숲 사이로 스며든다. 그냥 있기에는 아까운 오후. 푼타푸마 빙하로 다시 길을 나선다. 강을 건너 숲으로 들어가 나뭇가지에 걸린 푸른 리본만 따라가면 된다. 숲을 빠져나와 돌무더기를 쌓아 만든 케른을 이정표 삼아 눈앞에 보이는 빙하를 보며 걷는다. 빙하가 녹아 동굴처럼 만들어진 얼음 동굴 앞

에 도착해 잠시 쉬었다가 야영장으로 돌아왔다. 아직까지 날씨는 환상적이다. 이번에는 다시 페로스 빙하에 다녀온다. 체력이 남아도는 건가.

로스페로스 야영장에서 일하는 어린 청년 둘. 계란 한 알을 사려 하니 그냥 준다. 난롯불이 지펴진 불가에서 쉬라면서 커피도 건넨다. 이들이 거주하는 오두막의 시설은 열악하다. 뜨거운 물도 나오지 않는 좁은 부엌에 작은 난로와 나무 침상뿐이다. 발전기를 돌리면 하루 세 시간 동안 전기가 들어올 뿐인 이곳에서 지내는 이들의 유일한 낙은 손바닥만한 카세트테이프로 듣는 라틴팝. 푼타아레나스가 고향인 이들은 두 주간 일하고, 일주일간 쉰다. 그렇게 쉬는 주에는 이틀간 걸어서 도시로 나가 집에서 사흘을 쉬고 다시 이틀을 걸어서 돌아온다. 이 고된 노동 끝에 그들이 받는 돈은 얼마 되지 않을 것이다. 힘들지 않으냐 물으니 벌어진 이 사이로 순진한 웃음을 흘리며 답한다. "산이 좋으니까 지낼 만해요." 이 산장에서 이들이 지니고 살아가는 도구는 내 배낭에 든 것과 별로 다르지 않다. 텐트 대신 허술한 오두막, 에어 매트리스 대신 나무 침상일 뿐이다. 내 아이폰을 대신하는 건 이들의 카세트테이프. 버너는 내가 쓰는 것보다 오히려 더 무겁고 오래된 옛날식이다. 이들이 덮고 자는 침낭도 크고 무겁기만 할 뿐 내 것보다 성능이 떨어질 가능성이 높다. 나는 평생에 고작 열흘일 뿐이지만, 이들은 이곳에서 반년을 보낸다. 더 가볍고, 더 성능이 뛰어나고, 더 새로운 온갖 장비를 이고 지고 이곳을 찾는 우리를 비웃을 법도 한데, 그들은 나에게 계란을 나눠주는 마음을 잃지 않는다. 고기와 계란은 이곳에서 가장 중요한 식재료인데. 최소한의 도구로 자연과 맞서면서도 자연에 대한 외경심을 잃지 않는 이 청년들의 간결한 대답, "산이 좋으니 지낼 만해요". 자꾸 귓가에 맴돈다.

　오늘은 고강도의 체력테스트가 기다린다. 전체 일주 코스에서 가장 길고 힘들다는 고개를 넘어야 하니. 가이드북에서는 이틀 동안 나눠 걸으라고 한 구간이지만 대부분의 트레커는 하루에 끝낸다. 중간에 자리한 야영장의 시설이 열악하기 때문이다. 새벽 다섯시 반에 일어나 캄캄한 어둠 속에서 수프를 끓여먹고 야영장을 나선다. 어둠이 주는 두려움을 헤치며 묵묵히 앞으로 나간다. 발이 푹푹 빠지는 진흙길을 걸어, 어두운 숲을 지나고, 가파른 자갈 언덕을 오르기를 몇 차례. 끝인가 싶으면 또 나타나고, 이제야말로 마지막이겠지 싶으면 또 기다리는 오르막. 오늘 안으로 목적지까지 갈 수 있을까. 주저앉고 싶은 나를 설득하며 걷고 또 걷는 길. 그 길었던 고개의 정상에 서니 장벽 같은 설산이 눈앞에 다가온다. 그 아래로 펼쳐지는 거대한 그레이 빙하의 눈이 멀 것 같은 흰빛. 더이상 인간이 들어설 수 없는 얼음의 세계다. 끝 간 데 없이 이어지는 빙하의 세계가 눈앞에 있다. 무릎에 힘이 탁 풀린다. 배낭을 내려놓고 주저앉는다. 온몸을 부술 것 같던 배낭의 무게와 다리의 통증이 눈 녹듯 사라진다. 이 아름다운 세계를 신이 창조한 게 아니라면 도대체 어디서 온 것이냐고 묻는 이들의 마음을 알 것만 같다. 이토록 완벽한 풍경 속에 그토록 불완전한 인간을 떨구어놓은 깊은 뜻이야 도무지 이해가 안 가지만…… 그런데, 저기 보이는 저 붉은 텐트는 뭐지?

⟶　　　　　　　　　　　　　　　　　　　　　칠레 토레스델파이네

설마 이 텅 빈 고갯마루에서 혼자 야영을 했다는 건가. 텐트 근처로 다가가보니 한 남자가 그늘막 아래서 그레이 빙하를 바라보고 있다. 허허벌판, 그 아래로는 얼음의 세계. 사람은 고사하고 나무 한 그루 없는 이곳에서 야영을 한 그는 나와는 다른 겹의 세계를 봤을 것 같다. 나에게는 왜 저런 용기가 없는 걸까. 미동도 없이 빙하에 시선을 두고 있는 그의 뒷모습을 나는 부러운 마음으로 바라본다. 머리 위의 햇살은 따가운데 손가락은 얼 것 같다. 추위를 견디지 못한 나는 일어선다. 때로는 그 안으로 들어서는 것뿐 아니라 바라보는 것조차 오래 허락하지 않는 풍경도 있으니.

오르막만큼이나 힘든 내리막과 오르막을 반복하며 걷는다. 꼬박 아홉 시간을 걷고 그레이 야영장에 들어선다. 연체동물처럼 흐느적거리는 다리를 끌고. 뻐근한 온몸으로 스멀스멀 번져가는 은밀한 기쁨. 스스로가 대견해 상이라도 내려주고 싶다. 오늘밤은 안락한 산장에 머묾으로써 고생한 내 몸을 보상해줘야겠다. 가격도 묻지 않고 대범하게 산장지기에게 산장의 침상을 달라 하니 이미 예약이 찼단다. 여기서부터는 더블유 트랙과 겹치는 구간이라 야영장에도 사람이 제법 많다. 내 실망과 좌절이 그대로 전해진 걸까. 2인용 매트리스를 그냥 빌려주겠단다. 텐트 안에 넣고 자면 좀 편할 거라면서. 하지만 내 텐트는 1인용. 산장지기가 그럼 텐트도 무료로 빌려주겠다며 호수 앞에 쳐놓은 대여용 텐트를 가리킨다. 칠레 산장지기들의 인심은 이토록 후하구나. 덕분에 커다란 텐트 안에 매트리스를 깔고 자는 행운이 찾아왔다. 텐트에 누워서 내다보니 바깥으로 호수에 둥둥 뜬 빙하 조각이 보인다. 기다렸다는 듯 후두둑 떨어지는 빗소리. 아, 좋구나.

　캠핑은 도시의 삶에서 무뎌진 오감을 깨운다. 텐트 안에서 죽음 같은 잠에 들었다가도 지붕을 두드리는 빗소리에 문득 깨어난다. 바람이 불어오는 소리에, 그 소리가 만들어내는 진동에 예민해진다. 이른 새벽, 텐트 사이로 스며드는 햇살이 눈부셔 눈을 뜬다. 귀를 가득 채우는 새소리. 나뭇잎에서 물방울 떨어지는 소리. 텐트 밑에서 올라오는 젖은 흙내음. 대기를 가득 채운 신선한 공기의 부드러운 흐름. 풍경과 소리와 냄새에 골고루 예민해진다. 무거운 배낭을 메고 무릎이 후들거릴 때까지 걷고, 최소한의 도구로 끼니를 준비하고, 자연과 나 사이에 얇은 천 한 장만을 사이에 두고 잠자리에 드는 일. 비록 첨단기술로 만들어진 도구에 의지하고 있지만 캠핑을 하는 동안은 착각하게 된다. 내가 문명으로부터 까마득히 멀리 떨어져 있다고.

　캠핑은 자신의 몸을 믿고, 몸에 기대어 자연과 더불어 호흡하는 일이다. 자연 속으로 혼자 들어오면 도시에서의 희미하던 개인의 존재감이 살아난다. 동시에 내가 얼마나 육체적으로 죽은 삶을 살아왔던가를 확인하게 된다. 캠핑을 하는 기간이 길어질수록 죽어 있던 내 몸의 육체성이 되살아난다. 더불어 내 몸 안에 잠들어 있던 야생의 본능이 조금씩 깨어난다. 수만 년 넘게 자연 속에서 생존법을 익혀온 인류가 내 유전자 속에 남긴 감각이다. 가장 진화한 여행자란 결국 가장 원시적인 여행의 방식으로 돌아가는 이가 아닐까.

호사스러운 밤을 보낸 다음날은 파이네그란데 산장까지 걷는다. 반대편에서 걸어오는 사람들과 자주 마주친다. 더블유 코스가 끝나는 지점이 그레이 호수이기 때문이다. 이 코스는 매일 산장에서 잘 수 있어 가벼운 짐을 멘 중년의 트레커가 많이 보인다. 파이네그란데 산장에 들어서니 호텔급 규모에 입이 벌어진다. 이토록 크고 호사스러운 산장은 처음이다. 당연히 가격도 호텔급이라 여럿이 방을 나눠 쓰는 도미토리의 가격이 6만 원에 가깝다. 이 옆에 대규모의 산장을 또 짓는다고 한다. 고생은 최소한으로 하면서 자연을 즐기고 싶다는 인간의 탐욕은 이런 산속에 초대형 산장을 짓는 모습으로 나타난다. 냉정히 나 자신에게 물어본다. 만약 내가 예산이 넉넉했다면, 이곳에 머물지 않을 자신이 있느냐고. 나 또한 이런 곳에서 하룻밤 편하게 쉬는 걸 거부할 수 있었을까. 좋은 여행가가 된다는 건 편하고자 하는 욕망과의 싸움에서 스스로를 끝없이 단련시키는 과정이 아닐까. 나이들수록 편하고 익숙한 것을 찾게 되는 본능과의 싸움에서 내가 지지 않기를. 여행지에서만이라도 기꺼이 불편하고, 느리고, 낯선 것들을 감수할 줄 아는 할머니로 늙어가기를.

이곳에서 배를 타고 페오에 호수로 건너간다. 반대편에서 파이네 산군의 전망을 즐기기 위해. 단지 호수를 하나 건너왔을 뿐인데 풍경이 완전히 달라진다. 사람도 적어 고즈넉함도 따라온다. 독수리 전망대에 오르니 360도 파노라마로 호수와 산군이 펼쳐진다. 옥색으로 빛나는 호수의 물결. 장엄하게 솟은 바위산군. 완벽한 정적. 며칠쯤 이곳에 머무르고만 싶다. 이곳에 하나뿐인 야영장을 찾아가니 가격은 비싸지만

시설은 놀라울 정도로 훌륭하다. 게다가 한적하고 조용하기까지 하다. 매니저 오마르가 사람이 없다며 유일한 방갈로를 저렴한 가격에 내주겠단다. 그 제안에 나는 무너진다. 좀 전까지 불편함을 즐길 수 있는 여행가가 되자고 떠들어놓고 금세 텐트가 아닌 방갈로를 선택하는 나란 인간의 가벼움이란. 부끄러움은 잠시. 침낭을 머리끝까지 덮어쓰고 여름용 텐트에서 추위에 덜덜 떨던 밤은 가고 장작불로 후끈하게 데워진 오두막의 안온함이 나를 두른다. 감사함과 미안함과 부끄러움이 뒤범벅된 밤.

오마르는 조용히 쉬라며 전망 좋은 식당까지 통째로 내준다. 이우는 저녁 햇살을 받은 파이네 산군을 바라보며 차를 마신다. 며칠째 읽고 있는 『나는 왜 쓰는가』를 마저 읽으며. 그의 글에 담긴 현실의 무게에 비해 지금 내가 처한 이 상황은 얼마나 안락한지. 그 간격이 아득하다. 바위의 색이 변해간다. 선명한 분홍에서 주황색으로, 마침내 붉은 핏빛으로. 마지막 순간 붉게 타오르던 빛이 꺼지고 다시 짙푸른 어둠이 호수를 감싼다.

아침에 눈을 뜨니 내 방갈로 앞에서 과나코(중남미 낙타의 일종) 가족이 아침식사중이다. 아빠 과나코는 사방을 경계하느라 바쁘고, 엄마와 아이들은 그런 아빠를 믿고 느긋하게 풀을 뜯고 있다. 길들인 동물도 아닌데 사람을 경계하지 않는다. 나는 적당한 거리를 유지하고 과나코 가족의 아침식사를 구경한다. 잠시 후 입에 무언가를 물고 유유히 걸어가는 여우 한 마리.

"저, 저거, 야생 여우 아니야?"

흥분한 내게 매니저 오마르는 아무렇지 않게 말한다.

"맞아. 이 근처 사는 앤데 여기 자주 지나가."

하루의 시작이 이토록 신선할 수 있을까. 자연 속에 머무는 최고의 즐거움을 아침부터 누린다. 오늘은 라구나베르데와 파이네 전망대 호텔까지 왕복 일곱 시간짜리 트레킹을 나선다. 초가을 숲길을 혼자 걷는다. 몇 개의 작은 연못을 지나는 동안 내내 따라오는 파이네의 산군. 끼이익 소리를 내며 흔들리는 나무들 때문에 자꾸 섬뜩 놀란다. '삐거덕' 나무라고 이름을 붙여준다. 삐거덕거리는 내 허리 같구나. 이 길에는 지나는 사람도 없다. 쓸쓸한 내 발걸음만 이어질 뿐. 초록빛으로 빛나는 베르데 호숫가에 목장을 겸한 숙소가 보인다. 그곳의 작은 카페 안, 장작이 지펴진 난롯가에서 따뜻한 초콜릿 한 잔을 마시며 쉰다. 이곳에서 일하는 처녀 카롤라. 케이팝을 좋아하는 그녀는 수도 산티아고에 가

면 한인타운을 찾아 잡채밥을 즐겨 먹는단다. 한류의 바람은 이 멀고도 깊은 산골까지 불어왔구나. 난롯가에 앉아 뜨개질을 하는 할머니의 모습이 엄마를 생각나게 한다. 긴긴 겨울밤이면 구멍가게의 난로 옆에서 모자를 뜨던 엄마.

페오에 호수 건너편에서 이틀을 보낸 후 다시 배를 타고 일주 코스로 돌아왔다. 지난 이틀과는 너무나 대조적인 환경에서 밤을 맞고 있다. 거센 비가 멈출 기미 없이 종일 쏟아진 오늘. 화장실조차 없는 습하고 더러운 이탈리아노 야영장에서 날씨에 대한 어리석은 희망을 품은 채 웅크리고 있다. 승리할 가능성 없는 전쟁에서 자기기만으로 버티는 병사처럼. 진흙투성이 바지에, 손톱까지 새카매진 손, 씻지도 못한 몸을 침낭에 구겨넣은 채. 저마다 비좁은 텐트 안에서 가지 않는 시간을 자꾸 확인하는 저녁. 우리가 구하는 건 기후의 신이 베푸는 보잘것없는 자비일 뿐. 찰나의 햇살과 온전히 모습을 드러낸 바위산의 얼굴. 아니, 그게 그렇게 과한 욕심인가? 화장실이 자주 막힌다고 야영장 화장실을 폐쇄한다는 게 도대체 말이 되는 건가? 입장료는 그렇게나 비싸게 받으면서 화장실을 폐쇄하는 만행을 저지르다니. 몸을 숨길 만한 곳은 죄다 무허가 변소로 변해 있는 이곳, 너를 '지구 최악의 야영장'에 임명한다.

심란한 밤을 보낸 다음날, 다시 빗줄기가 흩날린다. 토레스델파이네 국립공원에서 가장 아름다운 계곡이라는 바예스데프란세스로 향한다. 비 때문에 아무것도 보이지 않을 거라 생각하면서도 더는 텐트 안에 누워 있을 수가 없어 길을 나선다. 빙하와 설산에 둘러싸인 계곡의 한쪽은 거대한 바위산군이 솟아 있고, 다른 쪽은 거센 소리를 내며 물이 흐른다. 바위성채는 실루엣으로나 겨우 보이고, 어서 내려가라는 듯 거센 바람이 등을 민다. 아쉬움을 안고 내려오는 길, 구름이 걷히고 '파이네의 탑들'이 모습을 드러낸다. 얼음의 벽과 눈의 봉우리에 둘러싸인 바위성채. 까마득한 시간의 퇴적. 내가 몇십 번의 윤회를 거듭한다 해도 살 수 없는 시간이 차곡차곡 쌓인 흔적이다. 비가 그친 오후, 호수 너머로 무지개가 떠올랐다.

거세게 불어대는 바람과 추위에 밤새 떨며 잠을 설쳐야 했다. 지난 밤을 보상이라도 하듯 환하게 빛나는 햇살. 호수와 초원과 풀을 뜯는 말들과 하늘에 드리운 구름과 설산. 스물다섯 살 독일 청년 필립. 젊고, 잘생긴데다, 착하기까지 한 그와 이틀째 함께 걷고 있다. 싸들고 온 팔일치 식량을 다 먹어치운 나는 매끼 그의 식량을 축내는 '민폐의 종결자'로 등극했다. 필립은 야영 첫날밤, 텐트 바깥에 둔 자기의 식량 주머니를 쥐가 쏠아서 몇 개의 음식을 버려야 했다고 투덜거렸다. 필립은 상상도 못했으리라. 곧 자신의 식량 위기를 불러올 거대한 인간 쥐와 함께 걷게 되리라고는. 야영장에 도착하니 이곳 산장도 오늘부터 폐쇄란다. 트레킹 시즌이 끝나가기 때문에. 또다시 화장실 없는 야영장 신세다. 폭풍처럼 휘몰아치는 비바람 소리 요란한 밤. 나는 쉬이 잠들지 못하고 자꾸 돌아눕는다. 나무에 걸어놓은 음식 가방이 젖지 않을까. 벼락이 텐트 위로 내리치지는 않을까. 내일도 날씨가 이렇게 나쁜 건 아니겠지. 나이가 든다는 건 잔걱정이 많아진다는 건가.

　　토레스델파이네 국립공원에서의 마지막날. 빗줄기는 약해졌지만
날씨는 여전히 나쁘다. 토레스의 탑을 만나기 위해 전망대로 향하는
길. 고도가 조금 높아지자 비가 눈으로 변해 쏟아지기 시작한다. 세상
은 하얗게 지워져가고, 신발은 점점 젖어가고, 손발은 얼어간다. 언
제나 무사태평인 필립이 말한다. "걱정 마. 곧 날씨가 갤 거야." 부럽
다, 저 근거 없는 낙관주의. 전망대 부근에 올라서니 어디선가 "파이어
Fire!"라는 괴성과 함께 폭탄이 날아온다. 위쪽에서 생면부지 외국인들
이 우리를 향해 눈폭탄을 날린다. 싸움을 걸어오는데 가만히 있는 건
도리가 아니지. 아래쪽의 몇몇도 배낭을 내려놓고 눈폭탄 제조를 시작
한다. 괴성과 함께 날아다니는 눈폭탄들. 인정사정 보지 않는 눈싸움
한 판을 벌이고 난 후 우리는 바위 봉우리가 모습을 드러내기를 함께
기다린다. 눈싸움을 주도한 부부 롤런드와 에바는 독일에서 온 경찰과
선생님. 독일의 공무원은 4년마다 안식년을 쓸 수 있다. 3년간 급여의
75퍼센트만 받고 일한 후, 4년째 해에는 쉬면서 그동안 모아둔 나머지
급여 75퍼센트를 받을 수 있다. 그 제도를 이용해 이 부부는 4년마다
1년씩 여행을 다닌다. 여행중 말레이시아에서 만나 그곳에서 결혼한
이 부부의 결혼예물은 코코넛 열매로 만든 반지. 시가는 무려 3천 원.
충격에 약하다는 단점 덕분에 에바는 벌써 네 개째 결혼반지를 갈아치
웠다. 다함께 야영장으로 돌아와 모여 앉았다. 나에게 남은 유일한 식
량 초콜릿을 꺼내 뜨거운 물에 녹이고 가루 우유를 타 아르헨티나식 핫

초콜릿인 '수브마리노'를 만들었다. 다들 배낭에서 남은 음식을 꺼내
나눠 먹으며 수브마리노로 건배를 한다.

　텐트를 접고 산에서 내려오는 길, 롤런드가 내 짐을 들어주겠단다.
그의 아내 에바가 "뱃살 좀 빼야 해. 어서 맡겨"라며 거든다. 덕분에 팔
자도 없는 남의 돌쇠를 쓰는 행운이 따라왔다. 유쾌한 벗들의 에너지
덕분에 산에서의 마지막 하루가 통통거리며 지나간다. 모두 셔틀을 타
고 국립공원을 빠져나오는 길. 혼자 야영장으로 돌아가는 필립의 뒷모
습이 눈에 밟힌다. 어느새 정든 이들이 모두 떠나간 오늘밤은 조금 쓸
쓸하겠지만 내일은 또 새로운 이들과 웃고 있으리라. 필립, 정말 고마
웠어. 행운을 빌어.

토레스델파이네에서 보낸 열흘. 몸은 고단했지만 그럴수록 정신은 명징하게 깨어났다. 내 육체의 한계를 극복함으로써 정신의 지평선도 조금은 넓어진 것 같다. 이곳에서의 감동이나 공포는 그 옛날 모닥불을 피워놓고 살아가던 이들이 자연 속에서 느끼던 그 감정과 같지는 않을 것이다. 나는 결코 맨몸으로, 태초의 인간과 같은 방식으로 그 자리에 서 있었던 게 아니니까. 이곳에 원초적인 고립감 같은 것은 더이상 존재하지 않는다. 아니, 이제 지구의 어디에도 오지는 남아 있지 않다. 우리에게 남은 건 단지 흉내내기뿐이다. 태곳적의 모습을 고스란히 간직한 자연 속에서 잠시나마 죽어가던 감각을 살리려 애쓰는 일일 뿐.

만약 태초의 여성 여행가가 있었다면, 그녀는 어느 정도의 두려움을 극복해야 했을까. 야생의 동물에게서 자신을 지킬 도구라고는 돌도끼가 전부인 그 세계에서, 집단으로 뭉쳐 살아갈 수밖에 없던 시절에 나처럼 안전한 세계 바깥으로 나왔던 이가 있었을까. 고어텍스 초경량 등산화 따위 없이, 비바람으로부터 몸을 보호해줄 텐트도 없이 오직 맨몸으로 혼자 이곳에 서 있던 이가 있었을까. 그녀가 그 욕망과 의지의 대가로 치러야 했던 것은 무엇이었을까. 무리 중 누구도 보지 못한 세계를 본 후 짐승의 밥이 되었을지도 모른다. 굶주림과 목마름과 공포로 가고자 했던 길을 끝까지 가지도 못하고 쓰러졌을지도 모른다. 나보다 앞서 집을 뛰쳐나갔던 여자들. 자신의 욕망과 의지에 정직했던 여자들. 무수한 그녀들이 있었기에, 내가 여기까지 올 수 있었다. 나를 괴롭히고 성장시켰으며, 나를 움직이게도 했지만 주저앉히기도 했던 욕망과 의지. 그것이 나를 이곳까지 끌고 왔다. 어느 모로 보나 나는 여행가와는 어울리지 않는 인간이다. 침대가 아니면 잘 자지도 못하는 내가, 가리는 음식이 많은 내가, 겁이 많아 의심도 많은 내가, 편하고 안락한 것을 좋아하는 내가, 혼자 여기까지 와서 걸었다. 내 한계를 담담히 인정하고, 제한적이나마 그 한계를 극복하려 애쓰며. 나를 구속하는 모든 제약을 끌어안은 채 여기 서 있다.

나의 파타고니아 여행은 이제부터가 시작이다. 내가 살던 세계 바깥의 또다른 세계를 찾아 지구의 남쪽 끝을 향해 계속 내려갈 것이기에. 나는 늘 나를 둘러싼 세상 너머 또다른 세상이 있다고 믿었다. 내가 속한 좁은 세상이 전부가 아니라는 것을, 그 세상에서 자발적으로 떨어져나온다 해도 삶은 계속되는 것임을, 오히려 더 나은 삶을 만날 수도 있다는 것을, 스스로 증명해보이고 싶었다. 이 고립무원의 땅이야말로 그런 내 믿음을 다시 확인시켜줄 수 있는 곳인지도 모른다. 이곳은 실패가 상처가 되지 않는 곳이며, 고향을 등진 자들의 고향으로 남은 땅이기에.

내가 이 배를
왜 탔을까

나비맥 크루즈

라틴아메리카 춤추듯 걷다   파타고니아 ⟶

삶이 그렇듯 여행도 늘 뜻대로 풀리는 건 아니다. 호화 유람선을 타고 우아하게 항해를 하겠다고 예약한 배는 애처롭게 울어대는 수백 마리의 소를 태운 화물선일 수 있고, 가난하나 패기만만한 디캐프리오 같은 청년이 한 명쯤 있지 않을까 기대한 4인용 선실에는 여자만 가득하기도 하고, 명성 높은 칠레 피오르의 빙하를 보겠다는 욕망은 성수기가 끝났다는 이유만으로 예고도 없이 무시되기도 하는 법이다.

칠레의 남부 항구도시 푸에르토나탈레스에서 푸에르토몬트로 올라가는 3박 4일간의 배여행(나비맥 크루즈)은 언제부터인가 서구 배낭 여행자들의 '위시리스트'에 올라가 있다. 칠레의 피오르 해안이 보여주는 빼어난 풍경과 작은 배 조디악을 타고 빙하 바로 앞까지 가는 빙하 탐사 일정 때문이다. 하지만 이번 크루즈는 그 시작부터 격조나 우아함과는 거리가 멀었다. 예약했던 배인 에반젤리스타호가 암초와 충돌하는 바람에 그보다 급이 떨어지는 푸에르토에덴호로 변경됐다. 넓은 라운지, 영화 상영관, 갑판에는 수영장과 선베드, 동서 각국의 산해진미가 준비된 뷔페 요리까지는 기대하지 않았지만 이 정도일 줄이야. 낡고 허름한 식당은 좁기까지 해 백십 명의 승객이 두 번에 걸쳐 식사를 해야 하고, 유스호스텔 도미토리보다도 못한 4인용 선실은 몸을 움직일 공간도 없다. 짐칸에는 도살장으로 끌려가는 소들이 눈을 껌뻑거리며 실려 있는데 저녁상에 소고기가 올라온다. 결정적으로, 이 배를 유명하게 만든 빙하 관광까지 취소되었다. 게다가 날씨까지 나빠 바람 불고 비 내리는 날이 이어진다. 결국 버스로 하루면 올라갈 길을 바다에 돈을 뿌리며 3박 4일 동안 올라가는 셈이 되고 말았다. 선실에서 구석기 시대의 속도로 흘러가는 시간을 헤아리면서……

하지만 아무리 기대 이하의 장소라 해도 마음을 흔드는 장면 하나쯤은 만나게 되는 법이다. 어느 날 밤, 저녁식사 자리에 합석한 영국인 데이비드와 캐리 부부. 그들의 이야기가 따뜻하게 내 마음을 데워준다. 캐리가 열네 살, 데이비드가 열일곱 살일 때 학교 여름 캠프에서 처음 만난 두 사람. 서로에게 호감을 느꼈지만 그 나이 또래가 그렇듯 좋아도 싫은 척하기를 반복하다가 진전 없이 헤어졌다. '지금은 배 나온 아저씨가 되어 있겠지.' '아이 키우느라 미장원 갈 시간도 없는 아줌마가 되어 있겠지.' 이렇게 서로를 그리워하며 흐른 시간이 무려 23년. 그간 데이비드는 연애 한 번 안 하는 순정을 지키면서 그 세월을 보냈다. 좀 믿기지는 않지만. 그러다가 작년 6월, 캐리가 아직 미혼임을 우연히 알게 된 데이비드는 이메일 주소를 알아내 그녀에게 연락했다(밀랍 도장으로 이니셜을 찍은 편지보다야 덜 매력적이지만 이메일도 충분히 로맨틱하다). 캐리는 여행을 핑계삼아 데이비드가 살던 캘리포니아로 날아갔다. 석 달 후인 9월의 날빛 좋은 날, 둘은 요세미티 국립공원의 그 유명한 하프 돔을 오르고 있었다. 데이비드의 배낭에는 반지와 샴페인 한 병이 들어 있었고. 고된 등반 때문에 힘들어하던 캐리는 호시탐탐 기회만 엿보던 데이비드에게 외쳤다.

"어떡해. 내 손가락 퉁퉁 부은 거 보여?"

안 그래도 마음 졸이던 이 남자, 반지가 안 맞을까봐 전전긍긍. 마침내 해발고도 2693미터의 하프 돔 정상에 오른 두 사람. 캐리가 숨 돌릴 틈도 없이 데이비드가 반지를 내밀며 떨리는 목소리로 물었다.

"남은 생을 나와 함께 해줄래?"

부은 손가락에 간신히 끼워진 반지를 보며 웃던 캐리는 이렇게 대답했다.

"이 길로 또 내려가야 하는 거라면 거절할 거야."

올해 2월, 결혼에 골인한 두 사람은 6개월째 신혼여행을 즐기고 있다. 새로 시작된 생에서 두 사람이 뭘 하며 살지도 고민해보고, 헤어져 있던 세월에 대한 보상도 하기 위해. 세상에는 이런 사랑도 있어 금욕적인 삶을 사는 나를 슬금슬금 쑤시기도 한다.

인간을 가장 순정한 의지의 존재로 만드는 사랑이라는 감정. 불가능한 것을 가능케 하고, 당연한 것을 당연치 않게 만들고, 자신을 전혀 새롭고 낯선 존재로 만들어버리는 사랑. 그 사랑에 빠질 기회가 사는 동안 몇 번이나 찾아올까. 나이가 든다는 건 사랑할 가능성이 그만큼 희박해지기도 한다는 거다. 남은 인생에 격렬한 변화의 가능성이 사라져간다는 것. 어제와 똑같은 오늘과 내일이 기다리고 있을 뿐이라는 것. 늘 새로운 자극이 필요했던 젊은 시절의 나는 사랑은 뜨겁게 타오르는

113

순간의 감정이라 믿었다. 곧 끊어질 것 같은 팽팽한 긴장, 불같은 열정, 파괴적인 소유욕. 그런 게 사랑의 본질이라 믿었다. 하지만 어떤 사람에게 사랑의 본질은 편안한 소파 같을 수도 있을 것이다. 오랜 세월 사용해와서 자신의 체형대로 여기저기 움푹 들어간 소파, 자신의 체취가 배어 있어 너무 편안해 앉기만 해도 스르르 잠이 올 정도로 오래된 소파. 과거의 나였다면 낡아서 지루해진 소파를 갈아야 한다고 생각했을 것이다. 하지만 이제는 한때 타오르던 불길보다 그 불이 꺼지고 난 후의 따뜻한 온기에 마음이 쏠린다. 누구도 다치게 할 염려가 없는 그 미지근한 온기. 순간 타오르는 정열보다 오래가는 온기가 더 의미 있다는 것을, 약속과 서로에 대한 책임감으로 끝까지 가는 일의 미더움을 알게 되었다. 화석이 되어버린 내 심장과 재생 불능의 연애세포는 언제쯤 부활이 가능할지. 내 인생을 뒤흔들 누군가가 나에게 오고 있다는 상상은 못한 채, 부러운 마음으로 그들을 바라본다.

딱 한 번의 인상적인 만남, 네덜란드보다 크다는 베르나르도오히긴스 국립공원을 한 시간 만에 훑어보는 딱 한 번의 하선, 하룻밤의 심한 뱃멀미, 오랜 지루함을 단번에 날려버리는 고래와 돌고래와의 만남을 남긴 채 배는 푸에르토몬트에 닻을 내렸다.

푸에르토몬트 주변의 작은 호숫가 마을 푸에르토바라스에 며칠을 머무른 후 다시 국경을 넘어 산마르틴데로스안데스로 가는 길. 버스는 호수를 왼쪽에 끼고 산과 들판을 가로지른다. 다시 파타고니아 땅이다. 하늘이 그림을 그리고, 바람은 노래를 부르고, 햇살이 춤을 추는 땅. 이런 풍경 속에 머물 수 있다는 것만으로 이번 생은 된 것 같다는 만족을 주는 곳. 붉은 렝가나무 숲 위로 함박눈이 펑펑 쏟아지는 고개를 넘으니 국경이다. 지난 석 달 사이 칠레와 아르헨티나 국경을 몇 번을 넘은 걸까. 푸콘에서 바릴로체로, 엘칼라파테에서 푸에르토나탈레스로, 푼타아레나스에서 우수아이아로, 우수아이아에서 푸에르토나탈레스로, 푸에르토바라스에서 바릴로체로 벌써 다섯번째다. 이토록 자유롭게 넘을 수 있는 국경이 우리에게도 있다면! 어쩌다 한반도는 섬이 되어버린 걸까. 성별과 피부색, 성적 취향, 종교와 나이 그 모든 경계를 자유롭게 넘어선 인간이 되기 위해선 지리적 경계를 넘나드는 경험도 필요하지 않을까. 선을 넘어가면 세계의 끝이 아니라 다른 세계가 기다리고 있고, 그 세계에도 우리와 똑같은 사람들이 저마다의 삶을 살아가고 있다는 것을 몸으로 체험해 아는 것. 지리적 경계의 확장을 통한 경험은 결국 정신적 경계선을 넓히는 기반이 되어줄 테니까.

117

　하지만 이건 여행이 가장 큰 학교였던 내 경험에서 나온 생각일 뿐이다. 여행을 한다고 해서 모두가 똑같이 성장하는 건 아니라는 사실을 나 또한 알고 있다. 여행을 통해 자신이 쌓은 생각의 성을 벗어나지 못하고 그 벽을 더 확고히 세우는 사람들도 있다. 기독교 교회에서 신성함을 느끼는 이들이 다른 신의 이름으로 만들어진 성소를 사라져야 할 사탄의 땅이라고 믿기도 한다. 아마존을 보며 이 아름다운 지구를 지켜야겠다고 생각하는 이가 있다면 파헤치고 개발해서 떼돈을 벌어야겠다고 생각하는 이도 있다. 어떤 나라의 토속신앙과 마주쳤을 때 다양성을 확인해 좋아하는 이가 있다면, 복음을 전할 기회를 주셔서 감사하다고 기도를 올리는 이도 있을 것이다. 인간은 너무나 다양한 존재이기에 여행이라는 훌륭한 성장 수단 또한 사람마다 다르게 쓰인다. 여행 또한 불완전한 인간이 만든 불완전한 도구일 뿐이다. 자신을 성장시키기도 하고, 제자리에 머물게도 하며, 그곳에 사는 사람에게 도움이 되기도 하지만, 파괴적일 수도 있는 여행. 나는 어떤 여행을 하고 있는지 문득 돌아보게 된다.

산마르틴데로스안데스에 도착하니 구름 사이로 햇살이 빛난다. 이곳은 체 게바라가 의대생이던 시절에 아르헨티나 북부 코르도바에서 출발해 오토바이를 타고 내려가던 길목으로 영화 〈모터사이클 다이어리〉의 배경이 되었던 곳이다. 그가 일주일간 머물렀던 마구간은 이제 박물관이 되어 있다. 트레킹 시즌이 끝나고 스키 시즌을 기다리는 마을은 한산하다. 라닌 국립공원으로 가는 대중교통이 다 끊긴 탓에 여행사

의 일일 투어에 합류한다. 쌀쌀하지만 청명한 가을아침. 3775미터 높이의 라닌 화산은 이마 가득 눈을 인 채 우뚝 솟아 있다. 호숫가에서 풀을 뜯는 말과 사슴. 노랗게 시든 풀과 황금빛으로 타오르는 미루나무. 호숫가를 걷고, 점심을 먹고, 폭포까지 짧은 트레킹을 다녀오자 숲속에서의 티타임이 준비되어 있다. 뜨거운 차를 마시며 운전기사 마리오 아저씨와 이야기를 나눈다. 그는 일주일에 네댓 차례씩 이곳에 오지만 올 때마다 매번 아름다움을 발견한단다. 나는 그의 이야기에 깊이 공감한다. 같은 산, 같은 길이라 해도 풍경은 언제나 제각기 다른 마음의 결을 일깨우니까. 걸을 때의 기분에 따라, 그날의 날씨나 어떤 계절이냐에 따라, 함께 걷는 이에 따라, 늘 다른 풍경을 보게 된다. 그러니 여행의 기쁨은 어디로 가느냐 하는 장소의 문제가 아니라 어떻게 느끼느냐라는 여행자의 태도에 달려 있지 않을까.

　　라닌 국립공원을 비롯한 이 지역에는 원주민 마푸체족이 살고 있다. 파타고니아 지역의 원주민 대부분이 절멸했음에도 유일하게 살아남은 부족이다. 가이드 벤하민은 마푸체족이 살아남을 수 있었던 이유에 대해 "인구가 많았기 때문"이라고 간단히 말한다. 하지만 그들의 문화도 빠르게 사라져간다. 이곳 초등학교에는 마푸체어를 할 수 있는 선생이 있지만, 아이들은 누구도 마푸체어를 못한다. 우리가 오늘 점심을 먹은 식당의 어린 아들처럼. 푸에르토바라스나 바릴로체 같은 마을의 기념품 가게에서는 모두 이들이 만든 수공예품을 팔고 있다. 그나마 그들의 전통문화가 그렇게 기형적으로라도 맥을 이을 수 있는 것은 관광객들 덕분인 걸까.

돌아오는 길, 살찐 달이 산 너머로 떠오른다. 오렌지빛으로 물들어 가는 하늘 너머 까만 점으로 사라지는 라닌. 부디 저 산에 깃들어 살아온 이들과 오래도록 평화롭기를……

다음날은 붉은 산인 세로콜로라도 산(1742미터)을 오른다. 오늘의 동행자는 가이드 벤하민과 과묵한 프랑스 청년 벤. 왕복 네 시간의 길지 않은 산행인데다 가이드까지 함께하니 부담도 없다. 렝가나무가 군집을 이룬 숲을 지나니 눈 쌓인 길이 이어진다. 벤하민이 앞서 걸으며 눈을 다져주니 한결 수월하다. 렝가나무의 몸통마다 연두색의 수염 같은 기생식물이 펄럭이고 있다. 리켄이라는 이름의 이 식물은 그 생김새 때문에 '할아버지 수염'이라는 별명을 달고 있다. 숲을 빠져나와 거센 바람이 부는 길을 30분쯤 오르니 정상이다. 호수와 라닌 화산과 칠레로 넘어가는 도로까지 한눈에 들어온다. 겨울 산의 맵고 투명한 공기를 심장 깊숙이 들이마신다. 벤하민이 보온병에 담아온 뜨거운 마테차와 스콘을 건넨다.

마푸체 문화를 설명하던 벤하민이 이렇게 말한다.

"마푸체 사람들 일부는 위선적이야. 돈이 필요할 때는 전통 옷을 걸치고 말을 타고 정부를 찾아가면서 평소에는 위성 텔레비전을 보고, 사륜구동차를 타고 다녀. 그들은 세금도 안 내고, 병원도 다 무료야. 정부로부터 땅도 그냥 받았으면서 국립공원 내의 자기 땅을 통과 못하게 하지."

그 말에 목덜미가 뻣뻣해져 참지 못하고 끼어든다.

"그들을 그렇게 만든 건 너희잖아. 여긴 원래 그들 땅이었는데 빼앗은 대가로 약간의 땅을 주거나 세금을 면제해주는 거고. 그들이 백인처럼 산다고 비판할 권리는 없는 것 같아. 결국 그들을 그런 삶으로 몰아낸 건 백인 이주민들이니까. 북아메리카 원주민처럼 똑같은 상태로 만들었잖아."

"물론 그렇기야 하지만……" 말을 흐리던 벤하민이 덧붙인다. "게다가 마푸체족은 칠레인도 아르헨티나인도 아닌 마푸체족일 뿐이야. 그들에게 아르헨티나는 나라는 아무 의미도 없어."

수천 년을 부족의 개념으로 살아온 이들에게 국가의 개념을 강요한다는 게 무리 아닐까. 백인과 소수 원주민 사이의 소원함이 은근히 드러나는 이야기에 그저 안타깝다. 어떤 나라의 소수 부족들은 소수라는 이유만으로 그들의 삶을 전시하며 살아야 한다. 원치 않아도 관광객들의 카메라에 노출되어야 하고, 일상의 많은 부분을 호기심과 눈요깃감의 대상으로 내놓아야 한다. 그런 그들이 우리와 같은 욕망을 품었다고 비난할 자격이 우리에게 있을까. 원주민들이 오래된 생활방식을 고수하며 고결한 정신을 지닌 채 불편하게 살아주기를 바라는 우리들의 이기심이야말로 비난받아야 하지 않을까. 우리가 어떤 사람을 위선적이라고 비난할 때, 우리가 그들보다 정직하고 용감하기 때문은 아닐 것이다. 그들이 우리 안의 감추어진 얼굴과 욕망을 드러내기 때문에 불편한 게 아닐까.

ARGEN

3장

아르헨티나

멘도사

부에노스
아이레스

우수아이아

세상의 끝에서
슬픔을 묻다

우수아이아

라틴아메리카 춤추듯 걷다   아르헨티나 ⟶

내가 가고 있다. 나를 기다리는 게 무엇인지는 모른다. 하지만 나는 가
고 있다. 지구 끝의 세계로.

─『지구 끝의 사람들』(루이스 세풀베다 지음, 정창 옮김, 열린책들, 2003, 86쪽)

보영과 아휘를 기억하는지. 사랑하면서도 끝내 서로에게 가닿지 못
한, 마지막까지 외로울 수밖에 없었던 두 사람의 이야기를. 영화 〈해피
투게더〉에서 아휘의 눈물을 묻었던 붉은 등대가 서 있는 섬으로 가는
길. 뱃전에 서서 뺨을 긁듯이 불어오는 모진 바람을 맞으며 생각한다.
지구 끝까지 내려와 슬픔을 묻고 갔을 사람들을.

여기는 남위 55도, 지구 최남단 도시 우수아이아. '엘핀델문도', 세
상의 끝이라고 불리는 곳이다. 삶의 벼랑으로 내몰리고, 사랑에 무릎
꺾인 영혼들이 마지막으로 찾아오는 땅. 희망을 버린 이들이 내려와 포
기하지 못한 삶을 다시 일구어가는 곳. 아휘가 말했듯 여긴 슬픈 기억
들을 묻어두고 오는 곳이다.

칠레의 푼타아레나스에서 열두 시간을 달려온 버스가 우수아이아

에 들어섰을 때는 비가 내리고 바람이 부는 사나운 밤이었다. 그 서글
픈 첫인상에 잠시 흔들리기도 했지만, 머무는 시간이 길어질수록 우수
아이아는 처연하게 마음을 잡아끌었다. 남극으로 떠나는 크루즈가 정
박하는 부둣가의 관광안내소는 여권에 '지구 최남단 도시'의 도장을 찍
는 사람들로 붐비고 있다. 마침내 이 먼 곳까지 오고야 말았다는 뿌듯
함일까. 그들의 얼굴에 어린 붉은 기운은.

이곳에 도착한 첫날밤, 나 또한 이 도시에 슬픔을 묻고 있는 여인을
만났다. 여행을 왔다가 우연히 만난 남자로 인해 인생이 바뀐 여인. 그
녀를 바래다주던 길에 수줍은 그 남자가 외친 말. "오늘밤 나보다 더 행
복한 놈 있으면 나와보라고 해!" 그 한마디에 실린 마음을 거절하지 못
해 결국 이곳에 삶을 묻고 만 여인. 작고, 가냘픈 여인이다. 1970년대
초 이곳으로 이주한 고 문병희님의 아내. 얼마 전 세상을 떠난 남편의
이야기를 할 때면 금세 검은 눈동자에 눈물이 그렁그렁 맺힌다. 지구
끝의 이 외진 마을에서 수십 년을 일구어온 농장을 아르헨티나 지방 정
부에게 거의 다 뺏기고, 그 화병으로 남편이 세상을 떠난 후 혼자서 농
장을 지키며 살아가는, 약하면서도 강인한 여인. 이 도시 사람들은 다
빈이네 농장 덕분에 수도에서 비싼 채소를 들여오지 않게 되었다고 한
다. 수도에서 의대에 다니는 큰아들 다빈이, "엄마 곁에 있어야 하니까
이 도시의 대학에 갈게요"라는 속 깊은 둘째 래원이, 그리고 두 아들을
먼저 떠나보낸 팔순의 시어머니를 모시고 사는 여인. 나를 비롯한 여행
자들은 그녀를 '다빈이 엄마' 혹은 '이모님'이라고 부른다. 지구 끝까지

내려와 모국어를 쓰는 여인의 집에 머물 수 있다니. 그녀에게는 유배지와 같을지도 모를 이곳이 우리에게는 사막 끝의 오아시스인 셈이다.

마을의 백 년 된 찻집에서 그녀와 차 한 잔을 나누던 어느 밤. 언제나처럼 바람이 몹시 불던 밤, 나는 조금 들떠 있었다. 오랫동안 식품점이었다던 카페는 옛 물건들이 그대로 남아 있었다. 식품점의 낡은 장부, 야채의 무게를 재던 저울, 다리미와 오래된 장난감까지. 카페는 분위기가 꽤 괜찮았다. 펭귄 모양의 초콜릿 케이크와 뜨거운 커피를 시켜놓고 이 도시에 삶을 의탁한 사람들의 이야기를 듣는 밤. 지구 끝에 남겨진 사람들의 이야기를 들으며 나도 모르게 마음이 젖어갔다.

그녀가 들려준 일본 남자 다나카와 칠레 여자 로라의 이야기. 자전거를 타고 중남미 여행을 왔다가 이곳에 정착한 다나카는 이곳에서 만난 칠레 여인 로라와 사랑에 빠졌지만 그녀의 집안에서 반대해 헤어져야 했다. 그후 다나카는 이 마을 여자와 결혼해 딸 둘, 아들 하나를 낳고 살았다. 그러던 어느 날, 아내가 떠나버렸고 지금은 지적장애인인 아들과 둘이 살고 있다. 다나카가 사랑한 로라는 아르헨티나 선원과 결혼했지만 그녀 역시 남편이 떠나버려 혼자 아들 하나, 딸 하나를 키우며 살고 있다. 그녀의 딸도 장애아라는 운명까지 다나카와 꼭 닮은 채로. 아직도 두 사람은 한마을에 살고 있다. 예순의 나이가 된 지금, 어쩌다 카페나 시장 같은 곳에서 우연히 마주쳐 서로의 얼굴에서 세월을 볼 때, 그들은 무슨 생각을 할까? 그와 살았다면, 그녀와 함께였다면, 삶이 달라졌을까. 혹시라도 그런 생각을 하게 될까?

남편을 두고, 아내를 두고 떠나버린 다나카의 아내와 로라의 남편.

그들은 또 어디로 갔을까. 어쩌면 그들은 떠나야만 했을지 모른다. 당신을 떠나야 내가 살 수 있어. 그게 아니라면, 내가 떠나야 당신도 살 수 있어. 남겨지는 사람의 고통을 생각하기에 앞서 가야 할 사람은 결국 가고 만다.

운명이 우리를 끌고 가는 그 무서운 힘을 생각해볼 때면, 수고하고 애쓰는 모든 것이 아무 의미가 없는 건 아닐까 하는 생각이 들기도 한다. 하지만 운명의 '운' 자는 '움직일 운'. 삶은 결국 내가 움직여가는 거라고 믿고 싶다. 나에게 일어났던 그 모든 실패와 패배한 사랑조차 내가 스스로 몰고 갔던 거라고, 그러니 그 책임도 내가 지는 거라고. 보이지도, 만질 수도 없는 운명 따위에게 내 삶을 속수무책으로 맡겨버리긴 싫으니까. 이런 내 얘기에 누군가는 "아직 철이 들려면 멀었네. 의지로 어쩔 수 없는 것들이 가득한 게 인생인데……"라고 말할지 모르겠지만.

카페에 모여 앉은 마을 주민들의 얼굴에는 어딘지 체념의 빛이 어려 있다. 스스로 운명을 끌고 가려 애썼던 이들이 마지막 순간에야 받아들이고 만 체념 같은. 강인한 사람들이 살고 있는 도시의 창밖으로 찬바람이 불어오고 있다.

우수아이아가 속한 이 지역은 티에라델푸에고, '불의 땅'이라 불린다. 그 옛날 마젤란이 이곳으로 왔을 때 절벽 위에 원주민들이 피워놓은 모닥불이 활활 타오르는 모습을 보고 그렇게 부르기 시작했다. 바다에서 배를 타고 건너온 이방인의 눈에는 어둠 속에서 타오르는 모닥불이 허공에 찍은 붉은 점처럼 또렷하게 떠올랐을 것이다. 불의 땅. 그 이름이 무척 어울린다. 여긴 정말 불과 물과 흙 같은 가장 원초적인 것들만 남은 땅 같다. 이곳에서는 인간의 의지보다 자연의 힘이 압도적이다. 이곳의 대지와 하늘과 바람, 비와 구름은 인간의 계획을 비웃고, 흐트려놓는다. 인간의 개입이 최소로 남은 곳, 지구가 태초의 모습에 가깝게 남아 있는 곳, 우수아이아는 그런 곳이다.

안타깝게도 이곳에서는 원주민들을 볼 수 없다. 파타고니아에서도 그랬고, 이곳 불의 땅에서도 원주민은 이미 몰살당해 사라졌다. 외부 세계와의 접촉 없이 6천 년을 이 땅에 살아온 야간족은 침략자들이 들여온 질병에 속수무책으로 쓰러졌고, 일부는 영국 해군 제독 피츠 로이에게 납치되어 영국으로 실려갔다. 그들은 '교육'을 받고 '문명화된 노예'의 표본으로 영국 전역을 돌아다녀야 했다. 그렇게 인간 전시품이 되었던 네 명 중 제임스 버튼이라 불린 소년의 흔적이 우수아이아 시내에 기념품 가게의 이름으로 겨우 남아 있다. 또다른 원주민 부족인 야마나족은 티에라델푸에고 제도를 통틀어 단 한 명의 여성이 살아남았다고 한다. 나바리노 섬에 살고 있는 그녀가 세상을 뜨는 날, 한 부족 전체가 사라지고 말 것이다. 6천 년간 살아 있었던 그들의 언어도 함께.

칠레와 아르헨티나만 놓고 말하자면 이제 이곳의 주인은 백인이다. 대부분의 원주민은 박물관의 사진으로만 남아 있을 뿐. 백인이 총으로 그들을 몰살하지 않았다 해도 어쩌면 그들은 살아남지 못했을지도 모른다. 땅을 사고팔고, 내 것과 네 것을 가르고, 철저히 이윤만을 추구해가는 이 독한 경쟁 구조 속에서 버티지 못했을 테니까.

그런데 왜 칠레와 아르헨티나 사람들은 원주민 말살에 대해서 "백인White people"이 그랬다고 말하는 걸까. 자신들의 선조가 바로 그 '백인'들인데, 완전히 타인이 저지른 일처럼 말을 한다. 며칠 전 배에서 만난 부에노스아이레스에서 온 부부도 그랬다. 7천 년을 이 땅에 살았던 원주민 셀크남족이 70년 만에 멸종된 이야기를 하면서 '백인들'이 그랬다고 했다. 그 단어로 잔혹한 학살의 책임에서 면죄받고픈 욕망을 감지한다면, 내가 너무 편파적인 걸까? 하지만 나 역시 그렇게 비겁한 면책을 스스로에게 부여하며 살아가는 일들이 있으니 그들만 비난할 수는 없으리라.

이곳에서의 날들은 고요하고 느리게 흘러간다. 마을을 따라 두어 시간쯤 걸어 빙하를 보러 갔다 오거나, 이모님 농장에 놀러가 장작 난로 위에 해물전을 부쳐 먹기도 한다. 배를 타고 비글 해협(찰스 다윈이 타고 온 비글호의 이름을 따서 붙였다)을 둘러보며 바다사자와 가마우지떼를 만나고 돌아오는 길, 마침내 지구 최남단 등대를 마주한다. 아휘의 슬픔을 묻고 온 바로 그 등대다. 귓전을 때리는 차가운 바람에 슬픔을 실어 보낼 수 있을까, 저 붉은 등대까지.

어느 날은 펭귄 섬을 찾아간다. 3천 5백 쌍의 마젤란 펭귄, 스물네 쌍의 젠투 펭귄, 무리에서 혼자 길을 잃은 킹 펭귄 한 마리가 알을 낳고 거주하는 섬. 수천 마리의 펭귄들 사이를 걸어다니며 손을 뻗으면 닿는 거리에서 그들을 만난다. 때마침 바다 너머로 무지개가 떠오른다. 지금은 짝을 부르는 펭귄들의 울음소리가 요란하지만 곧 펭귄들이 이동을 시작하면 섬은 고요하게 가라앉으리라. 그리고 남극의 가을이 끝날 무

131

렵, 대서양에서 돌풍 푸엘체가 불어올 것이다.

　드물게 날빛이 좋은 날이면 작은 배낭을 메고 국립공원을 찾아간다. 폭포와 숲, 토탄 늪과 호수, 해안과 빙하, 눈 덮인 산봉우리를 고루 품은 길. 가을빛이 완연한 숲의 나무에 기대어 윤도현의 〈가을 우체국 앞에서〉를 듣는 오후. 비를 머금은 숲은 깊은 침묵에 잠겨 있다. 깊고 검은 숲에서 문득 우리집 옥상의 꽃과 나무가 생각났다. 작년 현옥 언니가 광릉 집에서 캐다 준 각시붓꽃은 새순을 틔웠을까? 묘목 시장에서 사다 심은 할미꽃은? 추운 겨울을 옥상에서 견뎌야 했던 과실수들은 다시 새잎을 냈을까? 문득, 봄을 맞은 그들의 안부가 궁금해졌다. 바깥을 떠도는 일이 일상인 나에게 꽃과 나무를 키우는 것만큼 어울리지 않

는 일이 또 있을까. 내가 없는 사이 몇 그루의 나무는 겨울 찬바람에 얼어죽었을 테고, 다른 몇 그루는 가뭄에 말라 죽었을 것이다. 내가 평생을 떠돌며 살겠다고 생각하는 한, 식물을 키우거나 누군가와 함께 늙어가는 일 같은 것을 꿈꾸어서는 안 될 것이다. 그걸 알면서도 내가 없는 자리를 메워줄 생명의 존재를 소망한다. '내가 당신에게 줄 수 있는 건 긴 이별과 그립다는 짧은 인사뿐이지만, 당신은 내가 떠난 자리에서 돌아올 나를 기다려줄 수 없나요?' 나무에게도, 꽃에게도, 사람에게도 잔인한 부탁이다. 내가 자리를 비우는 순간, 생명은 사그라지기 시작한다. 지금 이 순간에도 옥상의 내 나무들은 죽어가고 있을 것이다. 이곳의 나무들은 붉고, 노랗게 물들어 가을의 절정으로 향하는데…… 몸을

가볍게 하고 이제 다가올 겨울을 준비하기 시작하는데……

어떤 날은 또 숲에서 길을 잃고 어디인지도 모르는 채 설산과 푸른 초원과 단풍 든 나무들 곁에 서서 가을빛에 젖어들었다. 내 생애 가장 아름다운 가을날의 풍경이었다. 풀을 뜯는 몇 마리의 말, 나뭇가지에 앉은 큰 새 두 마리, 햇살을 받아 반짝이는 강물. 그대로 붙잡아두고픈 시간이었다.

이곳에 머문 열흘 동안 내가 제일 좋아한 일은 다빈이네 거실에 앉아 창밖으로 하늘을 바라보는 일이었다. 파타고니아의 하늘만큼이나 우수아이아의 하늘 또한 시시각각 변화무쌍하게 얼굴을 바꿨다. 아무리 오래 바라봐도 지루하지 않은 하늘이다. 어느 날인가는 함박눈이 하루종일 쏟아져내렸다. 바다가 하얗게 지워지며 하늘과 몸을 섞는 모습을 지켜보며 몇 장의 엽서를 쓰기도 했다. 어두워지는 거리와 하얗게 눈에 덮여가는 산들, 그 밑으로 아직 타오르는 붉은 단풍. 하늘을 바라보는 것만으로도 몇 시간쯤은 충분히 흘려보낼 수 있는 사람이 나임을 새삼 깨닫는다.

여행을 시작한 이후 죽어가던 내 안의 촉수 하나가 슬며시 깨어나고 있다. 한때는 그 어떤 두근거림도 없던 날들을 평화롭다고 생각했다. 사무친 외로움도, 떠올릴 얼굴 하나 없는 밤들이 여유롭다고 믿었다. 그래서 슬픔도 외로움도 모른 채 한 줄의 일기조차 쓰지 못하는 날들을 보냈다. 길 위에서 나는 다시 외로움에 사로잡힌 볼모가 되었다. 날마다 흔들리고, 질문하고, 만나고, 헤어지며 생생히 깨어 하루하루를 살아내고 있다. 불안할지라도 충만한 날들. 이곳에서는 죽은 것처럼 보내는 날이 없다. 결국 내게 행복한 삶이란 이런 것일까. 아직은 여행만이 내 심장을 고동치게 만들고, 살아 있다는 느낌으로 가득 차오르게 한다. 나이 마흔을 넘기고도 여전히 가슴 두근거리는 일이 있다는 것, 삶이 반짝반짝 빛나는 순간들로 가득 채워져 있는 것임을 매일 느낄 수 있다니 나는 얼마나 행운아인지!

아휘가 이곳에 슬픔을 묻고 간 이후, 세월에도 희석되지 않는 슬픔을 묻기 위해 사람들은 여전히 이곳을 찾는다. 하지만 나는 붉은 등대에 슬픔을 묻고 떠나지는 않겠다. 슬픔의 기억 없이는 기쁨을 온전히

만끽하기 어려울 테니까. 어차피 나란 사람은 그 모든 슬픔과 눈물이 모여 만들어진 결정체이기도 하기에. 떠남을 이유로 내가 아프게 했던 사람들, 나를 두고 떠나버림으로써 나를 울게 만든 사람들. 타인을 내친 내 손이 결국 나를 할퀴게 된다는 것을 보여준, 슬픈 상처가 가득한 과거의 시간을 품고 간다. 대신 미래에 기대는 마음을 이곳에 묻는다. 이번 생에서의 나의 운명은 생명을 거두고 키우는 일과는 이어지지 않을 것이기에. 나는 다만 오늘을 살 것이다. 찰나에 기대는 불안하고 쓸쓸한 삶을.

$\longrightarrow$ 우수아이아

말벡 와인의 성지에 신의 은총이

멘도사

중남미에서는 버스나 기차를 타고 밤새도록 어딘가로 달려가는 일이 흔하다. 지도를 펴서 한 점을 찍고 그곳까지 기차와 버스를 갈아타며 마흔 시간쯤은 어느 방향으로든 달려가볼 수 있다는 것. 그런 단순한 사실만으로도 중남미는 보헤미안의 영혼을 흔든다.

부에노스아이레스에서 버스를 타고 열여섯 시간을 올라가면 멘도사. 청명한 푸른 하늘 아래 열을 맞춰 끝없이 펼쳐진 포도밭. 그 너머로는 설산의 하얀 이마가 햇살에 빛나고, 공기중에는 익어가는 포도의 진한 향내. 낡은 작업복을 입고 포도를 따는 할아버지의 수염을 흔드는 시원한 바람. 자전거를 타고 구릉진 언덕을 달리는 밀짚모자 쓴 처녀들의 하늘거리는 원피스. 손에는 수십 개의 와이너리의 위치가 표시된 한 장의 지도.

가난하고 고단한 배낭여행자에게 모처럼 천국과 같은 날들이 찾아온다. 이대로 눌러앉아 포도밭에서 일하며 인생의 절반은 취해서 살아가면 안 되는 걸까. 서늘한 지하실의 오래된 오크통 사이에 떠도는 시큼한 냄새나 맡으며. 키아누 리브스가 포도 농장의 처녀와 사랑에 빠지

$\longrightarrow$

는 영화 〈구름 속의 산책〉이 생각나는 곳, 멘도사는 아르헨티나 말벡 와인의 성지다.

파타고니아 남쪽 지역을 석 달간 떠돌다 멘도사로 올라오니 이곳에는 아직 여름이 머물고 있다. 파타고니아 남쪽에는 초겨울 바람이 불어왔는데, 멘도사에는 태양이 반짝반짝 빛나고, 거리에는 초록의 기운이 무성하다. 무거운 캠핑 장비를 메고 석 달 동안 헤맸으니 이제는 좀 가볍게 돌아다녀도 괜찮으리라. 때마침 이곳은 햇살과 붉은 흙이 빚어내는 포도주의 땅이니 바커스 신 흉내라도 내면서 말이다. 술맛도 잘 모르고, 한 잔만 마셔도 한 병을 마신 듯 취기가 오르는 처지라 와인 애호가들에게는 살짝 미안하지만.

인류가 마신 최초의 술이라는 와인은 수천 년 동안 수많은 제의와 축제에서 사용되었다. 청년 예수의 첫번째 기적도 물로 포도주를 만드는 것이었다. 와인의 맛과 향기와 색은 태양과 대지와 물과 시간이 결정한다. 와인의 맛은 인간이 어찌할 수 없는 신의 영역에 속하기 때문에 '신의 물방울'이라고 부르는 걸까. 와인은 인간을 운명론자로 만드는 술인지도 모른다. 과거의 햇살이 만들어낸 붉은 빛깔을 눈으로 음미하고, 대지와 물과 바람의 향기를 혀로 맛보는 와인. 오늘부터 나는 와인의 향기에 취해볼 작정이다.

안데스 산맥 동쪽의 발치에 자리잡은 멘도사는 중남미 최고봉인 아콩카과로 가는 길목이다. 이 주변에서 영화 〈티벳에서의 7년〉이 촬영되기도 했다. 멘도사의 주요 산업은 올리브 오일과 와인이다. 중남미에서 가장 넓은 와인 생산지로 아르헨티나 와인의 70퍼센트가 이곳에서 생산된다. 아르헨티나는 세계 5위의 와인 생산 대국인데 3백여 개의 와이너리가 멘도사 주에 자리잡고 있다. 5백 년 전 제수이트 선교사들이 처음 포도나무를 심은 이후 아르헨티나 와인은 조용히 자국 내에서만 소비되고 있었다. 그러다 19세기 들어 스페인, 이탈리아, 프랑스 이민자들이 자국의 포도 품종을 들여오기 시작하면서 유럽의 와인 생산 기술이 아르헨티나에 퍼지기 시작했다. 더 드라마틱한 두번째 변화는 2001년 경제 위기가 몰고 왔다. 수많은 와이너리가 외국계 기업에 팔리면서 수출과 프리미엄 와인 생산을 위해 다양한 실험을 모색하기 시작했다.

크리오요, 세레사에서 카베르네 소비뇽, 템프라니요, 샤도네이 등으로 멘도사의 포도 품종은 다양화되었지만, 이곳을 대표하는 품종은 역시 말벡이다. 프랑스 보르도가 원산지인 말벡은 정작 프랑스에서는 병과 곰팡이에 약해 사랑받지 못했다는데 이곳 안데스 고지대에서는 놀랄 만큼 잘 적응했다. 극단적인 기후 변화나 폭우가 없는 이곳에서 포도나무는 안정적으로 성장한다. 또 사막성 기후가 낮과 밤의 온도 차이를 만들어 낮의 햇살이 당도를 높이고, 밤의 서늘함이 산도를 증가시킨다. 습도도 낮아 벌레나 곰팡이로 인한 피해도 적다. 고산지대의 고원에서 자라는 말벡은 자외선에 더 많이 노출되고, 오랜 시간에 걸쳐 천천히 익어가면서 탄닌이 부드럽게 생성되고, 짙고 고운 빛깔과 풍부한 향미가 생겨난다고 한다.

멘도사 지역의 대표적인 와인 생산지는 마이푸와 루한. 6백 미터에서 천백 미터에 이르는 고원지대에 포도밭이 펼쳐진다. 해발고도가 더

141

높은 바예데우코에서 프리미엄급 샤도네이 와인을 생산하기도 하지만, 가장 대중적인 와인은 마이푸와 루한에서 만들어진다.

멘도사에 도착하자마자 맨 먼저 한 일은 당연히 와이너리 투어 신청. 다양한 가격대의 투어 중에서 일단은 좀 비싼 코스를 신청해본다. 4만 원 남짓한 가격에 자동차가 숙소 앞으로 픽업을 오고, 와이너리 견학 및 점심식사 비용까지 포함돼 있다. 맨 처음 찾아가는 곳은 가톨릭 교회에서 운영해 미사용 와인을 주로 생산하는 돈 보스코 와이너리. 1880년에 만들어져 멘도사에서 가장 오래된 와인 셀러와 가장 높은 와인 타워가 있는 곳이다. 이곳에는 영어 가이드가 없다. 게다가 설명도 짧고 형식적으로 하는데다 시음용 와인도 좀 가볍다. B-. 와인맛은 평가할 수 없는 '막입'이니 와이너리의 분위기와 시설만이라도 점수를 줘

봐야겠다.

두번째로 찾는 곳은 파밀리아 수카르디 보데가. 이곳은 캘리포니아에서 관개 기술을 배워온 1대 창업자(90세)가 작은 규모로 시작해 지금은 아르헨티나에서 여섯번째로 큰 보데가^{와인} 저장소가 되었다. 가족이 3대째 경영하는데, 청바지에 티셔츠를 입은 창업주의 손자가 직원들과 함께 포도를 으깨는 기계 앞에서 일하는 모습이 인상적이다. 이곳에는 영어 가이드가 있어 포도의 종류부터 와인의 저장 단계까지 전 과정에 대한 설명을 상세히 들을 수 있다. 오늘 우리를 안내하는 가이드는 영국에서 온 레이철. 이곳에서 생산하는 와인의 80퍼센트는 대중 와인, 20퍼센트는 프리미엄 와인이다. 7백 명의 직원이 1년에 1천 8백만 리터의 와인을 생산해 그중 65퍼센트를 45개국에 수출한다. 멘도사는 기후가 안정되어 있어 와인의 빈티지가 크게 의미가 없다고 한다. 2월부터 4월 사이의 수확기에 이 와이너리를 방문하면 포도를 수확하는 경험도 해볼 수 있다.

143

우리는 지하의 와인 셀러로 내려간다. 8천 5백 개의 오크통이 보관된 와인 셀러의 규모가 엄청나다. 아이들이 여기서 숨바꼭질이라도 한다면 찾느라 꽤나 고생할 것 같다. 참나무로 만든 저 오크통에 레드 와인의 비밀이 숨어 있다. 참나무 본연의 향과 통을 만들 때 그을린 냄새가 시간이 지나면서 와인과 뒤섞여 깊고 풍부한 맛을 만드는 것이다. 한 병에 70~80만 원을 호가하는 프랑스산 오크통에 담기는 와인의 양은 삼백 병. 저 안에서 포도주는 시간을 견디며 저 홀로 그윽해져간다.

와이너리를 둘러본 후 고기 요리가 맛있다는 이곳의 식당에서 점심을 먹는다. 식사에 곁들이라고 네 가지 종류의 대중 와인이 나왔다. 그 후 보데가에서 이어진 정식 시음회에서는 프리미엄 와인 위주로 제공된다. 매운 음식과 잘 어울린다는 토론테스 품종의 와인, 바비큐나 고기와 어울리는 말벡의 젊고 우아한 와인, 오리고기처럼 기름기 많은 고기나 해산물 스튜처럼 무거운 요리와 어울리는 템프라니요 와인 등을 돌아가며 시음한다. 내 입에는 템프라니요 품종의 와인이 가장 맞는구나. 해가 지기도 전에 취기가 오른다. 건물도 운치 있고, 기념품 가게에는 재미있는 기념품이 가득하고, 가이드의 설명도 자세하고 친절한 이 와이너리에 멋대로 점수를 매긴다면 A. 점심식사를 하지 않고 견학과 시음만 하면 단돈 3천 원이라는 저렴한 비용도 매력적이다.

가이드의 설명에 따르면 마이푸에 있는 백여 개 와이너리 중 아르헨티나인 소유의 와이너리는 여덟 개에 불과하다. 2001년 경제 위기 때 외국인에게 싼값으로 다 팔렸다고 한다. 그때 와이너리를 팔고 멘도사를 떠났던 이들은 아르헨티나 와인의 부흥을 보며 어떤 기분이 들까.

내 마음까지 서글퍼진다. 돌아오는 길, 가이드가 차를 세우더니 호박밭의 늙은호박을 보여주며 "사파요 코레아노"라고 이름을 알려준다. 아르헨티나로 이민 온 한국인이 소개한 걸까. 반갑다, 그 이름.

다음날에도 와이너리 탐험은 계속된다. 이번에는 서민 스타일로 돌아와 버스를 타고 마이푸로 향한다. 첫 와이너리는 파밀리아 디 토마소. 이탈리아계 와이너리로 1869년부터 시작된 곳답게 건물에서부터 옛 향기가 풍긴다. 자전거를 세워두고 정원의 식당에서 와인을 곁들인 식사를 즐기는 배낭여행자들이 가득하다. 두번째로 찾아간 비냐 엘 세르노. 성의 없는 설명에 와인 셀러만 견학이 가능해 좀 실망스럽다. 세번째는 1898년부터의 역사를 자랑하는 보데가 로페스. 스페인에서 이

주한 가족이 대를 이어 경영하는 곳이다. 생산하는 와인에 대한 설명도 자세하고, 높이 쌓인 오크통이 가득한 오래된 와인 셀러도 멋있고, 와인과 관련된 옛 기구를 전시한 작은 박물관도 재밌다. 게다가 시음도 무료. 여긴 A+.

　　와인이 특별한 술인 것은 인내하며 기다린 시간 때문이 아닐까. 한 잔의 술을 마시기 위해 몇 년에서 몇십 년까지 기다린다는 것. 지금 우리 삶의 방식과 얼마나 동떨어진 행위인지. 우리는 유예나 기다림과는 점점 멀어진 채로 질주하고 있다. 지금 이 순간의 내 느낌을, 내 생각을, 이 정보를 SNS를 통해 알리고 확인받고 싶어한다. '카톡'을 보내고 1자가 사라지기까지 걸리는 시간으로 상대의 관심과 애정을 평가하기도 한다. 시간이 흘러가며 자연스레 이루어지는 사고의 숙성이나 감정의 여과를 허락하지 않는다. 그래서 우리는 며칠만 지나도 부끄러울 순간의 감정을 드러내고, 허위 정보를 확인조차 하지 않고 전달한다. 더이상 감정과 사실을 시간을 통해 검증해내지도 못한다. 음악이나 영화와 소설의 가치도, 우리의 사고와 감정도 결국 시간이 검증한다. 여행을 하고, 여행에 대한 글을 쓰는 내 행위도 그렇다. 어떤 여행을 두고두고 곱씹어보며 묵히고 삭혔다면 더 깊은 맛의 글이 되지 않을까. 빠르게 의견을 개진하고 평가하며 살아가는 동안 우리가 토해낸 이 모든 것 중 오래 남는 건 얼마나 될까. 우리가 우표를 붙인 편지를 주고받으며 살던 시절. 편지 봉투를 여는 행위는 과거의 시간 속으로 들어가는 것과 같았다. 이 편지가 오기 일주일 전, 너의 마음의 문을 열어 들여다보

146

는 것. 하지만 손으로 쓴 편지가 이메일로, 문자로, 카톡으로 바뀌면서
우리는 감정의 숙성 단계를 잃어버렸다. 와인이 우리를 사로잡는 건 이
술이 유예된 시간의 아름다움, 기다림이 쌓여서 이루어진 시간의 향취
를 전해주기 때문이 아닐까.

불그레한 얼굴로 돌아오는 길, 멘도사 시내 광장에 세워진 인형극
마당과 마주쳤다. 실을 매달아 조종하는 인형 두 개로 하는 소박한 인
형극. 무대 앞에 모여 앉은 아이들은 눈을 빛내며 몰입하고 있다. 가로
등 불빛이 그 아이들의 상기된 얼굴을 비춘다. 늦여름 하늘이 푸른 장
막을 드리우고, 산들바람이 머릿결을 쓰다듬으며 지나가는 밤. 오래전
에 지나가버린, 막 영근 포도송이처럼 싱그럽던 내 어린 시절을 보는

듯 애틋하다. 지금의 나는 잘 숙성된 향기를 머금은 와인 같은 어른이 된 걸까.

　와이너리를 돌아다니며 대낮부터 취하는 날들에 질릴 무렵, 온천 테르마 카체우타를 찾아간다. 버스로 한 시간을 달리면 황량한 민둥산이 둘러싼 계곡에 자리한 큰 규모의 온천이 나온다. 실내에는 네 개의 온천탕이, 야외에는 계곡을 따라 여러 개의 온천탕이 있는데 계곡 쪽으로 내려갈수록 물이 차다. 제일 뜨거운 탕에 들어가 있으니 다들 놀라며 쳐다본다. 엄지손가락을 치켜세우는 사람. 다가와서 물에 손을 넣어보고는 과장스레 놀란 표정을 짓는 사람. 사람들의 반응이 재미있다. 부활절 연휴라 탕마다 사람들이 빼곡히 들어찼는데 동양인이라고는 같이 간 친구와 나 둘뿐이다. 실내 온천과 노천탕을 오가며 피로를 풀다보면 말을 걸어오는 아르헨티나 사람들과 자연스레 어울리게 된다. 그렇게 대화를 나누게 된 칠레 아줌마에게 한국에서 왔다고 하니 깜짝 놀라며 급히 탕을 빠져나간다. 왜 이러시나 했더니 잠시 후 딸을 데려온다. 열일곱 살 소녀 헤더는 빅뱅과 슈퍼주니어의 열렬한 팬. 가방에 태극기가 붙어 있고, 코팅된 슈주 멤버들의 사진이 매달려 있다. 여고 시절 뉴키즈 온 더 블록 멤버들의 사진을 코팅해 다니던 친구들이 떠오른다. 헤더의 친구들 모두 케이팝을 좋아해 케이팝 경연대회에 나가곤 한다나. 학교에서는 샤이니, 카라, 소녀시대 등 한국 아이돌 그룹을 모르는 아이는 바보 취급받는단다. 팝송을 하나도 몰라 바보 취급을 받던 나의 소녀 시절과 비슷하다. 한국 아이돌의 이름 외우기가 너무 힘들다며 헤

148

더는 귀여운 투정을 부린다. 칠레에는 슈퍼주니어를 모방한 블루보이즈라는 그룹도 있단다. 올(2011년) 7월에 처음으로 슈퍼주니어가 산티아고에 온다며 그 표를 구할 생각에 벌써부터 들떠 있는 그녀. 한국의 대중문화는 세계의 소녀들과 뜨겁게 소통하고 있었구나. 내가 알든 모르든 간에.

다음날은 멘도사에서 우스파야타 투어를 신청해 떠난다. 영화 〈티벳에서의 7년〉이 촬영된 우스파타야는 황량한 자연환경이 매력인 곳. 하지만 오가는 데 너무 많은 시간을 쏟은 탓에 아무것도 제대로 보지 못하는 투어가 되고 만다. 왕복 일곱 시간 이상을 도로에서 보내고 말았으니. 이 투어에서 모로코인 데니스와 재스민을 만났다. 프랑스에서 경제학을 공부한 데니스는 한국을 모로코의 롤모델로 삼아 사례연구를 열심히 했단다. 김치를 좋아하고 〈올드보이〉나 〈괴물〉 같은 한국영화에 열광하는 모로코의 엘리트 청년 데니스가 아는 한국어 단어는 '재벌'과 '과로사'. 한국의 경제성장은 재벌과 강력한 정부 덕분이었던 것 같단다. 나는 평생 일만 하며 자신의 삶을 바친 부모님 세대의 희생 덕분이었다고 정정해준다. 그리고 성장 위주의 경제 정책이 갖는 폐해를 들여다봐야 한다는 말을 덧붙인다. 지금 우리 사회는 다른 나라의 롤모델이 되기에는 너무 일그러진 얼굴을 하고 있는 게 아닐까. 우리는 와인의 나라가 아니라 '쏘맥'의 나라다. 음미하기 위한 와인과 빨리 취하기위해 마시는 쏘맥. 그 차이가 이곳에서 새삼 다가온다.

멘도사는 장기여행에 지친 여행자들이 배낭을 내려놓고 잠시 숨을 고르기에 좋은 곳이다. 술과는 거리가 먼 경건한 삶을 살아가는 사람

에게도 멘도사는 충분히 매력적이다. 공예품 시장이 서는 인데펜덴시아 광장, 아리스티데스 거리를 따라 늘어선 수많은 바와 레스토랑과 카페, 세계 최고의 설질을 갖춘 스키장, 래프팅, 사이클링, 플라이 낚시, 등산, 패러글라이딩 등이 가능한 자연환경 등등…… 잘 가꾸어진 산마르틴 공원의 호숫가를 산책하고, 전망대에 올라 설산에 둘러싸인 멘도사를 내려다보노라면 이 도시를 떠나는 일을 자꾸 미루고만 싶어진다. 살사를 배운다거나 와이너리를 돌아다니며 온갖 품종의 와인을 시음해보면서 더 머물고만 싶어진다. 삶이 그렇듯 여행에서도 가끔은 멈출 수 있어야 하지 않을까. 더 오래 가기 위해. 멘도사는 그렇게 잠시 멈춰 서서 호흡을 고르기에 좋은 곳이다.

가장 매혹적인
공기를 지닌 도시

부에노스아이레스

라틴아메리카 춤추듯 걷다

아르헨티나 ——→

　모든 사랑은 예고 없이 찾아온다. 어떤 장소에 대해 우리가 품게 되는 사랑 역시. 내 영혼은 거친 들판에 더 어울린다고 믿어왔기에 이 도시와 사랑에 빠질 줄은 몰랐다. 과거의 영광으로 살아가는 곳이자 모든 방랑자를 품어주는 땅. 반도네온의 처연한 선율에 타인의 품에 몸을 맡기고 이십 분간 뜨거운 사랑을 나누는 곳.

　이 도시에 대한 내 첫 기억은 눈물 없이는 볼 수 없었던 만화 〈엄마 찾아 삼만 리〉에서 시작된다. 이탈리아의 어린 소년 마르코가 돈을 벌기 위해 떠난 엄마를 찾아왔던 곳. 한때 세계에서 가장 부유한 도시. 왕자웨이 감독의 영화 〈해피 투게더〉는 바로 이 도시에 대한 오마주였다. '좋은 공기'라는 그 이름처럼 공기만으로 들뜨게 되는 도시. 이 도시를 사랑하는 여행자들에게 "BA"라고 불리는, 아르헨티나의 수도 부에노스아이레스. 중남미에서 가장 매혹적인 공기를 지닌 도시다.

　하지만 세상 어디에도 완벽한 천국은 없다. 이 도시의 약점으로 먼저 거리의 운전자를 짚을 수 있다. 전차 경기에라도 나선 듯 차를 모는 버스운전사 때문에 죽을 뻔했다가 부활한 사람이 바로 나. 이 도시에

153

입성한 지 나흘째 되던 날 오후, 횡단보도를 건너다가 버스에 치였다. 사람들이 몰려들고, 버스운전사가 겁먹은 얼굴로 다가오고, 누군가 경찰과 구급차를 부르는 모습을 바닥에 쓰러진 채 지켜보던 나. 시간이 정지한 것 같던 순간이었다. 정신이 들자 제일 먼저 '죽더라도 한국에서 죽어야 하는데……' 하는 생각이 들었다. 얼마 지나지 않아 사이렌을 울리며 구급차가 도착했다. 이름을 말할 수 있느냐, 몸을 움직일 수 있느냐, 드라마에서나 보던 질문이 이어졌고, 곧 구급차에 실려 병원으로 호송되었다. 의사의 진료를 받고, 엑스레이를 찍고, 결과가 나와 처방전을 받는 데까지 30분쯤 걸렸을까. 금가거나 부러진 곳 하나 없으니 당장 퇴원해도 된다는 진단. 버스와 부딪히고도 멀쩡한 몸이라니. 평소 부지런히 축적해둔 피하지방의 덕을 이렇게 보는구나. 그제야 병원을 둘러볼 여유가 생겼다.

병원의 시설은 열악하다. 낡고 지저분한 기구가 복도와 진료실 가득 어지럽게 놓여 있다. 반짝이거나 최신식으로 보이는 물건은 하나도 없다. 대통령이 진료받는 공공병원이라는데 이런 시설이라니. 그런데 의사들은 놀랄 만큼 다정하다. 병실 문을 직접 여닫으며 환자를 배웅하고, 가난한 환자에게 더 싼 약을 일러주고, 환자의 시시콜콜한 이야기까지 다 들어준다. 아르헨티나는 의료와 교육이 무상인 나라다. 경제위기로 나라가 망했어도 무상의료와 무상교육만큼은 포기하지 않고 있다. 이 나라의 골칫거리가 페루나 볼리비아에서 무료 수술을 받으러 오는 부자들이라던데…… 내가 온몸으로 아르헨티나 의료시스템을 체험할 줄이야. 페루에서 간단한 수술을 받고 며칠간 입원을 한 뒤 8백만 원이 넘는 진료비 고지서를 받았다던 어느 한국인 여행자의 이야기가 생각난다. 그러니 가난한 내가 버스에 부딪힌 나라가 아르헨티나라서 얼마나 다행인지.

교통사고의 충격에서 벗어날 무렵, 두번째 사건이 터졌다. 녹음이 울창한 팔레르모를 걷던 오후. 마른하늘에서 물벼락이 쏟아졌다. 어딘가에서 날아온 들척지근한 코코아가 머리와 옷과 가방을 흠뻑 적셨다. 내 앞에서 지도를 들고 걷던 중년의 부부가 다가왔다. 괜찮냐고 다정하게 묻더니 가방에서 휴지를 꺼내게 하고 물을 묻혀 닦아준다. 그러더니 웃옷을 벗으란다. 그 순간, 번뜩이는 기시감. '이거, 이 도시를 악명 높게 만든 고전적인 사기 수법이잖아.' 내가 이렇게 상상력이 부재한 낡은 수법에 넘어갈 사람인가. 어수룩해 보여도 여행으로 밥 먹고 사는 사람이라고. "됐어요, 내가 할 거니까." 가방을 챙겨 빠져나오려 하니 두 사람도 순순히 물러선다. 그들의 요구대로 옷을 벗었다면 그사이 내 지갑은 사라지고, 난 또 징징거리며 해 지는 거리에 서 있었으리라.

그런 시련을 던져주면서도 이 도시는 사랑스러운 얼굴을 잃지 않는다. 마치 험한 일에 대한 보상이라도 하듯 다음날이면 다시 환한 미소를 건넨다.

이 도시의 이름을 들으면 누군가는 탱고와 축구를 먼저 떠올리겠지만 나는 오월 광장Plaza de mayo의 어머니들이 가장 먼저 떠올랐다. 중남미의 문화 수도라는 이 도시에서 처음 찾아간 곳이 오월 광장이라니 낭만이 부족한 걸까. 하지만 아르헨티나에 대해서라면 나는 '누에바 칸시온’ 운동으로 저항한 가수 메르세데스 소사와 오월 광장의 어머니들을 빼고 다른 것을 떠올리기는 힘들었다. 이건 내가 정치적이어서가 아니라 내가 청춘을 보낸 시대가 그러했기 때문일 것이다. 젊은 날 몸에 새겨진 혈흔 같은 거랄까.

1976년, 군사 쿠데타로 집권한 아르헨티나 독재정권은 좌익 게릴라 소탕이라는 명분으로 무고한 시민들을 체포·납치·고문·살해했다. 이 ‘추악한 전쟁Guerra sucia’을 치르는 동안 3만 명의 지식인과 청년 들이 사라졌다. 그리고 누구도 이 전쟁에 대해 말할 수 없는 침묵과 굴종이 온 나라를 휘감았다. 1977년 4월 30일 오후 세시. 흰 수건을 머리에 두른 어머니 열네 명이 오월 광장에 나타났다. 생사조차 알 수 없이 사라진 아들을 둔 어머니들은 “산 채로 나타나라”라고 적힌 플래카드를 들고 이 광장을 돌았다. 구호도, 노래도 없었다. 오직 무거운 침묵만이 그녀들을 둘러쌌다. 이후 어머니들은 어김없이 매주 목요일 오후 세시가 되면 광장에 나타났다. 30년이 넘는 세월 동안. 흰색 스카프를 두르고 이 광장에 말없이 서 있는, 자식 잃은 어머니들의 슬픔이 이곳에는 배어 있다. 이 도시가 품은 과거의 상흔은 오월 광장에 현재진행형으로 새겨져 있다.

구름이 잔뜩 드리운 4월의 목요일 오후. 에바 페론이 연설을 하던 대통령궁의 발코니, 독립영웅 산 마르틴이 영면한 대성당에 둘러싸인 오월 광장에서 나는 그녀들을 기다린다. 광장의 한쪽 구석에서는 사회주의 지지자들의 집회가 열리고 있다. 중절을 합법화하라는 피켓을 들고. 구호와 깃발, 노래가 나부낀다. 오랜 세월이 흘렀는데도 어머니들

이 나타날까. 나는 약간의 긴장과 설레는 마음을 안고 어머니들을 기다
린다. 광장의 한쪽 끝에 흰 스카프를 두른 여인들이 하나둘 모여든다.
평범하고, 작고, 늙은 여인들이다. 무작정 달려가 손이라도 꼭 쥐고 싶
은 마음을 억누른다. 저토록 가냘픈 여인들이 잔혹한 독재에 맞서 싸워
왔다니. 내 대학 시절의 민가협 어머님들의 모습이 떠오른다. 자식이
수배되거나 구속되었을 때 눈물만 흘리던 나약한 어머니가 점차 전사
로 변해가는 모습을 보았던 그 시절. 남자들이 세계를 부수고 파괴하며
자신마저 망가뜨리며 쓰러져갈 때, 눈물을 쏟으면서도 끝내 서 있던 어
머니들. 아버지들이 술잔에 슬픔을 묻고 침묵할 때도 끝까지 싸워온 어
머니들. 세상 어떤 언어에서도 가장 위대한 단어는 어머니다. 어머니가

$\longrightarrow$

되지 못한 나는 여생 내내 가장 큰 결핍을 안고 살아가야 하겠지. 오랜 세월이 흘렀기 때문일까. 침묵 속에서 광장을 도는 어머니들의 얼굴은 다행히 그리 어둡지 않다. 왜소한 체구마다 강인한 기운이 전해진다. 서른 명도 되지 않는 작은 무리가 큰 힘을 내뿜으며 광장을 도는 모습을 나는 바라보고 또 바라본다.

오월 광장에는 어머니들과는 또다른 여자의 기억이 아로새겨져 있다. 끝내 어머니가 되지 못했으나 만인의 어머니로 남은 여자. 촌스러운 핑크색 대통령궁 카사 로사다의 안주인이었던 에바 페론. 첩의 딸로 태어나 아버지의 장례식조차 참석할 수 없었던 미천한 소녀가 이 도시에서 영부인의 자리까지 올랐다. 여성에게 최초로 선거권을 부여하고 에바 페론 재단을 설립해 새벽 여섯시부터 밤 열두시까지 일했다는 여자. 그 시절, 원하면 누구든 그녀를 만날 수 있었기에 가난한 이들의 성녀로 불린 여자. 인생의 화양연화를 맞아 만개하기도 전에 저버린 꽃 같은 여자. 서른네 살의 나이에 암으로 세상을 떠난 그녀는 죽어서도 남편인 후안 페론을 다시 한번 대통령에 당선시키는 힘을 발휘하기도 했다. 인기 때문에 나라 밖으로 빼돌려졌던 그녀의 시신도 그제야 24년 만에 아르헨티나로 돌아왔다지. 아르헨티나 몰락의 단초를 제공한 여자라는 평부터 성녀라는 평까지 그녀에 대한 평가는 극단을 오가지만 그녀는 여전히 아르헨티나인들의 가슴속에 살아 있다. 저 핑크색 건물의 테라스에 나와 〈나를 위해 울지 마오 아르헨티나〉를 부르던 영화 〈에비타〉의 장면이 떠오른다.

부에노스아이레스에서 가장 생동하는 기운이 넘치는 지역을 꼽으라면 어디일까. 라보카 지구가 아닐까. 이곳 사람들이 '땅고'라 발음하는 관능적인 춤 탱고는 이곳의 빈민가에서 태동했다. 이곳의 퇴색한 항구는 이탈리아 이민자들이 처음 내려서던 곳이었다. 이민자들이 향수를 달래던 항구의 사창가와 술집에서 하층민의 오락거리로 태어난 탱고. 가장 가난한 이들의 절망과 고독, 향수와 사랑에 대한 갈망을 담은 춤은 이제 세계적인 문화상품이 되었다.

탱고의 발상지인 라보카 지구는 위험하기로 악명 높은 동네지만 활기로 반짝인다. 카미니토Caminito라 불리는 좁은 골목의 컬러풀한 집들과 탱고를 공연하며 사람들을 끄는 식당들, 거리의 화가들로 생기 넘친

다. 라보카 거리를 화려하게 채색해놓은 화가 베니토 킨케라 마르틴 미술관에도 들른다. 골목마다 반도네온 선율이 흐르고, 다리와 다리를 포개어가며 춤을 추는 탱고 댄서들이 보인다.

　　살면서 나는 한 번도 춤에 끌려보지 못했다. 춤이라는 행위만큼은 나와는 다른 세계의 것이었다. 그러던 내가 처음으로 춤에 매혹된 것은 『그리스인 조르바』를 읽으면서였다. 자신의 생애를 춤으로 보여주던 조르바가 얼마나 부러웠던지. 그래도 춤에 대한 열망을 품지 않은 채 여기까지 안전하게 건너왔다. 그런데 이 도시에서, 이 나이에, 탱고에 대한 열정을 품게 되다니…… 이토록 관능적이면서도 이토록 애절한 춤을 본 적이 없다. 반도네온 연주에 맞춰 탱고를 추는 모습을 보노라면 가슴이 조여든다. 탱고를 '춤추는 슬픈 감정'이라 부르는 이유를 알 것 같다. 세상에 이토록 슬프고 격정적인 춤이 또 있을까. 탱고는 여행과 닮았다. 이십 분간 뜨겁게 사랑하고 헤어지는 밀롱가의 탱고처럼 길 위에서 우리는 순간에 마음을 열고 미련을 남기지 않고 돌아선다.

이 도시를 찾은 많은 이들이 탱고에 빠져 과거를 잊고 새 삶을 시작했다. 이곳에서 만난 한 부산 아가씨는 평생 춤 한 번 춰본 적 없는 몸치였다. 중남미 여행을 왔다가 탱고에 빠져 여행은 작파하고 석 달째 이 도시에 머물며 매일 춤을 춘다. 그녀가 꿈꾸는 듯한 눈빛으로 한 말. "탱고는 내 안에 있던 모든 것을 부쉈어요. 이제부터 난, 춤추며 살 거예요." 밀롱가 라카테드랄을 그녀와 함께 찾았던 날. 처음으로 춤을 추고 싶다는 열망에 사로잡혀 뜨거워지던 나를 기억한다. 하드보일드 원더보디로 다이아몬드보다 단단한 강직성을 자랑하는 내 몸을 한없이 원망하던 순간도.

라보카 거리의 탱고, 밀롱가의 서민의 탱고를 만난 후 산텔모 거리를 찾아간다. 이곳에는 작은 탱고 극장이 모여 있다. 〈해피 투게더〉로 유명해진 바 수르도 있고, 탱고를 오페라의 수준으로 끌어올린 피아졸라가 즐겨 연주했던 미켈란젤로 극장도 있다. 1536년, 부에노스아이레스 시는 페드로 데 멘도사가 이끌었던 스페인의 원정대에 의해 산텔모 지구에 처음으로 설립됐다. 첫 정착촌이 건설된 곳답게 이 도시가 과거에 어떤 영광을 누리고 살았는지 산텔모에서 그 흔적을 찾아낼 수 있다. 데펜사 거리 양쪽으로 늘어선 골동품 가게들과 일요일마다 도레고 광장에 서는 노천 시장은 산텔모의 가장 큰 볼거리다. 번영의 흔적을 증명하듯 값비싼 물건들이 즐비한 골동품 가게 주변 거리를 따라 온갖 노점이 늘어선다. 볼리비아에서 온 척하는 중국제 털모자, 밤이 오면 귀신으로 변할 것 같은 헝겊 인형, 우울한 날 들면 기분좋아질 파스

161

텔 컬러의 가죽 가방, 얼핏 봐도 저건 아니지 싶은 핸드페인팅, 할머니 옷장에서 막 벗겨온 것 같은 바바리, 딱 봐도 티 나는 인도산 방석 커버 등등 없는 것 빼고 다 있다. 낮에는 장터가 열려 북적이던 거리가 밤이 오면 춤을 추러 나온 이들과 춤을 보러 나온 이들로 붐빈다.

다음날 〈해피 투게더〉에서 보영이 웨이터로 일하던 바 수르를 찾았다. 그곳에 〈해피 투게더〉의 흔적이라고는 겨우 포스터 한 장이 남아 있을 뿐이었다. 그것도 애써서 찾아야 할 정도로 잘 보이지도 않는 곳에 걸려 있었다. 마치 이 카페의 역사에서 〈해피 투게더〉 따위는 아무것도 아니라는 듯. 스무 명도 들어갈 수 없을 정도로 작고, 서로의 숨소리가 들릴 정도로 좁은 카페의 공간을 돌며 탱고 공연이 이어졌다. 깊게 터진 검은 드레스, 빨간 하이힐, 중절모와 검은 양복. 춤추는 이들 옆에서 반도네온을 연주하는 이의 손가락. 피아노를 연주하는 남자의 발놀림. 어두운 조명 아래 번져가는 열기. 그리고 관광객들을 끌어내

스텝을 맞춰주는 공연자들. 며칠 전 최고급 백화점 갈레리아스 파시피코에서 본 대형 공연과는 완전히 다른 느낌이다. 화려하고 볼거리 많던 그날의 공연과 춤추는 이의 긴장된 몸의 선까지 다 드러나는 오늘의 공연은 어쩌면 이렇게 다를까. 세상에는 이렇게 내가 넘볼 수 없는 세계가 존재하는구나.

163

　이제는 너무 유명해져버린 말. "스텝이 엉키면 그게 바로 탱고라오." 영화 〈여인의 향기〉에서 카를로스 가르델의 명곡 〈포르 우나 카베사 Por Una Cabeza〉에 맞춰 탱고를 추던 알 파치노가 한 말이다. 이 도시에 와서 탱고를 보지 않고 떠난다면 그건 범죄다.

$\longrightarrow$

부에노스아이레스

오래된 도시를
산책하는 기쁨

부에노스아이레스

라틴아메리카 춤추듯 걷다

아르헨티나 ──→

　영화 〈해피 투게더〉에서 이구아수 폭포를 찾지 못해 길을 잃고 헤맬 때 짜증을 내는 아휘에게 보영은 이렇게 말한다. "여행이란 원래 시간이 걸려." 부에노스아이레스에 머무는 시간이 예상보다 길어질수록 나는 그를 따라 중얼거린다. 여행이란 원래 시간이 걸리는 법이지.

　중심 광장이나 구시가지 말고는 볼만한 곳이 없던 중남미의 여타 도시들과 다르게 이 도시는 나에게 산책하는 기쁨을 돌려준다. 나는 매일 한 구역을 정해 그 동네를 구석구석 지칠 때까지 걸으며 하루를 보낸다. 오늘은 세상에서 가장 넓은 도로를 걷고 있다. 왕복 20차선 도로로 폭이 140미터에 이른다는 '7월 9일 거리'는 이 도시의 심장이다. 도로의 가운데는 우거진 나무들이 차지했다. 부에노스아이레스 건립 사백 주년을 기념해 세웠다는 오벨리스크가 멀리 보인다. 거대한 광고판에는 리오넬 메시의 얼굴이 떠 있다. 이 도시의 거리는 마치 유럽의 어느 도시에 와 있는 듯한 착각을 불러일으킨다. 하긴 아르헨티나는 한때 유럽의 식량 창고라 불릴 정도로 잘사는 나라였고, 그 부유함에 기대어 유럽을 닮고자 애쓰던 나라였다. "돈 쓰기를 아르헨티나 사람같이 한

다"라는 말이 파리에서 한 시절 유행했다는 데서도 이 도시의 부유함은
드러난다.

7월 9일 거리의 오벨리스크 근처에 있는 콜론 극장은 아르헨티나를
채운 이 같은 부와 유럽을 향한 동경이 어울려 만들어낸 공간이다. 한
때 세계 3대 오페라 극장이었던 이곳을 유럽의 연주자들은 겨울이 오
면 즐겨 찾아왔다. 극장 입구에는 며칠 전에 끝난 안 트리오의 공연 안
내 포스터가 붙어 있다. 극장 투어를 신청해 가이드의 설명과 함께 내
부를 둘러본다. 이 극장은 20년에 걸쳐 완공되었는데 첫 건축가는 병으
로 죽고, 두번째 건축가는 불륜으로 암살당해 세번째인 벨기에 건축가
에 의해 완성되었다. 이탈리아에서 수입한 대리석, 파리에서 공수한 가

구와 샹들리에, 칠층까지 이어지는 발코니석, 일층의 붉은 벨벳 의자. 극장은 부를 과시하는 데 그 목적을 둔 듯 화려하다. 3천 석이 넘는 객석은 한때 이 도시가 누렸던 영화를 증명한다. 밀라노의 라스칼라를 본떠 만든 이곳에 니진스키와 안나 파블로바, 루돌프 누레예프 등 당대 최고의 스타들이 섰다.

 '책의 도시'라는 애칭을 지닌 부에노스아이레스는 골목마다 서점을 품고 있다. 그중에는 역사가 2백 년이 넘는 서점도 있다. 리브레리아 델 콜레히오. 부에노스아이레스 국립대학 옆에 있어서 대학서점이라 불렸던 서점은 이제 현 주인의 이름을 따 아빌라 서점이라 불린다. 서점의 지하에서는 옛 책을 복원하는 이의 모습도 볼 수 있다. 내가 이 도시에서 가장 사랑한 서점은 문학 카페로 변한 보르헤스의 집에서 조금만 걸어가면 나오는 엘 아테네오다. 20세기 초의 극장을 개조한 이 서점은 2008년에 영국의 가디언지가 뽑은 '세계의 10대 서점'에 두번째로 소개되었다. 120년의 역사를 자랑하는 이 건물은 이 도시에서 가장 크고 화려한 극장을 짓고 싶었던 이민자 막스 글룩스만에 의해 세워졌다. 그는 자신의 욕망을 정직하게 반영해 극장 이름도 '그랑 스플렌디드'라고 지었다. 최초의 유성영화가 상영되었으며 라디오 방송국이 들어서서 20세기 초의 위대한 탱고 시디들이 이곳에서 녹음되기도 했다. 서점의 천장에는 이탈리아 화가의 프레스코화가 그대로 남아 있다. 이 서점에서는 진열대 사이 바닥에 옹색하게 쪼그려 앉아 책을 읽지 않아도 된다. 좁은 통로 사이에 들어찬 사람들과 부딪쳐가며 책을 찾지 않아도 된다. 책장과 책장, 매대와 매대 사이의 간격이 황홀할 정도로 넓어 탱고를 추며 돌아다녀도 될 정도다. 카를로스 가르델이 공연을 했던 무대는 이제 카페로 변해 마테차를 마시며 책을 읽을 수도 있다. 경제나 과학, 정치 분야 같은 곳을 지나쳐 소설과 시를 모아놓은 책장 앞에 선다. 눈에 띄는 건 역시 이 도시가 낳은 천재 작가 호르헤 루이스 보르헤스의 책들이다. 읽다가 몇 번을 포기할 뻔했던 『픽션들』을 들고 극장 박스석으로 간다. 가죽 의자에 앉아 한글로도 이해하기 힘들었던 소설을 스페인어로 들여다보는 허영을 부려본다. 책장을 넘길 때마다 나는 바스락거리는 소리, 손가락에 전해지는 부드러운 종이의 느낌, 흰색과 노란색의 중간 지대에 자리한 종이의 미묘한 색. 나무의 살결에서 시작된 그 기원부터 이 책을 만든 이들의 보이지 않는 노고까지, 한 권의 책이 내 앞에 오기까지의 아득한 여정을 상상할 수 있어 나는 종이책이 좋다. 무게도 없고, 어두운 곳에서도 읽을 수 있고, 가격도 저렴한 전자책

에서는 종이책이 지닌 구체적인 실체를 느낄 수 없다. 그 종이책이 수천 권, 수만 권씩 쌓여 있는 서점과 도서관은 새것과 옛것, 낡은 시간과 신선한 시간이 만나는 곳이다. 켜켜이 내려앉은 오랜 세월의 지혜가 책의 갈피마다 배어 있다. 세상의 모든 길이 흘러들어오는 곳에서 수십만 그루의 나무였던 책들과 만나는 오후. 이 도시에서 가장 행복한 순간을 보낸 곳. 그리하여 내가 세 번을 찾아간 곳.

문화도시 부에노스아이레스의 영혼으로 누구나 카페 토르토니를 꼽지 않을까. 낯선 도시에서의 카페 탐험을 즐기는 내가 이곳을 놓칠 리 없다. 아니, 카페를 가지 않는 이라 해도 이 도시에 발을 디딘 이상 이곳의 이야기를 듣지 않을 수 없다. 과거에 이곳을 드나들었던 이들의 이야기와 현재 이곳에서 일어나는 일들에 대한 이야기를 말이다. 1858년에 문을 열어 150년이 넘은 역사를 지닌 이 카페는 여덟 살에 단편소설을 쓴 천재 작가 보르헤스가 즐겨 찾던 곳으로 부에노스아이레스 문화계의 과거이자 현재다. 도서관에서 태어나 도서관장으로 일했던 보르헤스는 책이 없는 세상은 상상할 수 없다고 했으나 결국 책 읽기로 시력을 잃고 말았다. "책과 밤을 동시에 주신 신의 경이로운 아이러니"라고 자신의 삶을 이야기한 그. 눈이 보이지 않는 도서관장이라니. 시력을 잃은 이에게 도서관장을 맡기는 이 도시의 너그러움이야말로 부에노스아이레스가 보르헤스와 함께 자랑할 만한 것이리라. 낡은 종이의 냄새에 수십만 권의 장서에 파묻혀 있지만, 촉감과 후각으로만 전해지는 책이라니. 그런 삶을 보르헤스는 견딜 만했을까. 카페에서 그

169

가 즐겨 앉던 자리에는 그의 조각이 놓여 있다. 그가 태어난 투쿠만 거리의 집, 그가 살았던 마이푸 거리의 집을 비롯해 그의 이름이 붙은 거리와 도서관까지 있을 정도로 이 도시 곳곳에 그의 흔적이 진하게 남아 있다.

이 카페를 안내해준 이는 바릴로체의 국립공원에서 캠핑할 때 만난 에마 가족. 내 텐트 옆에 텐트를 쳤던 에마도, 남편 다리오도 직업이 의사였다. 국립공원에서 캠핑을 즐기는 의사 부부라니 내심 낯설었는데, 헤어질 때 그녀가 부에노스아이레스에 오면 연락하라며 전화번호를 적어줬다. 이런 기회를 절대로 놓치지 않는 나는 며칠 전 전화를 걸었고, 그날 저녁 그들의 집에서 저녁을 먹었다. 오늘은 에마가 마침 진료가 없는 날이라며 시내 안내를 자처하고 나섰다. 자부심이 가득한 표정으로 에마는 이 카페의 역사를 이야기했고, 그녀의 이야기가 막힐 때면 중학생인 그의 딸 루드레스가 설명을 덧붙였다.

저 사람은 라보카 지구를 화려하게 만든 화가 베니토야. 저 사람은 탱고 음악에 가사를 붙인 탱고 칸시온의 개척자인 가수 카를로스 가르델이고. 영화 〈여인의 향기〉에 저 남자가 부르는 〈포르 우나 카베사〉라는 노래가 나와. 저기 저 여성은 시인 알폰시나 스토르니. 우리나라 최초의 페미니스트 시인이지. 암으로 투병하다가 바다로 걸어들어갔어. "유모, 불을 조금 더 낮추고 편안히 잠들게 해주오. 그가 전화해도 없다고 해주오." 이런 시를 마지막으로 남기고.

진한 커피 코르타도 한 잔과 추로스를 시켜놓고 앉아 그들이 들려주는 사람들을 사진과 조각으로 만나는 오후. 루드레스가 말을 덧붙인

다. 여기는 매일 탱고 공연도 하고, 시 낭송회와 연극, 각종 연주회가
열리기 때문에 이곳에 오면 1년 내내 음악이나 문학을 접할 수 있다고.
교육과 의료가 전액 무상으로 제공되는 나라에서는 이런 문화적인 삶
에 대한 접근이 그만큼 쉬운 걸까. 아인슈타인, 가르시아 로르카, 힐러
리 클린턴도 찾아왔다는 카페의 인기 덕분에 30분쯤 줄을 서서 기다려
야 했다. 이 도시를 찾는 사람들이라면 누구나 한 번쯤은 찾는 카페. 근
현대 백년을 폭풍처럼 휘몰아치며 살아온 우리에게는 이런 유구한 역
사를 지닌 개인적인 공간이 드물다. 개발과 성장의 프레임에 갇혀 있는
한 앞으로도 보기 힘들 것이다. 내가 즐겨 찾는 동네 카페가 대를 물려
가며 오래오래 이어지기를 바라는 건 과한 욕심인 걸까.

⟶   부에노스아이레스

잠시 후, 에마의 남편인 다리오와 아들 후안파블로가 카페로 들어온
다. 우리는 차를 타고 푸에르토마데로 지구로 건너간다. 이 도시의 가
장 부유한 이들이 사는 신시가지란다. 초고층 빌딩과 광장, 탱고를 형
상화했다는 다리, 아르헨티나의 역사상 중요한 여성들 이름을 붙인 거
리. 지금껏 만난 고풍스러운 부에노스아이레스의 모습과는 완전히 다
른 분위기다. 야경이 멋진 강변을 따라 늘어선 식당들은 옛 창고 건물
을 개조했다고 한다.

에마에게 아르헨티나를 대표하는 게 뭐냐고 물으니 잠시 고민하더
니 "축구와 탱고, 아사도"란다. 축구와 아사도라니. 축구엔 눈곱만큼의
흥미도 없고, 채식주의자인 나는 그럼 아르헨티나 정신의 삼분의 이를
놓치는 셈이다. 하긴 소고기를 빼놓고 이 나라를 이야기할 수 없을 것
이다. 남한의 28배가 넘는 면적의 이 나라는 삼분의 일이 초원. 그 초원
의 주인이 바로 소떼로 무려 6천만 마리의 소가 산다. 인구 1인당 두 마
리라나. 양질의 소고기를 저렴하게 먹을 수 있어 가난한 육식주의자도
행복해지는 곳이 이 도시다. 장작불에 천천히 구운 소고기 아사도는 모
든 여행자들의 필수 체험 코스다. 채식주의자인 나도 따라가봤을 정도
니. 파리샤라 불리는 육식 전용 식당에서는 온갖 종류의 아사도를 즐길
수 있다. 둥글게 장작더미를 쌓아놓고 그 주변으로 소나 양을 통째로
걸어놓고 기름을 빼가며 오래 굽는다. 배낭여행자들이 아르헨티나 이
야기를 할 때 빼놓지 않고 꼽을 만큼 맛이 빼어나고 가격도 저렴하다.
에마가 창고를 개조한 식당들 중에도 맛있는 아사도를 먹을 수 있는 파
리샤가 몇 곳 있다며 알려준다.

에마가 아르헨티나 정신으로 꼽은 축구. "축구팀 빼고는 다 바꿀 수
있어!" 이 도시의 남자들이 종종 선언하듯 던지는 말이다. 종교도, 국
적도, 성별도, 심지어 마누라도 바꿀 수 있지만 좋아하는 축구팀만은
하늘이 두 쪽 나도 포기할 수 없다는 신념을 그들은 굳게 지켜왔다. 축
구는 이 나라 사람들의 열정의 분출구이자 영원한 사랑을 바치는 제단
이자 꺾이지 않는 자존심이다. 모든 치욕과 수치를 지우는 수단이자 나
라를 하나로 묶는 가장 튼튼한 끈이다. 그리고 아르헨티나뿐 아니라 중
남미 대부분의 나라에서 빈민가의 아이들이 가난을 벗어날 수 있는 유
일하고도 현실적인 수단이기도 하다. 이 도시의 영원한 라이벌 팀은 노
동자를 대변하는 보카 후니오르스(마라도나, 리켈메, 테베스가 이 팀 출신)

와 중산층을 대변하는 리베르 플라테. '수페르클라시코'라 불리는 이들의 대결을 볼 수 있다면 운이 좋은 셈이다. 물론 보카 후니오르스의 경기를 보러 간 여행자들의 다수는 자기가 산 그 비싼 표가 가짜라고 경기장 입구에서 쫓겨나 욕설을 내뱉으며 돌아오지만.

에마의 남편 다리오는 탱고는 아르헨티나 북부에는 없기 때문에 아르헨티나를 대표할 수 없다며 마테차를 포함시킨다. 중남미의 녹차라 불리는 마테차는 브라질, 파라과이, 우루과이, 아르헨티나 사람들에게 사랑받는 음료다. 마테차는 단순한 차가 아니라 의식 그 자체라고도 할 수 있을 정도로 이 나라 사람들의 일상 깊숙이 스며들어 있다. 친구나 가족, 동료 들과 봄비야라 불리는 빨대를 돌려가며 나눠 마시는 마테차는 가장 강력한 유대의 도구다. 아르헨티나 사람들의 마테차 사랑은 얼마나 유별난지 어디를 가나 가방에 뜨거운 물을 담을 수 있는 커다란 보온병과 전용 찻잔과 봄비야를 넣어 다닌다. 이 나라 사람들은 1년에 1인당 5킬로그램의 마테차를 소비하는데 1인당 커피 소비량의 네 배에 해당하는 양이란다.

유럽을 닮은 이 도시의 얼굴을 이야기할 때 레콜레타를 빼놓을 수는 없을 것이다. 이 도시의 가장 부유한 사람들이 거주하는 지역답게 서울의 강남보다 세련되고 화려한 거리가 이어진다. 고급 옷집과 카페가 들어선 거리 양편으로 고풍스러운 대저택, 녹음이 우거진 공원, 아르헨티나의 괴짜 아티스트 술 솔라르의 미술관과 국립미술관을 비롯한 흥미로운 박물관, 주말마다 서는 노천 시장이 늘어섰다.

볼거리 많은 레콜레타에서도 내가 가장 좋아하는 곳은 공동묘지다. 파리의 페르라세즈나 몽파르나스를 연상시키는 이 묘지는 2011년 영국 BBC 방송이 뽑은 '세계에서 가장 아름다운 묘지 10'에 들기도 했다. 신고전주의 양식의 입구부터 예사롭지 않은 묘지는, 잘 가꾸어진 나무들 사이로 생전의 부귀영화를 과시하듯 저마다의 개성과 화려함을 자랑하는 묘비로 가득하다. 이렇게 아름다운 무덤은 고단했던 삶에 대한 보상이기라도 한 걸까. 신전과 개선문과 성당을 닮은 무덤들 사이로 내리쬐는 햇살까지 찬란하기만 해 죽은 자의 공간이라고는 믿기지 않는다. 이곳에는 에바 페론도 잠들어 있다. 적막과 햇볕만 가득한 이곳에서 사람들의 목소리가 들리고, 때로는 길게 줄을 서기까지 하는 유일한

⟶

곳이 그녀의 무덤이다. 꽃다발을 들고 서 있는 사람들의 행색은 부유함
과는 거리가 멀다. 여전히 삶의 무게에 짓눌리는 이들이 그녀를 그리
워하며 찾아온다. 죽은 이가 산 자의 기억 속에 살아 있는 한 죽은 것이
아니라고 했던가. 그런 의미에서라면 에바 페론은 여전히 이 나라에서
살아 있는 존재다.

　부에노스아이레스의 곳곳을 걸어다니는 것만으로도 보름이 훌쩍
지나갔다. 시간이 부족한 여행자는 이 도시에 발을 들이지 말아야 한
다. 예정했던 다른 여행지를 포기하고 이곳에 장기 체류할 가능성이 높
기에. 통제할 수 없는 열정에 종종 휘말리는 이 또한 이 도시를 피해야

한다. 당신의 감정을 고양시킬 '순풍'에 휘말려 이 도시를 향한 외사랑의 항해를 시작할 수 있기에. 파리보다 덜 세련됐지만 파리보다 더 따뜻한 도시. 이 도시에서 결혼했던 러시아 안무가 바츨라프 니진스키와 헝가리 무용수 로몰러 데 풀스키. 그녀는 "부에노스아이레스는 마드리드와 파리와 브뤼셀을 합친 것 같은 도시"라고 했다. 책 한 권 분량으로 써도 모자랄 이 도시의 나머지 매력은 직접 찾아올 이의 몫으로 남겨둔다. 부에노스아이레스에 내가 다시 돌아온다면…… 그건 춤추기 위해서일 것이다. 조르바처럼 살기 위해서. 처음 밀롱가를 찾은 당신에게 "키에레 바일라르 콘미고^{나와 함께 춤추실래요?}"라고 내가 묻더라도 놀라지는 말기를. 보르헤스가 말했듯 이 도시는 "우리가 오래전에 들어와 살고 있어 잊게 된 거대한 서고, 알지 못하고 흥얼거리는 그리고 우리도 모르게 우리를 춤추게 하는 밀롱가의 돌풍"이기에.

177

AMAZON

4장

아마존

아마존

01

사라져가는
눈물과 신비의 땅

아마존

아마존은 여인네의 속살이나 다름없소. 아마존은 아무것도 원하지 않
는데, 우리 인간은 그 속에 들어가면 자신이 원하는 모든 것을 취하려
하니 말이오. (중략) 내가 당신에게 이곳으로 또 오라는 말을 할 필요가
없다는 것을 잘 알고 있소. 아마존에 한번 발을 들여놓은 이상, 아마존
없이 살아갈 수 없을 테니 말이오.

   – 『파타고니아 특급열차』(루이스 세풀베다 지음, 정창 옮김, 열린책들, 2003, 198~199쪽)

   철든 이후 내가 지상에서 가장 사랑하는 생명체는 나무였다. 품 넓
은 나무 한 그루만 있다면 어디서든 나는 족했다. 삶의 비루함에 무릎
을 꿇게 되는 날이면 그 나무에 기대어 바싹 말라 쪼그라든 내 마음을
적셨고, 혼자라는 게 새삼 몸서리쳐지는 겨울밤에는 앙상한 나뭇가지
를 올려다보며 견디는 힘에 대해 생각했고, 뜨거웠던 마음이 식어가는
일에 베인 날이면 그 나무의 옹이를 어루만지며 사는 일이 제 몸에 상
처를 차곡차곡 쌓아가는 일에 다름아님을 인정하곤 했다. 깊은 콘크리
트 빌딩 숲에 갇혀 사는 날이라 해도 근처에 오래되어 늙었지만 싱싱한

나무 한 그루만 있다면 견딜 만했다. 내가 몸과 마음을 자주 의지했던 나무가 어느 골목에건 한 그루쯤은 있었다. 할 수만 있다면 다음 생에는 나무로 몸을 바꿔 이 세상에 다시 오고팠다. 제 품에 깃드는 모든 생명을 가리지 않고 품어주는 나무를 바라볼 때면 되묻고는 했다. 사람도 결국 그가 품을 수 있는 타인의 존재만큼 아름다운 건지도 모르겠다고. 휘어지면 휘어지는 대로, 부러지면 또 부러지는 대로, 그렇게 흔들리면서도 한결같이. 상처나 이별을 두려워하지 않고 살아가는 삶의 방식을 나무는 체득하고 있는 듯했다.

아마존을 떠올릴 때면 나에게는 언제나 검푸른 나무가 먼저 떠올랐다. 아마존이라는 이름을 부여한 저 길고 긴 강이 아니라 지구에서 가장 큰 열대우림을 이루는 나무가 내 머릿속을 채웠다. 인간의 손이 닿지 않은 원시의 숲. 깊고 어둡고 축축한 열대의 숲. 원숭이의 울음소리가 들리고, 나무늘보가 늘어지게 낮잠을 자고, 가끔씩 강으로 툭툭 떨어지는 이구아나가 사는 숲. 전 세계 모든 식물과 동물 종의 10퍼센트가 서식하는, 생물 다양성이 가장 풍부한 열대우림 지역. 세계에서 가장 넓은 열대우림인 이 땅은 인도의 두 배 넓이인 7백만 제곱미터의 면적에 브라질, 페루, 볼리비아, 콜롬비아 등 아홉 개 나라에 걸쳐 있다. 10만 종이 넘는 무척추동물, 40만 종이 넘는 식물과 블랙 카이만, 재규어, 아나콘다 등의 포식자들이 사는 곳. 강의 청소부라 불리는 식인 물고기 피라니아와 흡혈박쥐와 독개구리, 말라리아와 황열병과 뎅기열이 기다리는 땅. 그 모든 위험을 무릅쓰고서라도 일생에 한 번은 들어가고픈 곳이었다. 길을 잃어도 좋으니 그 깊은 정글에서 걸어보는 것.

가만히 서서 빽빽한 숲의 호흡을 들어보는 것. 그건 오랫동안 품어온 내 간절한 소망이었다. 루이스 세풀베다의 『연애소설 읽는 노인』을 읽으며, 영화 〈미션〉을 보며 상상하고 꿈꾸었던 그 땅에 마침내 섰다.

오랫동안 꿈꾸어온 아마존이건만 정작 나는 어느 나라의 아마존으로 들어갈지 결정도 못 하고 있었다. 아마존 열대우림 지역의 60퍼센트가 브라질에 속해 있지만 브라질은 중남미에서 물가가 가장 비싼 나라다. 아마존의 입구까지 들어가는 길도 너무 멀고 고되었다. 그래서 페루나 에콰도르 정도를 고려하고 있었다. 그랬던 내 아마존 여행이 급물살을 타며 브라질에서 진행된 건 한 사람과의 우연한 만남 때문이었다. 부에노스아이레스에서 이구아수 폭포로 가는 야간버스에서 짐을 싣기 위해 기다리던 중이었다. 뒤태만 봐도 한국인인 남자가 눈에 들어왔다. 반가운 마음에 말을 걸었다.

"한국 분이시죠?"

"네."

"이구아수 가세요?"

"네."

참, 말 짧은 아저씨네. 머쓱하게 돌아서는 순간, 그의 슈트케이스에 적힌 영문 이름이 눈에 들어왔다. 아, 그 순간 그 아저씨가 누군지 알아보고야 말았다. 몇 주 전 인터넷에서 '파타고니아'를 검색했을 때 뉴스에 무수히 떴던 이름이었다. 한참 화제가 되고 있는 〈나는 가수다〉를 만든 방송 피디였다. 하지만 모른 척하기로 했다. 익명의 존재로 남고

싶은 자유를 여행지에서라도 누릴 수 있어야 하니까. 열여덟 시간 후 푸에르토이구아수에 내리며 그분께 인사했다.

"여행 잘 하시구요, 폭포에서 뵐 수 있으면 봬요."

"네."

여전히 말이 짧았다.

이구아수 강을 따라 2.7킬로미터에 걸쳐 이백칠십오 개의 폭포가 늘어선 거대한 물줄기 이구아수. '이구아수'는 원주민 과라니족이 붙인 이름으로 '큰 물'이라는 뜻. 미국 대통령 영부인 엘리너 루스벨트로 하여금 "불쌍한 나이아가라" 하고 탄식하게 만들고 만, 바로 그 '큰 물'이다. 롤랑 조페 감독의 영화 〈미션〉에서 십자가에 묶여 떠내려오던 신부의 모습을 촬영한 곳도 바로 이 폭포. 아르헨티나와 브라질, 파라과이에 걸친 이 넓은 폭포에서 제일 먼저 찾아가는 곳은 아르헨티나 쪽의 '악마의 목구멍'. 폭 150미터, 길이 7백 미터, 높이 82미터(20층 고층 아파트 높이)의 폭포로 초당 6만 톤의 물이 쏟아지는 곳. 그 어떤 말이나

글로도 표현할 수 없고, 그 어떤 카메라로도 그 웅장함을 담을 수 없다. 연암이 요동벌판을 보고 그랬던가. "가히 한 번 울 만한 터"라고. 이곳이야말로 진정한 울음터가 될 수 있을 것 같다. 세상의 모든 눈물과 울음, 그 어떤 통곡도 이 폭포 앞에서는 다 묻힐 테니까. 바라보는 사람의 영혼까지 빨아들일 듯 끝없이 피어오르는 포말. 모든 소리가 귓전에서 지워지고, 모든 세계가 눈앞에서 사라진다. 오직 거대한 폭포의 물줄기만 남아 몸과 마음을 뜨겁게 적신다. 영혼을 가져가버리는 폭포라더니 이토록 자극적일 수가. 살아서 꿈틀거리는 깊고 거대한 물줄기로 나도 모르게 뛰어들기 전에 돌아선다.

위쪽 산책로를 거닐다가 말 짧은 아저씨와 재회한다. 여행자끼리 만나면 늘상 서로의 여행 일정을 물어본다. 그는 두 달 예정으로 중남미에 왔다는데 미리 짜놓고 온 일정이 믿을 수 없이 빡빡하다. 60일 동안 비행기를 스물아홉 번 타고 움직일 정도니.

"뭐 하는 분인데 이렇게 연예인급 스케줄로 움직이시는 거예요?"

시치미를 떼고 묻는다.

"내가 한국을 뒤흔들어놓고 여기까지 온 사람이야."

이런 자신감 넘치는 농담으로 받는다.

"은행이라도 털고 오셨어요? 출입국사무소에 신고해야 하나."

역시 그는 이곳에서 익명으로 남고 싶었던 게다. 나는 그의 바람을 존중하기로 한다.

"아저씨라고 불러. 나는 김양이라고 부를게."

자연이 주는 위안 때문인지 아저씨는 점차 말이 길어진다. 긴장을 풀고 느슨해지는 모습에 덩달아 편해진다. 오늘밤 삼바쇼를 보러 브라질 쪽으로 넘어갈 거라는 아저씨를 따라 나도 국경을 넘는다. 다음날은 이분의 스케줄 때문에 새벽부터 일어나 브라질 쪽 폭포를 보러 간다. 이곳에서 보는 이구아수는 한 편의 대서사시다. 악마의 목구멍을 비롯해 2단으로 늘어선 폭포들을 품에 안듯이 즐길 수 있기에. 아저씨와 작별한 후 폭포로 돌아온 나는 십 분간의 비행을 위해 12만 원을 지불한다. 거대한 물보라를 일으키며 떨어져내리는 폭포와 빽빽한 밀림. 이별에 신의 손길이 닿았을지도 모른다는 걸 인정하고 싶어지는 순간이었다. 저 깊고 깊은 숲으로 더 들어가고 싶다는, 아마존의 열대우림 속에 서 있고 싶다는 욕망이 일어선다.

결국 사흘 후 나는 '세계에서 가장 위험한 항공사' 1위에 당당히 뽑힌 탐TAM 항공기를 타고 3천 킬로미터를 날아 마나우스로 향한다. 아저씨의 정해진 일정에 맞춰 아마존을 여행하기 위해. 브라질 아마존까지 들어가는 배낭여행자는 드물기에 그 기회를 놓치기 아까웠다. 나는 아

저씨가 좋은 여행 친구가 될 것 같다는 직감을 믿어보기로 했다. 아마조나스 주의 주도인 마나우스는 아마존 지역에서 가장 큰 도시이자 아마존으로 들어가는 거점도시다. 마나우스에는 아프리카 분위기가 물씬 배어난다. 마나우스에 도착하자마자 여행사를 찾아가 아마존 투어를 신청하고 모든 준비를 마친 후에는 마나우스의 이곳저곳을 돌아다닌다. 부산한 포구의 선술집에 앉아 안주도 없이 원주민들과 함께 맥주를 마시는 저녁, 부두에서 더운 바람이 불어온다. 마침내 아마존의 관문에 서 있다는 실감이 밀려든다.

아마존이라는 단어가 불러일으키는 낭만적인 상상과는 달리 이 땅은 유럽인들에게 '발견'된 이후 눈물의 땅이 되었다. 이곳이 아마존이라는 이름을 얻게 된 건 16세기 중반의 곤살로 피사로가 이끌던 스페인 원정대 덕분이다. 피사로의 사촌 프란시스코 데 오레야나는 페루의 나포 강에서 출발해 아마존 강의 입구까지 항해하는 동안 이 지역 원주민들의 공격을 수차례 받았다. 그들 중 남자들과 어울려 함께 싸우는 원주민 여성들을 발견하고 그리스 전설 속 아마조네스를 떠올린 데서 그 이름이 유래했다. 17세기 무렵 인디오 노예와 금을 찾아 포르투갈 사람들이 이 지역으로 몰려오면서 아마존의 비극이 시작되었다. 그후 유럽인들은 아마존 원주민들이 고무나무의 액즙으로 방수 가방 등을 만들어 쓰는 것을 보며 천연 라텍스의 가치를 알아챘다. 19세기 말부터 미국과 유럽에 엄청난 고무 수요가 생겨난 이후 고무는 브라질의 가장 중요한 수출품이 되었고, 브라질은 한동안 전 세계의 고무 무역을 독점하는 지위를 누렸다. 1960년대에 천연고무가 화학제품으로 대체되며 국제 고무 가격이 폭락한 후 고무나무 농장주들은 축산업으로 눈을 돌린다. 대규모 벌목과 함께 지구의 허파는 빠른 속도로 잘려나간다. 때마침 브라질 정부에서는 이곳에 도로를 놓기 시작했다. 1980년대 아마존에서는 1분마다 축구경기장 크기의 숲이 하나씩 사라졌다. 그렇게 사라진 숲은 가축을 위한 초지나 사료용 콩 경작지로 변했다.

아마존의 황폐화에 대한 세계의 관심은 한 남자로 인해 생겨났다. 폴 매카트니가 부른 〈하우 매니 피플How many people〉의 주인공이 된 남자. 고무나무의 수액을 채취하며 살아가는 세링게이루였던 치코 멘데스 덕분이다. 벌목화로 인해 삶의 터전을 잃은 그는 세링게이루 노동자들의 조합을 만들고, 동료들과 함께 무분별한 벌목에 항의하는 운동

을 벌였다. 나중에 대통령이 된 룰라와 함께 노동자당을 창당하기도 했다. 전기톱 앞에서 맨몸으로 막아선 그들의 투쟁에 세계도 주목할 무렵인 1988년 12월 22일, 치코 멘데스는 가족들이 보는 앞에서 대지주에 의해 총살당하고 만다. 그의 사망 이후 브라질 노동자당은 아마존 밀림 보호를 당의 핵심 정책으로 정했고, 브라질 정부는 아마존의 일부 지역을 보호구역으로 선포했다. 그사이 열두 명에 달하는 환경운동가들이 이곳에서 납치되어 살해당했고, 여전히 수많은 환경운동가들이 생명의 위협을 받고 있다. "아마존에는 법이 존재하지 않는다. 그곳의 법은 지주들이다." 치코 멘데스의 삶을 그린 소설 『연애소설 읽는 노인』을 쓴 루이스 세풀베다는 이렇게 말했다. 우리가 사흘간 들어갈 아마존에서는 그런 비극의 분위기를 느낄 수 없을 것이다. 그곳은 우리 같은 관광객들이나 찾는 아마존의 초입에 불과할 테니. 그렇다 해도 내일이면 나는 한 번도 보지 못한 열대우림에 발을 내딛게 될 것이다.

다음날, 아마존 체험을 함께할 일행들을 만난다. 열네 살 나이 차에 다투고 화해하기를 반복하는 마리아니와 야니 커플, 언제나 달콤함이 솔솔 풍기는 아니와 알렉스 커플, 잠시도 쉬지 않고 종알대는 철없는 남편 비비와 귀여운 비르말리. 같은 회사 동료인 남자들이 아내를 동반해 2주간 여행을 왔단다. 버스와 배를 두 번씩 갈아타며 아마존으로 들어간다.

생명의 땅에서 죽음의 피비린내를 풍기는 땅이 되어버린 아마존. 7천 킬로미터를 흘러가는 길고 거대한 강 아마존은 그 시작과 끝을 가늠할 수조차 없다. 검은 강과 갈색 강이 수온에 의해 뚜렷한 경계를 이

190

루는 강물. 초당 3백만 리터의 물을 바다로 쏟아내며 세계 담수의 오분의 일을 차지하는 강이다. 가도 가도 끝없는 황토색 강과 우거진 숲. 나무로 얼기설기 지은 수상가옥들. 온몸에 달라붙는 지독한 습기. 세차게 쏟아졌다 그치는 열대성 스콜. 윙윙거리며 덤벼드는 모기떼. 아마존으로 가는 길은 예사롭지 않다. 마침내 우리가 머물 정글 숙소에 배가 선다. 휴대전화는 당연히 안 터지고, 도마뱀이나 개구리와 방을 나눠 쓰기도 하는 초가집. 놀랍게도 발전기를 돌려 하루에 네 시간이나 전기가 들어온단다.

우리의 첫 아마존 체험 활동은 보트를 타고 야생동물을 찾아 나서기. 이구아나들(나뭇가지에 꼭 붙어 있다가 모터 소리에 놀라 물로 뛰어든다), 붉고 파란 날개가 화려한 열대 앵무새 아라라 한 쌍, 그리고 나무 끝의 작은 나무늘보 한 마리를 만나고 돌아와 밤에는 '악어 사냥'에 나선다. 랜턴 불빛에 눈이 반짝이는 새끼 악어를 맨손으로 잡아 악어의 생태를 설명하고, 사진을 찍은 후 물로 돌려보내는 식이다. 모두들 신이 나서 악어를 만져보고 끌어안고 사진을 찍지만, 저 새끼 악어에게는 지금 이 순간이 얼마나 악몽 같을까. 이 반감은 사흘 내내 나를 따라다닌다.

다음날은 정글 트레킹. 드디어 문명의 흔적이 없는 숲으로 들어가는 날이다. 가이드는 우리 얼굴에 원주민들처럼 울긋불긋한 물감칠을 해준다. 나뭇잎으로 이마에 두를 띠도 만들어 꽂아준다. 우리는 숲의 적막함을 요란하게 깨며 발을 내딛는다. 밀림 속을 걸으며 야생동물을 찾거나 원주민들이 약초로 쓰는 식물을 찾아본다. 코코넛 열매에 든 애벌레 빼먹기도 우리의 체험 코스. 가이드 루이스가 통통한 애벌레를 쏙

빼서 내밀며 말한다.

"코코넛맛밖에 안 나."

나는 이렇게 말한다.

"나 채식하는 거 알잖아. 아쉽네."

여자들은 질색하고, 남자들은 용맹함을 경쟁하듯 입에 넣고 우물거린다. 하늘을 뚫을 듯 치솟은 나무줄기에 매달려 날아보는 타잔 놀이도 빼놓을 수 없다. 하지만 정글에 사는 거대 거미 타란툴라를 끌어내기 위해 땅속의 거미집을 억지로 파헤치는 모습에 마음이 또 꼬인다. 루이스가 나뭇가지에 늘어져 있던 초록 뱀을 지팡이로 끌어내어 손에 잡고 기념사진을 찍게 할 때, 결국 참지 못하고 그에게 소리친다.

"그러지 마. 제발 뱀을 놓아줘."

루이스는 웃으며 말한다.

"걱정하지 마. 우린 절대로 야생동물을 죽이지 않아. 사진만 찍고 돌려보낼 거니까."

루이스는 모두가 만족할 정도로 사진을 찍은 후 뱀을 놓아준다. 인간의 탐욕스러운 호기심에서 벗어난 초록 뱀이 꼬리가 빠져라 사라진다. 아마존 투어중에 나무에서 잠자고 있는 나무늘보를 끌어내려 돌아가면서 끌어안고 사진을 찍기도 한다더니 우리도 예외는 아니었다. 가까이에서 나무늘보를 보고 싶다는 욕망을 누르며 제발 우리 팀이 나무늘보를 찾아내지 않기를 바란다.

다음날 우리는 수상 가옥에 사는 원주민을 방문해 이들의 주식 마누악 만드는 방법도 배운다. 물위에 나무로 얼기설기 지어올린 집의 살

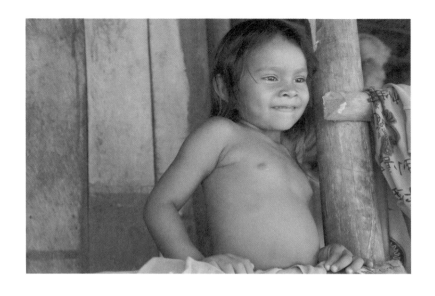

림은 당연히 단출하다. 그물 침대 몇 개와 나무판자를 올린 침상이 이
들의 잠자리다. 이 집에서 가장 값나가 보이는 건 나무 선반에 놓인 라
디오다. 이곳에서 주파수가 잡힐까. 이들도 보사노바나 삼바를 들을
까. 강에서 잡은 물고기를 튀기던 안주인이 우리에게 한 접시를 차려낸
다. 이 집 아이들과 어울려 우리는 염치없이 그 상을 받는다. 구릿빛 몸
에 새까만 눈동자를 지닌 아마존의 아이들은 밝고 건강해 보인다. 이들
의 삶은 문명과 원시의 중간 지점에 서 있는 것 같다. 부디 이 아이들이
일상에서 결핍보다는 자신이 지닌 것에 먼저 감사하는 지혜를 지니기
를……

　남자들은 피라니아가 우글거리는 강물에서 담력을 시험하며 헤엄

을 치기도 하고, 배를 타고 나가서 피라니아 낚시 대결을 벌이기도 한다. 아저씨가 제일 먼저 피라니아를 낚아올린다. 그러고 보니 이 아저씨, 꽤 괜찮은 여행 친구다. 아무때나 나서서 잘난 척하지도 않지만 뒷짐지고 서서 점잖은 척도 하지 않는다. 함께 여행하는 이들과는 스스럼없이 어울린다. 뭔가 잘 풀리지 않아도 투덜거리지 않는다. 오히려 그럴 때 투덜거리는 건 내 쪽이다. 세월에 희미해졌을 법도 한데 아이 같은 호기심을 지녔다. 게다가 지갑도 잘 여는 중년의 미덕마저 갖추셨다. 낚시로 잡은 피라니아 튀김을 안주 삼아 술자리가 벌어진 오늘밤, 아저씨가 짐에 넣어온 와인을 나눈다. 부둣가에서 사 온 싸구려 브라질 와인이지만 분위기를 돋우기에는 그만이다. 때마침 강 위로 만월의 달이 떠오른다.

아마존에서 보내는 마지막날의 새벽, 해돋이를 보기 위해 강으로 나
간다. 새벽 다섯시에 출발하기로 했는데 가이드가 나오지 않아 한 시간
쯤 지체된다 해도 화를 낼 수는 없다. 여기는 '브라질리안 타임'이 완벽
하게 작동하는 브라질이니까. 호수 위에 그림자를 남기며 높이 뜬 달.
달의 건너편으로는 수면까지 붉게 물들이며 번져가는 하늘. 선선한 아
침 공기. 잠에서 깬 새들의 울음소리. 모였다 흩어지기를 반복하며 흘
러가는 구름과 푸르게 밝아오는 숲. 가장 무딘 심장의 소유자조차 저도
모르게 "아름다워"라고 중얼거리게 되는 시간. 우리는 약속도 하지 않
았는데 침묵 속에서 아침을 맞이한다. 몇만 년을 이어왔을 이 해돋이의
장엄함을 깨지 않기 위해.

아마존의 숲을 떠나 마나우스로 돌아오는 길. 언제까지 여행자들

이 아마존에서의 특별한 경험을 계속할 수 있을지 문득 회의가 든다. 2003년부터 2007년까지 5년 동안 사라진 아마존의 삼림 면적은 서울시 면적의 백 배가 넘는 7만 2천 제곱킬로미터. 그사이 대지주들의 삼림 보호를 강제화했던 삼림법마저 규제 완화 쪽으로 대폭 개정되어 벌목이 한층 쉬워졌다. 브라질 정부는 아마존 남부 싱구 강을 비롯해 아마존 지역에 수력발전을 위한 댐 공사를 연달아 승인했다. 원주민들이 죽음으로써 항의하고, 스팅과 제임스 캐머런 같은 이들도 반대운동에 동참하고 있음에도 불구하고, "처음에는 고무나무를 위해, 밀림을 위해 싸웠지만, 지금은 인간성을 위해 싸운다"는 치코 멘데스의 발언은 여전히 유효하다. 아마존은 자본과 개발의 논리에 사로잡힌 인류의 인간성 회복을 시험하는 곳이 되고 있다. 지구의 허파는 빠르게 사라지고 있다. 이 숲이 모두 사라지면 우리는 어디에 기대어 숨을 쉬게 될까. 크리족 인디언의 그 유명한 연설이 생각난다. "지구상에 남은 마지막 한 그루의 나무가 베어지고, 마지막 강물이 오염되고, 최후까지 살아남은 마지막 물고기 한 마리가 그물에 걸리는 날이 온다면, 그때야 비로소 돈을 먹고살 수는 없다는 사실을 깨닫게 될 것이다."

아마존에서 보낸 3박 4일의 시간 동안 문명을 거부한 채 살아가는 벌거벗은 원주민도, 정글의 포식자 재규어도, 강물 위를 헤엄치는 핑크 돌고래도 만나지 못했지만, 분명 그들은 존재한다. 세상은 우리 눈에 보이는 것이 전부가 아니기에. 그곳에서 우리가 본 것은 몇 마리의 회색 돌고래떼, 원숭이, 나무늘보, 이구아나, 새끼 악어와 코브라, 무수한 열대조류였다. 길들지 않은 채, 사라지지도 않은 채, 살아 있어줘서

고마운 지구의 또다른 주인들. 그들이 있어 지구는 얼마나 아름다운 별이 되었는지.

어떤 장소를 특별하게 만드는 건 그곳에 새겨진 추억이다. 나의 아마존 여행이 아름다울 수 있었던 건 함께한 이들 덕분이었다. 활기 넘치고, 호기심 가득한 벗들이 있어 매 순간이 즐거웠다. 우연히 만나 이곳까지 동행한 아저씨 또한 최고의 여행 친구였다. 언제부터인가 나는 길 위에서 마음을 단단히 여민 채 걷고 있었다. 헤어지고 혼자 남겨지는 일이 두려웠기에. 지난 다섯 달간, 며칠을 함께 보낸 이와 헤어질 때면 나는 조금 쓸쓸했지만 울지는 않았다. 눈물은 내게서 사라졌고, 아무렇지 않은 날들이 지나가고 있었다. 나는 이 대륙이 품고 있는 경이로운 자연에 위로받았지만 사람 때문에 울고 웃는 날들은 아니었다. 가뭄에 바싹 말라가는 논바닥처럼 건조한 내 모습이 나쁘지 않다고 생각했다. 그 메마름이 질척함보다는 낫다고 여겼는데…… 아저씨는 다시 길 위에서 만나고 헤어지는 인연의 소중함을 깨닫게 해주었다. 다시 나를 울게 만들었다. 아저씨와 헤어진 후 나는 조금 용감해진 걸까. 일정 따위는 무시한 채 벗을 찾아 야간버스에 오르는 걸 보니. 세계 최대의 습지인 판타날에서 일주일을 함께 보낸 베키와 필을 만나기 위해 나는 지금 볼리비아의 남쪽 도시로 가고 있다. 일정이 좀 꼬이면 어때. 그게 여행인 걸. 헤어진 후에 좀 울게 된다 해도, 잠깐 만나고 오래 그리워해야 한다 해도, 괜찮다. 어차피 여행은 정들어 익숙한 것들과 헤어지는 연습을 하는 거니까. 삶은 결국 이별하는 과정이다.

199

BOLIVIA

5장

볼리비아

라파스

포토시

우유니 사막

투피사

가난한 이들의
불빛으로 살아나는 곳

라파스

　칠레와 아르헨티나에서 5개월을 머물다 이 나라로 넘어왔을 때 가장 먼저 눈에 띈 변화는 사람들의 생김새였다. 지금까지 거쳐온 곳과는 확연히 다른 얼굴이었다. 작은 키에 검게 탄 피부, 동양인에 가까운 이목구비. 피부색이 짙고 선이 굵은 동양인이라고 할까. 알록달록한 보자기를 등에 지고 중절모를 머리에 얹은 할머니들도 종종 눈에 띈다. 이제야 겨우 원주민이 백인보다 더 많은 땅에 들어섰음을 실감한다. 여기는 중남미 전체에서 원주민 비율이 가장 높은 곳이자 중남미에서 유일하게 대통령이 원주민인 나라다. 케추아족, 아이마라족, 과라니족 등 원주민 비율이 60퍼센트에 달하고, 백인의 비율이 15퍼센트밖에 되지 않는 나라. 3백 년간의 스페인 통치로부터 남미를 해방시킨 영웅 시몬 볼리바르에서 그 이름을 딴 나라, 볼리비아.

　이 나라를 처음 알게 된 건 중학교 2학년 때다. "별이 유난히도 밝은 오늘 이 시간이 가면 그대 떠난다는 말이……" 이렇게 시작되던 노래 〈약속〉을 염소 창법의 간드러진 바이브레이션으로 부르던 가수 임병수가 볼리비아 교포라고 했다. 그의 노래 〈아이스크림 사랑〉의 스페인어 가사를 뜻도 모르면서 한글로 발음을 적어 따라 부르곤 했다. "치기야 미아 소모스 코모 엘 템포랄 케 아라스트라 토도……"

철이 든 후 볼리비아를 다시 떠올리게 된 건 체 게바라 때문이었다. 혁명을 꿈꾸던 그는 마지막으로 볼리비아의 밀림에 들어갔고, 일곱 명의 동료들과 함께 눈을 뜬 채 이곳에서 살해당했다. 그를 살해한 도시의 시장이 체의 자취를 따라가는 '체의 길' 관광 코스를 만들겠다는 발표를 했을 때 어쩐지 씁쓸해지기도 했다.

그런 볼리비아의 수도 이름은 라파스. 한 나라의 수도 이름이 '평화'라니. 나는 그 이름에 흔들리고 만다. 하지만 라파스의 첫인상은 그 이름과는 다르게 서글프다. 무슨 한 나라의 수도가 이렇게 무허가 판자촌처럼 지어질 수 있는지. 집들은 철골이 다 드러나거나 미장도 제대로 끝나지 않은 채 붉은 벽돌 그대로 외장 작업을 마쳤다. 거리에는 쓰레기가 널려 있고, 좁은 도로에 낡은 차들이 무질서하게 엉켜 다닌다. 독한 매연으로 금세 목이 따끔거리고 얼굴을 닦으면 누렇게 먼지가 묻어난다. 무엇보다 해발고도가 3660미터. 걷는 것만으로도 숨이 차오른다. 가난하고 높은 도시에서는 가난한 사람일수록 더 높은 곳에 깃든다. 4천 미터까지 산동네가 만들어져 있으니 지구에서 가장 높은 달동네라고 불러도 될 것 같다. 도시를 둘러싼 언덕배기에 빼곡하게 들어찬 집들이 그래픽으로 만들어진 영화 속 장면처럼 비현실적이다.

어떤 이는 이 도시의 야경을 보고 이렇게 썼다. "어려운 이들의 눈빛은 밤에 더 슬프다." 밤이 오기도 전에 나는 슬퍼졌다. 4천 미터의 높이에 집을 짓고 산다는 건 어떤 느낌일까. 숨조차 쉬기 어려운 높이에서

일을 하고, 밥을 먹고, 사랑을 하고 살아가는 인생의 무게는 어떨까. 한눈에 드러나는 곤궁한 살림살이 때문일까. 속삭이듯 낮은 목소리로 말하는 키 작은 사람들 때문일까. 하늘 아래 첫 동네일 라파스에서 내 마음은 자꾸만 가라앉았다. 가난이 불행이라고 함부로 말해서는 안 되는 것처럼, 가난해도 행복할 수 있다고 쉽게 말해서도 안 될 것 같았다.

저녁 무렵 택시를 타고 찾아간 전망대 칼리칼리. 그곳에서 라파스의 슬픈 아름다움을 마주했다. 원주민들이 '큰형'이라 부르는 6402미터의 설산 일라마니 너머로 해가 지고 난 후 산동네에 하나둘 불이 들어오기 시작했다. 주홍색 불빛이 너울너울 살아났다. 벌거벗은 황갈색 산의 어깨 위로 촘촘히 들어선 건물들. 좁고 경사가 센 골목. 안 그래도 삶이 고달플 텐데 저 가파른 골목을 하루에도 몇 번씩 오르내려야 하다니…… 무너질 것처럼 허술한 집들이 서로에게 몸을 기댄 채 모여 있다. 아직 유리도 달지 못한 저 창 너머에도 마주앉아 저녁을 먹는 가족이 있겠지. 누군가는 집 앞 가파른 골목에 주저앉아 사랑 때문에 울기도 하겠지. 나는 눈을 크게 뜨고 귀를 세운 채 일렁이는 불빛들을 더듬어본다. 성냥갑처럼 포개어진 집안에서 달그락거리는 그릇 소리, 아이를 혼내는 엄마의 성난 목소리, 지지직거리는 라디오의 소음까지 들려올 것만 같다. 창 너머로 입맞춤을 하는 연인의 포개진 얼굴, 숙제를 하기 위해 공책을 펴든 아이의 손, 하루의 노동을 마치고 돌아와 옷을 갈아입는 가장의 마른 등이 보일 것만 같다. 이곳이라고 어찌 삶이 더 고달프기만 할까. 누구의 등에나 같은 무게로 매달린 짐 같은 것이 삶일 텐데. 목숨을 지니고 태어난 이상, 누구나 예외 없이 울고, 웃고, 싸우고, 사랑하며 하루하루를 살아내는 것이겠지. 저마다 지닌 결핍을 연료로 굴러가는 인생의 수레바퀴에서 자유로울 수 있는 이가 있을까. 저 빼곡한 불빛 사이로 잠들지 못하고 서성이던 서울에서의 내 뒷모습이 떠오른다. 벗어나고자 떠나지만 결국엔 다시 돌아오게 되는 내 작은 집을 본다. 핏줄로 이어진 가족을 만들지 못해 친구들을 불러 함께 밥을 먹는 어느 밤의 내가 보인다. 아픈 몸을 끌어안고 우는 나, 여행은커녕 생활비가 부족해 발을 구르는 나, 그래도 어떻게든 다시 일어나 하루를 시작하는 나도 보인다. 서글프게만 보이던 산동네의 불빛이 조금씩 온기를 머금은 불꽃으로 일렁인다. 그제야 나는 발길을 돌린다. 골목에 서 있는 택시에 오르니 루이 암스트롱의 〈왓 어 원더풀 월드〉가 흘러나온다. "나는 아이들이 우는 소리를 듣고, 그들이 자라는 것을 지켜보지. 그들은 내가 아는 것보다 훨씬 더 많은 것들을 배우게 되겠지. 나는 혼자 생각한다네. 얼마나 멋진 세상인가." 이곳에서 태어나 자라며 조금씩 세상을 알아가게 될 이 마을 아이들을 상상하며 산동네를 내려온다.

다음날, 시티투어버스를 타고 달의 계곡을 찾아간다. 여기저기 파여서 엉망인 도로와 매연으로 메워진 대기를 가르며 버스가 달려간다. 가이드가 볼리비아의 근현대사를 짧게 훑고 지나간다. 1825년 독립 이후 반복되는 군사 쿠데타로 정부가 2백 번 가까이 바뀌었고, 어느 해인가는 1만 퍼센트의 물가인상률을 기록했으며, 어느 불운한 대통령은 엿새 만에 하야하는 기록을 남기기도 했다는 믿기지 않는 이야기를 아무렇지 않게 전한다. 어느새 이야기는 이 도시의 여인들이 즐겨 쓰는

중절모의 유래로 건너간다. 일확천금을 꿈꾸며 볼리비아로 건너온 어
느 영국 남자. 이 나라 남자들에게 팔려고 중절모를 가져왔다가 팔리지
않자, 상류층 원주민 여성들에게 유럽에서 대유행중인 모자라고 속여
서 팔았다나. 머리 위에 남성용 중절모를 갸우뚱하게 얹고 다니는 여성
들의 모습이 신기하다 했더니 이런 사연이 숨어 있었다.

　달의 계곡은 비바람과 세월에 침식된 모래 바위의 형상이 지구의 풍
경 같지 않다고 해서 붙여진 이름이다. 아름답다기보다는 쓸쓸하고 황
량한 풍경이다. 금방이라도 무너져내릴 듯 버스럭거리는 모래 바위 길
을 걷고 있자니 어디선가 〈엘 콘도르 파사콘도르는 날아가고〉의 가락이 들려
온다. 뾰족한 바위 위에서 벙거지 모자를 쓴 원주민이 피리를 불고 있

다. 뜨겁고 건조한 달의 계곡에 서글픈 선율이 번져간다. 달의 계곡에서 들려오는 〈엘 콘도르 파사〉라니. 잉카의 후예들은 영웅이 죽으면 콘도르가 된다고 믿었다. 페루 농민 반란의 지도자였던 콘도르캉키의 이야기를 담은 노래가 달의 계곡을 채운다. 안데스 산맥의 고향으로 우리를 데려가달라는 간절한 마음이 담긴 노래. 스페인의 통치는 오래전에 끝났지만 이곳 볼리비아 농민들의 삶의 고단함은 그리 달라지지 않았을 것이다. 길게 흩어지는 피리의 선율이 조용히 마음을 죄여오는 오후다.

추위로 뒤척인 긴 밤이 지나고 다시 아침이다. 볼리비아의 가난이 내게는 약간의 혜택을 가져왔다. 칠레나 아르헨티나에서는 상상할 수 없었던 가격으로 독방에 머물 수 있게 되었으니. 이곳에서는 만 원이면 독방을 얻을 수 있다. 하지만 독방이기만 할 뿐, 난방까지는 언감생심이었나보다. 밤새 추위에 뒤척이느라 잠을 제대로 못 이룰 정도였으니. 물가가 싸다보니 그만큼 씀씀이도 헤퍼진다. 자꾸 택시를 타게 되고, 카페에서도 더 많은 음식을 주문하게 된다. 오늘만 해도 뷔페가 괜찮다는 이웃 호텔의 식당으로 건너가 아침부터 잔뜩 식탐을 부렸으니.

젊은 여행자들은 라파스에 오면 '죽음의 도로'로 자전거 투어를 떠난다. 하지만 평지에서도 자전거를 겨우 타는 내가 해마다 사망자를 만드는 악명 높은 도로에서 내 운명을 시험해볼 생각은 없다. 그저 이 도시의 이곳저곳을 걷거나 마녀 시장에 가서 사지도 않을 물건의 가격을 묻거나 하면서 하루를 보낸다. 그렇게 소일하는 하루가 지겨워질 무렵, 세계문화유산인 티와나쿠 유적지 투어를 신청한다. 차를 타고 가는 동안 창밖으로 펼쳐지는 풍경에 시선을 뗄 수가 없다. 호위하듯 늘어선

설산과 붉은 들판, 붉은 흙으로 벽을 올리고 짚으로 지붕을 엮은 나지막한 집들, 치마에 망토를 두르고 걸어가는 여인들…… 마음을 설레게 하는 풍경과 달리 정작 티와나쿠 유적지는 황량하기만 하다. 티티카카 호수의 남동쪽, 라파스에서 70킬로미터 남짓 떨어진 이곳은 고도 3850미터의 알티플라노 고원. 농작물도 자랄 수 없는 이 고지대에 왜 도시를 세웠을까.

티와나쿠 문명은 기원전 1200년 무렵에 시작되어 12세기에 무너진, 중남미에서 가장 오래된 문명이다. 잉카보다 앞서 생겨난 이 고대 문명은 한때 페루 남부, 칠레 북부, 볼리비아와 아르헨티나 일부에 이르는 거대한 제국을 이루었다. 집약적인 농업기술이 발달해 경작지를 개간하고, 운하를 만들고, 심지어 서리 피해를 막는 대책까지 갖추고 살았다고 한다. 이들의 몰락 이유는 신비에 싸여 있다. 가뭄과 같은 급격한 기후 변화로 인한 경작지의 손실 때문이 아니었을까 정도로 추측할 뿐. 가이드의 설명을 들어보니 이곳은 신전과 궁전, 계층에 따른 주거지 등의 시설에 배수 시스템까지 갖춘 거대한 계획도시였다. 돌을 다루는 뛰어난 솜씨를 보여주는 아카파나 사원의 피라미드를 둘러본다. 잉카의 파차쿠티 황제가 이곳의 유적에 감탄해 이 지역의 석공들을 데려다가 잉카 제국의 수도 쿠스코의 건물을 짓게 했다고 한다.

2006년 1월 중남미 대륙 최초로 이 나라에서 원주민 대통령이 탄생했을 때, 대통령 에보 모랄레스는 이곳에서 전통방식으로 취임식을 치렀다. 아이마라 원주민 광부의 아들로 태어나 고등학교를 중퇴한 뒤 양치기, 농장 잡부, 빵 장수를 거친 코카 재배 농민 지도자였던 모랄레스.

그는 이곳에서 대지의 신인 파차마마에게 경배를 드렸다. 1520년에 스페인에게 정복된 후 5백여 년 만에 처음으로 원주민 대통령을 맞이한 이 나라 사람들은 얼마나 감격스러웠을까. 중남미에서 가장 풍부한 천연자원을 지닌 탓에 가장 심한 착취를 당해왔으니 그 감격도 남달랐으리라.

여전히 가난한 나라인 볼리비아는 유적지도 가난하다. 이 나라 정부는 돌을 쌓아 만든 이 피라미드에 함부로 흙벽을 쌓아가며 재건축 공사를 하다가 세계문화유산 등재가 취소될 위기에 놓이는 망신을 사기도 했다. 아직 제대로 복원이 이루어지지 않은 유적지를 둘러보며 대지의 신 파차마마에게 기도를 올린다. 이제야 걸음마를 시작한 이 땅에 그 이름처럼 평화가 깃들기를.

하늘과 땅이
몸을 섞는 곳

우유니 사막

라파스에서 수크레행 야간버스에 오른 밤. 우유니 사막 투어를 하기 위해 내려가는 길이다. 아침부터 일진이 사납더니 야간버스에서 험한 일을 당할 줄이야. 가방을 옆자리에 두고 일기를 쓰던 중 어디선가 동전이 쏟아졌다. 뒷좌석에 앉은 할아버지가 말을 걸어왔다.

"네 동전 아니야? 어서 주워."

"제 거 아니에요."

할아버지는 포기하지 않는다.

"그럼 앞자리의 남자 건가보네. 주워서 건네줘요."

이런 스페인어는 왜 들려가지고. 결국 몸을 굽혀 내 자리로 떨어진 동전을 주워 앞사람에게 건넨다. 그사이 이 할아버지가 내 가방에 든 노트북을 들고 튀셨다. "라드로네스도둑이야!" 비명을 지르며 막 출발하는 버스에서 내려 쫓아 달려간다. 나조차 믿기지 않는 민첩함과 속도로. 다행히도 상대는 할아버지. 내 노트북을 소중히 껴안고 허겁지겁 달아나지만 지구를 구하러 날아가는 슈퍼맨 같은 속도로 달려온 나를 당할 수는 없다. 온몸을 던져 할아버지의 팔을 붙드는 데 성공한다. 어이없는 건 할아버지의 반응. 일말의 저항이나 변명도 시도하지 않고 바로 "아임 쏘리"라며 순순히 노트북을 건넨다. 그러는 사이에 한발 늦은 경찰이 몰려든다. 괜찮다고 하는데도 굳이 경찰서로 가야 한단다. 터미널 안에 위치한 경찰서에 가서 이름이며 국적을 말하고, 사건 내용을 신고한다. 젊은 경찰이 할아버지의 인적사항을 물으며 할아버지를 발로 차거나 주먹으로 배를 찌른다. 고통을 줄 정도는 아니지만 모욕감을 주기에는 충분한 동작이다. 설마 이 할아버지가 오늘밤 감옥에 가게 되는 건 아니겠지? 마음이 무겁다. 노트북을 찾았으니 할아버지는 돌려보내드리라고 몇 번씩 당부하고 버스로 돌아온다. 나를 기다리던 버스운전사가 "오케이?"라고 묻는다. "오케이!" 씩씩하게 대답하고 자리에 앉는다. 버스는 밤의 터미널을 빠져나간다. 혹시나 싶어 가방을 열어보니 선글라스도 사라졌다. 망할 영감탱이! 아, 햇살 강한 중남미에서 선글라스는 꼭 필요한데. 게다가 도수를 넣은 거라 나 말고는 아무도 못 쓰는데…… 밤새 내 머릿속은 선글라스 생각으로 까맣게 타들어간다.

수크레에서 필, 베키와 만나 바로 우유니로 향한다. 베키와 필은 브라질에서 판타날 투어를 할 때 만난 영국인 커플이다. 우리는 함께 국경을 넘어 볼리비아로 왔고, 며칠을 같이 보낸 후 헤어졌다가 다시 만났다. 이제 드디어 우유니로 향한다. 중남미에서 가장 인상적인 풍경으로 많은 여행자들이 이곳을 꼽지 않을까. 낯설고 아름다운 이국의 풍경에 대한 환상이 완벽하게 충족되는 곳. 우주에서 초록빛을 가진 유일한 별 지구의 신비로움을 확인하게 되는 곳. 사랑하는 사람과 함께 언젠가 꼭 한번 더 찾아가고픈 곳. 볼리비아의 소금 사막 살라르데우유니가 그런 곳이다. 우기가 되면 물이 고여 얕은 호수로 변한 사막 위에 푸른 하늘과 흰구름이 거울처럼 투명하게 반사된다. 지구에서 가장 큰 거울 위에 서서 하늘과 땅의 경계가 지워진 풍경을 보기 위해 중남미를 여행하는 장기여행자들은 일부러 우기에 볼리비아를 찾기도 한다. 해발고도 3653미터의 높이에 1만 2천 제곱킬로미터의 면적으로 펼쳐진 세계 최대의 소금 사막으로 가는 길. 세상의 모든 아름다운 곳이 그렇듯 소금 사막을 만나기 위해서도 길고 고통스러운 시간을 바쳐야 했다.

하늘이 흐려지는가 싶었더니 눈이 쏟아진다. 함박눈이다. 아름답다고 좋아하는 건 잠시, 슬슬 불안해진다. 아니나다를까, 여섯시에 우유니에 도착할 예정이던 버스가 다섯시 조금 넘어 고갯마루에 섰다. 눈 때문에 고개를 넘을 수가 없단다. 여기는 포르카요 마을. 이곳에서 우유니까지는 30분 남짓이라는데…… 하늘은 점점 어두워지고, 날은 추워지는데…… 설마 버스 안에서 밤을 지새워야 하는 건 아니겠지. 설마가 사람을 잡았다. 눈 내리는 겨울밤을 버스에서 보내게 됐으니. 그나마 다행인 건 혼자가 아니라는 점. 우리는 유일한 식량인 비스킷으로 주린 배를 달랜다. 비스킷은 마른 종이를 씹는 맛이다. 짐칸의 배낭에서 침낭과 긴팔 옷을 꺼내 밤의 추위에 대비한다. 침낭을 덮어쓰고, 긴팔 옷을 다 꺼내 입었지만 온몸이 덜덜 떨리는 추위가 찾아온다.

기나긴 밤이 지나고 영원히 오지 않을 것 같던 아침이 왔다. 세상은 하얗게 덮여 있다. 창문은 꽁꽁 얼었고, 천장에선 수증기가 녹아 비처럼 떨어진다. '어쨌든 밤은 지나갔고, 찬란한 태양이 떴으니 곧 우유니

217

로 갈 수 있겠지……'라는 건 착각이었다. 밤사이 눈은 15센티미터쯤
쌓였고, 길이 얼어 갈 수가 없단다. 게다가 제설 차량은 언제 올지 감감
무소식. 결국 남자들이 하나둘 밖으로 나가 삽을 들고 담을 무너뜨려
흙을 도로에 깐다. 30분 일해서 버스를 30미터쯤 전진시키고, 다시 또
30분을 일하고. 불평하거나 항의하는 이도 없다. 그저 묵묵히 일할 뿐.
온통 하얗게 뒤덮인 세상에서 이들이 입은 무채색의 옷과 새파랗게 갠
하늘이 대조를 이룬다. 장갑도 없이 맨손으로 흙을 퍼서 도로로 던지고
삽으로 다지는 사람들. 오랜 세월에 걸쳐 몸에 밴 인내인 걸까. 바라보
는 이를 숙연하게 만드는 장면이다.

　이 상태로는 언제 우유니에 도착할지 모른다는 말에 우리는 여행사
에 전화를 걸어 구조 요청을 한다. 미리 예약을 해놓은 베키와 필, 나
말고도 다른 외국인 여행자들 네 명이 우리에게 차량 수배를 부탁한다.
여행사에서는 그들 모두가 우유니 투어를 해야 차를 보내주겠단다. 결

국 그들 모두 우리와 같은 여행사에서 투어를 하겠다고 선언. 한 시간 후, 여행사의 지프차 두 대가 고갯마루에 도착한다. 볼리비아 사람들이 눈을 치우는 동안 우리는 지프차를 타고 빠져나간다. 결국 우리는 그들의 일상과는 유리된, 지나가는 여행자일뿐임을 실감하며. 그래서인가, 우리의 시련은 끝난 게 아니었다. 운전사가 뒷자리에 앉은 필에게 문을 다시 닫으라 한다. 필이 문을 열었다 닫는 순간, 뒷좌석의 유리창이 산산조각으로 부서진다. 미국인 마시의 몸으로 유리 조각이 가득 쏟아지고 차 안을 뒤흔드는 마시의 비명. 우리 지금 할리우드 액션영화라도 찍는 거야? 그나마 다행히 누구도 다치진 않았다. 우리는 깨진 창으로 불어오는 찬바람을 온몸으로 맞으며 우유니로 달려간다.

여행사에 짐을 내려놓고 바로 2박 3일간의 우유니 투어를 시작한다. 가이드 겸 운전사 안드레스, 요리사 살레마를 제외하고 우리 일행은 여섯 명. 베키와 필, 미국인 마시, 한국에서 온 대학생 성혜와 동혁 (근 한 달 만에 만나는 한국인이라 어찌나 반가운지!)까지. 콜차니 마을에서 소금 만드는 과정을 본 후 우유니 사막으로 들어간다. 먼 옛날 바다였던 곳이 호수가 되고, 그 호수가 말라 소금 사막이 되었다는 이곳. 어떤 풍경이 기다리고 있을지 가슴이 두근거린다. 하지만 가이드 안드레스가 눈이 녹지 않아 '물고기의 섬'까지 들어갈 수 없다는 비극적인 소식을 전한다. 우리는 드넓은 소금 호수의 주변부만 빙빙 돌다가 소금 호텔의 소금으로 만든 테이블에서 점심을 먹고 알로타 마을로 이동한다.

다음날, 아침부터 또 눈이 내린다. 붉은 호수 라구나콜로라다나 초

219

록 호수 라구나베르데까지 갈 수 있을까. 우리를 실은 차가 몇 번이나
눈길에 바퀴가 끼어 길을 다지거나 차를 밀어야 하는 사태에 직면한다.
이럴 때면 마시가 신경질적인 반응을 보인다. 눈이 시야를 가리며 쏟
아질 때부터 그녀의 패닉상태가 시작됐다. "난 여기서 죽기 싫어. 돌아
갈래"라며 소리 지르는 그녀. "이 운전사 미친 거 아니야? 왜 계속 가는
건데?" "차 좀 세우라고 해. 제발." 그녀의 공포심은 진정되기는커녕
점점 더 심해진다. 보다못한 내가 그녀를 달랜다. "마시. 여기서 죽고
싶은 사람은 아무도 없어. 조금만 기다려보자." 스페인어를 조금이나
마 할 줄 아는 사람이 나뿐이어서 졸지에 안드레스와 일행들 사이에서
통역을 하는 처지가 됐다. 차를 돌리자는 말을 듣지 않고 갈 수 있다며

고집을 피우는 안드레스와 계속되는 실랑이. 도대체 안드레스의 자신감은 어디서 나오는 걸까. 필과 베키는 그의 자신감이 코카잎을 너무 많이 씹은 데서 나오는 '코카 자신감'이란다.

결국 어제 머문 마을로 돌아와 점심을 먹는다. 그사이 다른 차량 가이드와 회의를 마치고 온 안드레스는 다른 경로를 통해서 목적지인 붉은 호수로 가겠단다. 안드레스는 계속 전진하겠다는 자신의 의지를 꺾은 일 때문에 삐쳐 있다. 사진을 찍겠다고 창을 열어달라고 해도 못 들은 척하고 있으니. 우리는 다시 길에 오른다. 이쪽 길은 눈이 녹아 차가 달릴 수 있어 다행이다 싶었는데 고갯마루에 녹지 않은 눈이 수북이 쌓여 있다. 결국 이곳에서 다시 차를 돌리고 만다. 하지만 이곳의 풍경만큼은 최고다. 이우는 햇살을 받아 반짝이는 흰 산, 하늘가에 걸린 솜털 같은 구름, 풀을 뜯는 야마. 그리고 길어지는 그림자를 끌고 서서 그 풍경 속에 녹아든 우리들. 우리가 보는 풍경을 다른 이들도 봤을까. 이토록 비현실적인 아름다움 속에 그들도 서 있었을까. 그랬다면 그들도 우리처럼 어쩔 줄 몰라 하며 서 있었을까. 어딘가 이 모든 풍경을 만든 이가 있다면 이런 우리를 보며 웃고 있을까. 모두들 비슷한 마음인가보다. 소금 사막을 제대로 보지 못하고 떠난다 해도 이 풍경만으로도 괜찮다고 말하는 것을 보니.

갑자기 패닉쟁이 마시가 오늘 최고의 순간을 이야기해보잔다. 나는 돌아오는 길에 십여 마리의 야생 사슴떼를 본 것을 꼽았고, 동혁은 아침에 했던 눈싸움을, 성혜와 필은 오늘 오후에 본 설산의 풍경, 베키는 차를 돌렸을 때 본 파란 하늘을 최고의 순간으로 꼽는다. 다시 마시가

221

묻는다.

"그럼 최악의 순간은?"

"가자는 사람과 안 가겠다는 사람 사이에서 어쩔 줄 모르던 순간"이라고 내가 답하니 베키가 끼어든다.

"그보다 더 나쁜 순간이 있었어?"

모두들 웃으며 동의한다.

마지막날 아침. 햇살이 눈부시다. 양지에 앉아 해바라기를 하는 지금. 앞산 이마에 듬성듬성 남은 눈자국. 햇살에 말라가는 빨래들. 속옷 옆에 나란히 걸려 있는 몇 점의 고기가 웃음을 준다. 코가 막혀 숨쉬기조차 괴롭던 지난밤의 추위와는 얼마나 대조적인지. 우리는 태양이 빛

나는 화창한 날씨 속에 '잃어버린 도시'라 이름 붙은 거대한 바위들의
성채를 지나 까마득한 발밑으로 구불구불한 냇물이 흘러가는 계곡을
넘어간다. 식민지풍 교회가 있는 산크리스토발 마을을 둘러본 후 마지
막으로 찾아가는 곳은 '기차들의 공동묘지'. 1820년대에 사용되었던 볼
리비아 최초의 증기기관차들이 녹슨 채 남아 있다. 그 옛날, 광물을 실
어날랐던 기차들이 세월에 마모된 앙상한 철골로 서 있다. 뼈대만 남은
붉은 열차는 삭막한 주변 환경과 더불어 어딘가 아련한 분위기를 만들
어낸다. 마침내 2박 3일 동안의 파란만장했던 투어가 끝났다. 원래 예
정했던 곳들은 하나도 방문하지 못한 채. 하지만 우리에게는 고난을 함
께 헤쳐온 이들에게 주어지는 단단한 우정이 선물로 남았다. 따스한 추

억과 함께.

모두들 떠난 다음날, 나는 혼자 소금 사막 일일 투어를 신청한다. 그 사이 눈이 녹아 물고기의 섬까지 들어갈 수 있게 되었다. 물고기의 섬을 향해 가는 길, 사막은 어느새 거대한 하늘을 품은 호수가 되어 있다. 소금 사막에 비가 내리면 하늘이 땅으로 내려와 몸을 섞는다더니, 사위가 온통 하늘로 가득찼다. 발 딛고 선 대지 전체가 하늘이 되어 푸른빛과 흰구름으로 채워졌다. 나는 지금 어디에 서 있는 걸까. 내가 선 자리의 경계가 희미해지고 꿈인지 현실인지 몽롱해진다. 소리라도 내면 풍경이 지워질까봐, 몸을 움직이기라도 하면 사라져버릴까 두렵다. 그저 숨죽인 채 가만히 바라만 본다. 양팔을 힘껏 벌려 사막에 불어오는 바다의 내음을 온몸 가득 받아들이면서. 완벽한 정적이 사막을 두르고 있다. 사막이 저 하늘을 제 아름다움으로 끌어당긴 걸까. 저 높은 하늘이 사막을 사모해 제 발로 여기까지 내려와 안긴 걸까.

태초의 생명이 태어나기 직전의 정적 같은 그런 농밀한 긴장감이 이곳을 두르고 있다. 나는 아득한 확률의 장막을 열어 이 지구별에 첫 생명이 걸어 나오는 모습을 상상한다. 저 하늘과 땅이 맞닿은 지평선 너머에서 새로운 생명이 태어나고 있을 것만 같다. 이 별의 모든 생명은 하늘과 땅이 구별되지 않는 이런 풍경에서 걸어 나오지 않았을까. 하염없이 지평선을 바라보고 있으면 하늘과 땅을 열어 걸어 나오는 생명을 만날 수 있을 것 같다. 서툴고 풋풋한 첫걸음을 마주할 것만 같다.

살면서 이런 풍경을 만날 수 있는 확률은 얼마나 될까. 무한에 가까

224

운 우주에서 생명체가 살 수 있는 별이 되는 확률만으로도 까마득한데, 그 별의 인간으로 태어나 지구 반대편의 사막까지 건너오게 한 우연과 의지로 이루어진 만남. 여기에 서니 우리 모두가, 그리고 내 자신이 기적 같다. 모든 생명은 그 시작부터 마지막까지 기적으로 이루어진 존재임을 새삼 확인한다. 이곳은 존재의 기원을 느끼게 하는 장소다.

소금 사막의 아름다움은 언제까지 남아 있을 수 있을까? 이 사막에는 휴대전화나 가전제품에 사용되는 리튬이 묻혀 있다고 한다. 그 양이 무려 지구 전체 매장량의 절반. 우리나라도 리튬 광산 개발에 참여하기로 했다는데, 결국 우유니는 발가벗겨지고 파헤쳐지는 운명이 되고 마는 걸까. 지구가 언젠가 그 생명을 다하고 우주의 암흑 속으로 소멸하는 날, 그 한 점으로 꺼지는 순간까지 소금 사막이 이 모습으로 남아 있기를.

죽음의 공포와 맞선
강인한 사람들이 사는 곳

포토시

함부로 쓰지 말아야겠다. 막장 인생이라는 말. 사는 게 힘들다고, 일에 지친다고도 쉽게 말하지 말아야겠다. 지하 수백 미터의 암흑 속에서 목숨을 걸고 하루를 일해야 다음날을 살 수 있는 이들 앞에서는.

두려웠다. 겨우 두 시간, 갱도 안에서 보낸 그 짧은 시간 동안 살아나오지 못할까 겁이 났다. 땀으로 흠뻑 젖게 만드는 열기가, 탁한 공기와 매운 광물의 냄새가, 무릎걸음으로 걸어야 하는 낮고 좁은 갱도가 무서웠다. 랜턴을 끄면 완전한 암흑. 그 몇 초의 암흑이 지옥처럼 느껴졌다. 단 한 번의 경험으로도 숨이 막히는데, 매일을, 몇 년을, 몇십 년을 아침마다 이곳으로 돌아오는 이들이 있었다. 부끄러웠다. 암흑의 먼지 구멍 속에서 일하는 그들에게 카메라를 들이대는 내가. 코카잎과 음료수를 건네며 그들의 삶을 훔쳐보는 내가. 여행하는 이의 삶이란 잔인한 구경꾼에 지나지 않는다는 자괴감이 밀려들었다.

높고 가난하고 서러운 이 도시에 관한 이야기를 어떻게 시작해야 할까. 해발고도 4090미터로 하늘과 가장 가까운 이곳의 대지는 풍부한 광물을 품고 있었다. 그 광물이 신의 축복이었다면 어째서 신은 그다음에 악마를 보내신 걸까. 수백 년에 이르는 착취 이후 남겨진 헐벗음에는 내가 모르는 어떤 깊은 뜻이 담겨 있는 걸까.

아메리카 대륙의 가장 오래된 광산도시로 한때 스페인을 먹여 살렸던 도시. 세르반테스의 소설 『돈 키호테』에서도 "예사롭지 않은 부유함"으로 묘사했던, 볼리비아의 포토시에 지금 나는 와 있다. '풍요로운 봉우리' 세로리코 산의 발치에 엎드린 이 도시는 어마어마한 은을 매장한 이 산에 기대어 태어났다. 해발고도 4824미터의 세로리코는 2백 년 넘도록 전 세계에서 유통되는 은의 절반 이상을 생산했다. 기록에 따르면 1556년부터 1783년까지 해마다 4만 5천 톤의 은이 스페인으로 실려 갔다.

당연하게도 부귀영화를 꿈꾸는 이들이 세계 곳곳에서 이 도시로 몰려들었다. 17세기 후반에는 이미 이십만 명이 넘는 인구에 여든여섯 개의 교회가 세워진, 세계에서 가장 크고 가장 부유한 도시로 자리했다. 이 도시에서 축제가 열릴 때면 거리를 은으로 덮었다는 기록이 남아 있을 정도니. 거리에 서서 가장 화려했던 시기의 이 도시를 상상해본다. 빛이 바랜 낡은 건물만 촘촘히 들어선 좁은 골목에는 영광의 자취가 사라진 지 오래다. 은의 가치가 하락한 19세기 초반부터 도시는 점점 쇠락했으니.

포토시에 도착한 밤, 도시는 싸늘한 냉기로 가득차 있었다. 이곳은 이미 겨울이 깊어가고 있었다. 게다가 이 도시의 해발고도는 4천 미터가 넘는다. 추위는 뼛속까지 스며들었다. 난방이 되지 않는 숙소에서 겨울옷을 다 꺼내 입고도 온몸을 웅크리고 밤을 보내야 했다. 희미한 햇살이 겨우 비쳐드는 아침. 바로 여행사를 찾아 나선다. 내가 이 도시에 온 이유는 세로리코 은광이 보고 싶었기 때문이다. 광산 투어에 관해 묻자 직원이 다짜고짜 종이 한 장을 내민다. 사고가 생겨 다치거나 죽는다 해도 여행사의 책임을 묻지 않겠다는 각서다. 각서에 사인을 한 후에야 투어에 참여할 수 있다고 한다. 광산 투어는 광부들이 일하는 갱도에서 진행되기 때문에 사고 위험에 노출되어 있다. 내가 들고 다니는 안내책자에도 광산 투어를 "인내력이 요구되는, 충격적이고 잊을 수 없는 투어"라고 소개해놓고 경고와 주의를 요하는 글을 따로 적어놓았을 정도다. 나는 그가 내민 종이에 묵묵히 사인을 한다.

아침 여덟시 반, 장비를 대여하는 곳에서 헬멧과 랜턴, 장화와 바지 등 복장을 갖추는 일로 광산 투어가 시작됐다. 광부들과 비슷한 복장으로 갈아입은 우리는 광산 근처에 위치한 '광부들의 시장'으로 향한다. 코카잎과 담배, 술, 다이너마이트, 마스크, 랜턴 등 광부들에게 필요한 장비를 파는 시장이다. 작업환경이 열악하기로 악명 높은 이곳의 광부들은 채굴 작업에 필요한 도구들을 자비로 구입해야 한다. 우리는 광부들에게 줄 선물을 구입한다. 가이드가 코카잎과 음료수 구입을 권한다. 코카잎이라고? 우리가 놀라자 가이드가 광부들이 코카잎을 씹는 이유를 설명해준다. 코카잎에는 비타민, 철분, 칼슘이 풍부해 부족한 영양소를 보충할 수 있고, 집중력을 증가시키고 졸음을 방지한다고 한다. 또 진폐증에 도움이 되기도 해 광부들에게는 떼놓을 수 없는 벗이란다. 장을 본 후에는 은을 제련하는 곳으로 가 잠시 설명을 듣고 세로리코 광산으로 향한다.

산이라기보다는 벌거벗은 언덕으로 보이는 봉우리 하나가 서 있다. 가이드가 "이 산에서 올해로 467년째 은을 채굴해오고 있다"고 말한다. 그사이 세로리코는 수백 미터에 이를 정도로 키가 낮아졌다. 그리고 수십만 명의 원주민과 아프리카에서 끌려온 노예들의 목숨을 집어삼켰다. 전설에 따르면 15세기 중반, 잉카 제국의 한 목동이 잃어버린 양을 찾으러 이 산을 헤매다 은광을 발견했다. 그가 은을 캐내려 했을 때 하늘에서 목소리가 들려왔다.

"건드리지 말라. 이것은 너희 것이 아니라 뒤에 올 이들의 것이니라."

목동은 잉카의 왕에게 '포토시(굉음, 즉 목소리)'를 들었다고 보고했
고, 그것이 이 도시의 이름이 되었다고 한다. 백 년 후, 스페인 침략자
들이 들이닥쳤을 때 잉카인들이 황금을 바치며 그들을 맞았던 건 바로
이 전설을 믿고 기다렸기 때문이라고 한다.

광부들의 하루는 '어머니 대지' 파차마마에게 도수 높은 술과 코카
잎을 바치는 의식으로 시작된다. 모든 생명을 주관하는 신에게 그들의
목숨을 지켜달라고 비는 기원이다. 우리도 가이드와 함께 파차마마에
게 코카잎과 술을 바치며 광산 투어를 시작한다. 갱도는 좁고 어둡다.
금방이라도 무너져내릴 듯 허술하게 받혀진 받침목 아래를 무릎걸음으
로 기듯이 가야 한다. 몸을 말듯이 웅크려야 겨우 빠져나갈 수 있는 길

이 이어진다. 당장이라도 이 어둡고 습한 갱도에서 뛰쳐나가고픈 욕망이 밀려든다. 기껏해야 두 시간일 뿐인데, 그 안에 사고라도 생길까 겁이 난다. 갱도를 뒤덮은 열기와 탁한 공기에 땀을 줄줄 쏟으며 내려가는 동안, 혹시나 일행과 떨어지게 될까 조바심이 난다. 안전모 위에 매단 랜턴이 꺼질까 두렵기도 하다. 그런 내 마음을 읽기라도 한 듯, 가이드가 잠시 랜턴을 끄라고 한다. 랜턴을 끄자 순식간에 암흑이 밀려든다. 한 치 앞도 보이지 않는 암흑이란 이런 거였구나. 완벽한 어둠이다. 암흑이 동반한 공포가 조금씩 커져갈 무렵, 누군가 참지 못하고 랜턴 스위치를 올린다. 기다렸다는 듯 하나둘 랜턴이 켜지기 시작한다. 여기저기서 안도의 한숨이 새어나온다. 기껏해야 몇십 초였을 그 순간이 영원처럼 길게 느껴졌다. 살면서 이토록 깊은 두려움을 몰고 오는 어둠과 대면해본 적이 없었다. 도시에서 살아가는 동안은 막막한 어둠 속에 파묻힐 일이 없었고, 자연 속에서 캠핑을 할 때 찾아오는 어둠은 별빛을 동반한 낭만일 뿐이었으니. 어둠에 대한 본능적인 공포가 우리 안에 있었기에 인간은 불을 피우고, 전기를 만들어내고, 온 밤을 불빛으로 밝히는 걸까.

랜턴 불빛이 밝히는 갱도를 따라간다. 광물이 실린 수레를 미는 광부들 중에는 아직 소년처럼 보이는 앳된 얼굴이 많다. 이 광산에서 일하는 이들의 절반 이상이 십대 청소년이다. 식당이나 가게에서 일을 하면 한 달에 600~700볼리비아노(10만 원)를 겨우 받지만 광산에서 일을 하면 세 배 이상 벌이가 가능하다. 죽음을 감수해야 하는 밥벌이의 무게가 저 어린 소년들의 어깨 위에 실려 있다. 어린 나이에 광부가 된 이

소년들은 이삼십 년의 세월을 갱도에서 보내기도 한다. 이곳 광부들의 평균 수명은 마흔 살이 겨우 넘고, 대부분은 진폐증과 싸우며 남은 생을 보낸다. 정부의 무관심 역시 그들을 서럽게 한다. 원주민 대통령 모랄레스마저 광부들의 권익에는 무관심하다고 그들은 토로한다.

빈약한 선물을 들고 와 그들의 삶을 엿보는 미안함을 이야기하자 가이드는 이렇게 답했다. "이곳 광부들은 관광객을 환영해요. 이 깊은 곳까지 그들을 찾아와주는 유일한 이들이니까요." 광산 투어 자체가 25년 전 광부들의 제안으로 만들어졌다고 한다. 갱도 안에서 일하는 그들에게는 정말 관광객도 반가운 존재인 걸까. 비좁은 갱도에서 우리와 마주칠 때면 광부들은 검은 얼굴 사이로 치아를 드러내며 웃는다. 그 얼굴을 볼 때마다 자꾸 눈물이 나려 한다. 치열한 삶의 현장을 구경꾼의 눈물로 적실 수는 없다는 생각에 이를 악문다.

1825년에 볼리비아가 독립을 쟁취한 후 이 광산은 볼리비아 원주민들의 협동조합 소유가 되었다. 하지만 광부들의 고단한 삶은 그때나 지금이나 변함없다. 목숨을 담보로 일해야 하는 원시적인 작업환경도 달라지지 않았다. 해마다 사고가 끊이지 않아 작년에 아홉 명이, 올해 세 명이 이 광산에서 목숨을 잃었다. 이 도시에 사는 20만 명 중 광부는 이제 1만 2천 명에 불과하다. 앞으로 백 년은 더 채굴이 가능하다는 세로리코. 죽음 같은 어둠 속에서 삶을 캐내기 위해 목숨을 내어놓는 아버지들의 노동은 얼마나 더 이어져야 하는 걸까.

40도 가까운 갱도에서 땀을 쏟으며 머문 광산 투어는 얼음이 얼어 있는 영하의 갱도를 거쳐 끝이 났다. 1651년에 만들어졌다는 터널을 걸어 광산을 빠져나온다. 십층까지 있다는 갱도에서 겨우 세번째 갱도까지 내려갔을 뿐인데, 내내 두려움에 떨었다. 당장이라도 이 어둡고 습한 갱도에서 뛰쳐나가고픈 욕망과 싸워야 했다. 광산에서 나와 올려다본 하늘은 서럽도록 푸르다. 저 푸른 하늘을 올려다보고, 맑은 공기를 마실 수 있다는 것만으로 안도감이 밀려든다. 어쩌면 이곳에서 일하는 이들은 날마다 눈물나는 하늘을 대면하며 살겠구나. 내가 결코 깨달을 수 없는 삶의 찬가를 부르며 살고 있을지도 모른다.

우리는 모두 태어나는 이유도 모른 채, 자신의 의지와는 상관없이 태어난다. 아니, 갑자기 삶 속으로 내동댕이쳐진다. 그리고 살아가는 동안 살아야만 하는 이유를 찾으려 노력한다. 어떤 이는 종교를 통해, 어떤 이는 철학을 통해, 또 어떤 이는 숭고한 이상의 실현을 통해 삶의 의미를 찾으려 애쓴다. 하지만 우리는 대부분 삶의 의미를 찾지 못한 채 하루하루를 살아내기에 급급할 뿐이다. 광산 투어를 한다고 살아야 하는 이유를 찾게 되진 않는다. 다만, 이유 따위 없이도 살아야만 한다는 어떤 선언이 나를 채웠다는 걸 고백하지 않을 수 없다. 삶이 아무리 비루하다 해도, 살아야 하는 이유를 단 한 가지도 찾을 수 없다 해도, 그래도 살아가야만 한다는 것. 목표 따위 없어도 되는 것이 삶이라는 것. 아니, 우리 삶의 최대 목표는 살아가는 것 그 자체임을 광산 투어는 말해준다.

포토시의 광산 투어는 내가 경험한 가장 위험하면서도, 가장 아픈 투어였다. 화려하게 꽃핀 유럽의 문화는 결국 이들의 땀과 눈물, 목숨

237

을 담보로 해서 이루어졌다. 고된 노동과 폭발사고, 수은 중독으로 수십만 명의 원주민들이 목숨을 잃었던 비극의 땅. 그것도 모자라 아프리카에서 끌려온 3만 명의 흑인들이 조폐국에서 인간 노새로 일을 해야 했던 곳. 포토시는 슬프고 아픈 기억을 간직한 도시였다. 그리고 여전히 하루하루를 죽음의 공포와 정면으로 맞서며 목숨을 이어가는 강인한 사람들이 살고 있는 땅이었다.

과거의 도시로 잊힐 뻔했던 포토시에 다시 세계의 이목이 집중되고 있다. 엄청난 규모의 리튬이 이곳에 매장되어 있기 때문이다. 다시 이 도시로 사람들이 몰려든다. 그 리튬으로 포토시는 무엇을 얻게 될까. 과거의 부와 영광을 재현하게 될까. 어차피 파헤쳐지고, 캐내어야 할 거라면 부디 그 광물 덩어리가 광부와 그 가족의 배를 충분히 불려주기를.

코카잎을 씹으며 지나가는 남자들 사이를 걸어 산프란시스코 교회로 향한다. 포토시에서 가장 오래된 교회의 종탑에 오르니 눈앞에 세로리코가 서 있다. 골목마다 우뚝 솟은 교회의 종탑들이 보인다. 이제야 이 도시에 이토록 많은 교회가 필요했던 이유를 알 것 같다. 기도조차 없었다면 이 불안한 삶을 하루도 견디지 못했으리라. 어둠 속에서 공포에 짓눌렸던 내 마음에 잠시나마 불을 밝혀주던 광부들의 하얀 이. 눈물이 배어 있는 그 웃음에 대한 작은 답례로 나도 촛불 하나를 밝힌다. 그들의 삶이 오래도록 이어지기를.

04

내일을 향해
싸라

투피사

라틴아메리카 춤추듯 걷다

볼리비아 ⟶

거리는 어두웠다. 가로등도 없는 골목에는 인적마저 끊겨 스산함이 감돌았다. 찬바람에 날리는 쓰레기만이 골목을 가로지르는 새벽 세시의 도시. 두려움에 심장이 조여들었다. 낯선 도시의 새벽 거리에 혼자서 있다니. 누군가 내게 "여행할 때 가장 싫은 일이 무엇이냐?"라고 묻는다면 단 1초의 망설임도 없이 답할 수 있다. "낯선 도시에 밤이 되어서야 도착하는 일"이라고. 겁 많고 소심한 나는 그 긴장과 두려움을 견디는 일이 늘 힘겨웠다. 어떻게 해서든 밤에 새로운 장소에 도착하는 일만큼은 피하도록 애썼는데 오늘은 제대로 걸린 셈이다. 바짝 긴장한 채 버스에서 내린다. 이 시간에 택시를 잡을 수 있을지, 그 택시는 안전하기나 할지, 숙소는 문이 열려 있을지, 온갖 걱정으로 머릿속이 복잡하다. 중남미에서는 택시에서 몽땅 털리고 맨몸으로 내렸다는 이야기가 시골집 누렁이가 새끼를 뱄다는 소식만큼이나 자주 들려왔다. 대낮에도 종종 일어나는 일이며, 건장한 남자들조차도 자주 이런 일을 당했다. 그러니 새벽 세시에 여자 혼자 택시를 타는 일은 '다 드릴게요'라며 내 손으로 지갑을 여는 일이나 마찬가지다. 게다가 지금은 운전사의 얼

굴을 요모조모 뜯어보며 어설프게 관상을 읽는 일조차 불가능하다. 길
모퉁이에 서 있던 유일한 택시에 오른다. 주소를 말하니 알겠다며 씩 웃
는다. 거울로 보이는 그 웃는 얼굴조차 무섭기만 하니 공포영화를 너무
본 걸까. 성실한 가장이자 모범적인 시민을 범죄자로 몰아가며 택시에
앉아 있는 시간이 아득하기만 하다. 마침내, 택시가 선다. 그가 짐을 내
리고 숙소의 벨을 누르는 인류애까지 발휘해준다. 벨을 세 번쯤 누르니
졸린 눈을 비비며 사람이 나온다. 마침내 무사히 도착했다는 안도감에
스르르 힘이 빠진다. 아무리 반복해도 조금도 익숙해지지 않는구나, 이
런 일은.

여기는 볼리비아의 남쪽 도시 투피사. 내가 투피사로 간다고 했을
때 포토시의 숙소 매니저는 이렇게 말했다.

"투피사는 여기보다 훨씬 따뜻해. 고도가 엄청 낮거든."

"얼마나 되는데?"

"2850미터. 3천 미터도 안 되는 동네야."

그 순간, 브라질에서 온 루카스와 나눴던 대화가 떠올랐다.

"루카스, 브라질 어디에서 왔어?"

"상파울루에서 가까운 도시야. 상파울루 올 일 있으면 놀러와."

"상파울루에서 얼마나 걸리는데?"

"버스로 여덟 시간."

생존 조건에서 나온 이 아득한 개념 차이는 도저히 극복하기 힘들
것 같다. 가장 높은 곳도 2천 미터가 안 되고, 가장 먼 도시도 네 시간

이면 다다르는 나라에서 온 나로서는 도저히 따라잡을 수 없는 스케일이다.

　해발고도 '3천 미터도 안 되는' 도시 투피사는 사방이 붉은 흙산으로 둘러싸여 있다. 은, 납, 구리, 주석, 아연 등 광물이 풍부한 광산도시로 미서부를 연상시키는 광막한 지형이다. 어디선가 총을 찬 카우보이가 튀어나온다 해도 어색하지 않을 것 같다. 기묘한 형상의 바위들, 대지를 두른 붉은 흙, 풀 한 포기 자라지 않는 민둥산의 강렬한 색감. 그런 풍경을 아우르며 햇볕은 모든 것을 태울 듯 자글거린다. 이 막막한 야생의 세계 한구석에는 심고 가꾼 나무들이 발하는 초록의 기운이 듬성듬성 박혀 있다. 마치 사람은 어떤 곳에서든 깃들어 살 수 있는 존재라는 것을 대변이라도 하듯.

　투피사의 이글거리는 태양 아래 서 있자니 오래된 영화 〈내일을 향해 쏴라〉가 떠오른다. 영화의 원제는 "부치 캐시디와 선댄스 키드". 실

존했던 미국의 갱단 단짝 부치 캐시디와 선댄스 키드의 삶을 그린 영화다. 폴 뉴먼과 로버트 레드퍼드가 주연한 이 영화에서 이들은 은행만 전문적으로 털며 시민의 목숨을 해치는 일은 되도록 피하는 낭만적인 인물로 묘사된다. 실제로 미국에서 갱단으로 이름을 떨치다 중남미로 도주, 아르헨티나에서 목장을 운영하기도 했던 이들은 한때 유토피아를 꿈꾸었단다. 포토시에서 광부들의 월급을 모아둔 은행을 털다 볼리비아 군경에게 쫓기던 그들의 삶은 이곳에서 끝났다. 한 명이 부상 당한 동료를 쏘고, 자신도 뒤따라 자살하는 것으로. 하지만 전설과 영웅 이야기를 좋아하는 사람들은 그들의 죽음을 둘러싼 미스터리를 만들어냈다. 이곳에서 기병대와 싸우던 선댄스는 죽지만 부치는 살아남아 유럽으로 도피했고, 성형수술을 한 뒤 미국에 돌아와 여자친구와 재회한 뒤 천수를 다했다는 설도 있으니. 어쨌든 그들은 사살되기 직전의 마지막 며칠을 이곳 투피사에서 보냈다. 마을의 어느 여행사에서는 그들의 도주 루트를 따라가는 트레킹 코스를 상품으로 만들어 팔고 있다.

나는 로빈 후드 흉내를 낸 도적의 행적을 좇는 트레킹이 아닌 다른 길을 선택한다. 투피사의 대표 투어 상품인 '삼종 경기'다. '모험을 즐기는 자연주의자들을 위해 특별히 고안된' 프로그램으로 트레킹, 승마, 자전거 타기가 결합되었다. 참여하는 사람이 많을수록 투어 가격이 떨어지기에 일단 신청부터 해놓는다. 막간을 이용해 인터넷을 쓰려고 무선 인터넷이 되는 카페를 찾아다닌다. 아무리 돌아다녀도 '와이파이' 표시는 보이지 않는다. 사람들에게 물으니 이 동네에는 무선 인터넷이 가능한 카페가 없단다. 궁한 마음에 인터넷 카페를 찾아가보지만 한글은 읽기만 될 뿐 쓰기가 되지 않는다. 중남미의 어떤 마을에서도 지금까지는 와이파이가 가능했다. 산속으로 트레킹이라도 떠나지 않는 한. 내일도 이 마을에서 자야 하는데 인터넷이 되지 않는다니 갑자기 고립감이 밀려든다. 이 마을에 무선 인터넷이 되는 곳은 딱 한 곳뿐이라고 해서 결국 숙소를 옮기고 만다. 하루치 방세를 두 번 내는 셈이지만 다 해봐야 7천 원. 중남미에서 물가가 가장 싼 볼리비아라 다행이다.

어쩌다 나는 이렇게 여행중에도 인터넷에 의존하는 인간이 되어버린 걸까. 스마트폰, 트위터, 카카오톡, 페이스북처럼 우리를 다른 사람들과 이어주는 문명의 도구들. 과거에는 여행자들이 꿈도 꾸지 못했던 것들이다. 서로를 소통하게 해준다는 이 문명의 도구가 우리를 점점 고립시키고 있는 건 아닐까. 볼리비아에 머물고 있으면서 이 세계와 마음을 나누기보다는 내가 떠나온 지구 반대편의 세계를 기웃거리고 있으니.

여행을 하다보면 숙소에서도 스마트폰을 들고 침대에 누워 혼자 노는 여행자들이 종종 보인다. 몇 년 전만 해도 볼 수 없던, 여행의 신풍속도다. 멋진 풍경을 만났을 때도 가만히 들여다보기보다는 일단 카메라로 찍기부터 시작하는 습관은 또 어떤가. 거리에서 길을 찾을 때도 이제는 동네 사람들에게 다가가 묻기보다 구글 지도를 연다. 외로움에 지쳐 옆 침대의 사람에게 말을 걸던 우리는 이제 스마트폰으로 떠나온 세계의 벗들과 대화를 나눈다. 실시간으로 내 여행을 중계하기도 하면서. 자랑하거나 인정받고픈 마음 때문에 하는 행동은 아니다. 그저 혼자서 느끼고, 보고, 만나는 것들을 누군가와 나누고 싶다는 욕망에서

비롯된 행동일 뿐. 그런 소통에의 갈망이 역설적으로 지금 이곳으로의 몰입을 방해한다. 이 모든 어긋남은 어쩌면 자연스러운 일인지도 모른다. 여행이란 낯선 것을 향한 동경 때문에 시작되지만, 여행을 하다보면 결국 익숙한 것을 향한 그리움이 일게 마련이니까. 여행이란 결국 익숙한 것으로부터의 고립이다. 그 고립과 단절이 자신과 타인에 대해 더 예민한 감성의 촉수를 일깨우고, 주변의 세계를 더 깊이 들여다보는 시선을 가능케 한다. 하지만 기술이 발달할수록 우리의 고립과 단절은 약해지니 결국 여행이라는 행위의 본질까지 훼손되고 있는 것이 아닐까.

전파를 따라 이동하는 신 유목민이 되어버린 나는 새 숙소에 짐을 풀어놓고, 다음날 '삼종 경기'에 나선다. 아침부터 햇살이 따갑게 내리쬔다. 일행은 영국인, 아일랜드인, 프랑스인 등 모두 아홉 명. 지프차를 타고 '소녀들의 산맥'으로 불리는 계곡을 찾아가 자연이 만든 기이한 풍경을 즐기는 일로 투어를 시작한다. 여기가 바로 부치 캐시디와 선댄스 키드가 사망한 장소라고 한다. 누군가 깎아놓은 듯 홀로 우뚝 선 긴 바위 '라포롱가', 남성의 성기 모양과 비슷한 바위가 가득한 '마초들의 계곡', 좁고 깊은 협곡으로 들어가는 '악마의 문' 등등. 짧은 트레킹을 즐긴 후 말로 갈아탄 우리는 느긋하게 '잉카의 계곡'을 둘러본다. 카우보이모자까지 갖추어 쓴 채로.

얌전히 잘 달리던 내 말 모라가 마지막 순간, 이유도 없이 커다란 가시나무로 돌진한다. "아악!" 내 날카로운 비명이 계곡 사이로 번져간다. 가이드가 달려오고 나서야 이 녀석이 진군을 멈춘다. 챙이 넓은 모자 덕분에 얼굴이 긁히는 건 피했지만, 소매가 다 찢어지고 팔에 긴 생채기가 났다. 찢긴 피부야 새살이 돋으면 그만이지만 옷은 새로 사야 하는데…… 살보다 옷이 더 걱정인 걸 보니 곤궁한 여행자 생활을 너무 오래한 건가. 너덜너덜해진 옷을 보니 한숨이 절로 나온다.

오늘의 마지막 프로그램은 지프차를 타고 3750미터 높이의 고개까지 올라간 후 산악자전거로 가파른 비포장길을 내려오는 일. 내리막길이라 어려운 건 없으리라. 그건 심한 착각일 뿐이었다. 자전거 타는 내내 보험회사의 보상금 액수를 떠올려야만 했으니. 팔이든 다리든 어디 한 곳은 부러지는 줄 알았다. 내리막길이 엄청나게 가파른데다가 자갈이 마구 튀어올라 죽을힘을 다해 브레이크를 쥐어야 했다. 게다가 해가

249

떨어지고 나니 칼바람까지 불어오기 시작했다. 내가 왜 돈까지 내고 이 고생을 하나 스스로가 원망스러웠다. 평지에서 자전거 타는 일도 힘겨워하는 내가 이런 비포장 내리막길을 야밤에 달리다니…… 붉은 산 위로 보름을 하루 앞둔 달이 떠오르는 순간, 나는 자전거를 멈춘다. 달빛마저 붉어 사위가 붉은빛으로 물들어간다. 달빛에 홀려 이대로 이 길이 끝없이 이어져도 괜찮겠다 싶은 그런 순간이 지나간다.

함께 삼종 경기를 치른 피오나, 이델과 함께 저녁을 먹으러 간다. 얼마 전까지 노량진의 한 초등학교에서 영어를 가르쳤다는 피오나는 비빔밥과 삼겹살을 좋아하는 아일랜드 처녀. 한국에서의 추억담을 들으며 즐거운 저녁식사를 마치고, 계산을 하려 지갑을 연 순간, 십만 원이 넘는 돈이 사라진 걸 발견했다. 미국 달러와 아르헨티나 페소와 볼리비아노 등 골고루 조금씩 빼갔다. 어제 숙소에서 잃어버린 게 틀림없다. 지갑이 든 손가방을 그냥 올려놓고 다닌 건 어제뿐이니. 휴. 벌써 두번째다. 버스에서 소매치기를 당하고, 다시 또 이런 일을 겪다니. 사실 볼리비아는 중남미에서 도난이나 절도 사건이 가장 많은 나라로 꼽힌다. 제복을 갖춰 입은 가짜 경찰이 가짜 경찰서로 데려가 여권을 압수한 후 돈을 뜯기로 악명 높은 나라이기도 하다. 중남미의 다른 나라보다 좀도둑이 많은 건 그만큼 경제적 여건이 더 어렵기 때문인지도 모른다. 이런 일로 이 나라에 대한 좋은 감정이 희석되어서는 안 되는데…… 한 나라에 머무는 기간이 길어질수록 여행하는 지역에 대한 편견만 쌓게 되는 건 아닐까? 짧은 경험, 깊은 선입견. 결국 우리에게 남는 건 그것뿐인지도. 코끼리의 다리 한쪽을 더듬고선 코끼리를 다 봤다고 우기는 게 우리의 모습이 아닐까.

　볼리비아에서 아르헨티나로 국경을 넘는 날. 볼리비아 쪽 국경검사
는 십여 분 만에 끝났는데 아르헨티나 쪽에서 한 시간이 넘도록 기다리
고 있다. 볼리비아는 마약 카르텔로 악명 높던 나라라 깐깐하게 검사를
하기 때문이다. 외국인 여행자들의 가방은 형식적으로 열어볼 뿐인데
볼리비아 사람들의 짐은 철저하게 다 풀어헤친다. 몇 번에 걸쳐 속속들
이 파헤쳐지는 짐들. 신산한 살림살이가 그대로 드러난다. 낡은 옷가
지, 담요 몇 장, 아이들을 위한 볼품없는 장난감이 책상 위로 쏟아진다.
가난해서 힘없는 나라의 국민들은 서럽다. 그들의 삶은 자신들의 나라
에서뿐 아니라 국경을 넘어가서도 고단하고 힘겹기만 하니. 그들보다
좀 잘사는 나라에서 온 나는 가방을 열어 보이는 시늉만으로 짐 검사를
마친 후 국경을 넘는다.

251

　다시 아르헨티나 땅이다. 이곳에서 며칠을 보낸 후 페루로 넘어갈
예정이다. 이제 여행은 6개월째로 접어들고 있다. 여행자는 어디까지
한 나라를 들여다볼 수 있을까. 우리를 스쳐지나가는 시간의 속도, 우
리가 건너가는 공간의 거대함. 그 안에서 마주치는 제한된 범위의 사람
들, 지극히 파편적인 경험들. 어쩌면 우리는 아무것도 제대로 보지 못
한 채 지나가고 있는지도 모른다. 체 게바라가 말했듯, 동전의 앞면이
열 번 나올 동안 오로지 한 번 밖에 나오지 않은 뒷면만을 본 것일 수 있
고, 또 그 반대일 수도 있다. 여행을 통해 얻는 경험이란 본질적으로 찰
나적이고, 일회적이다. 아무리 한곳에 오래 머문다 해도 여행자는 결국

지나가는 이방인일 뿐이다. 순간의 경험만을 쌓아갈 수밖에 없는 여행을 지속하며 살아간다는 것, 그 여행에 대해 이야기하는 일로 밥벌이를 한다는 것은 얼마나 위험한 일인지. 그렇다 해도 내가 사는 세상 바깥의 다른 세계를 들여다보고 싶은 내 욕망은 사라지지 않을 것 같다. 나 자신을, 내 삶을, 내 운명을 더 깊이 이해하고 사랑하기 위해 나를 둘러싼 세계를 들여다보려는 이 몸짓을 멈추지도 않을 것이다. 단지, 내가 이 세계의 아름다움뿐 아니라 추하고 남루한 얼굴까지 다 들여다볼 수 있기를 바랄 뿐. 그들이 보여주고 싶어하지 않는 것들까지 보게 된다 해도 이 세계에 대한 내 애정이 식지 않기를 바랄 뿐. 다시 새로운 나라가 나를 기다리고 있다.

PERU

6장

페루

우아라스

리마

마추픽추

GO

쿠스코

우아카치나

나스카

푸노

아레키파

01

아름다운 것들은
상처를 남긴다

쿠스코

라틴아메리카 춤추듯 걷다

폐루 ⟶

　여행이 6개월을 넘어가니 짐을 싸고 푸는 일에 조금씩 지쳐간다. 새
로운 도시에 발을 딛고 그 도시가 익숙해질 무렵이면 다시 낯선 곳으
로 떠나는 이 긴 여정의 의미는 무엇일까. 아무리 좋아하는 일이라 해
도 가끔은 슬럼프가 찾아오기도 한다. 마음을 다잡아보지만 오늘따라
어깨의 배낭이 무겁기만 하다. 지친 발걸음으로 들어서는 이 도시의 해
발고도는 3399미터. 가까이 내려온 하늘과 살짝 희박해진 공기. 푸른
물감을 휙 뿌려놓은 듯 거칠 것 없이 새파란 하늘. 손을 뻗으면 잡힐 듯
선명한 뭉게구름 너머 안데스 산맥의 능선. 갈색의 돌을 쌓아 만든 건
물이 만들어내는 도시의 선과 붉은 대지. 이 풍경을 바라보는 것만으로
면 과거의 시간 속으로 들어선 것 같다. 여기는 고대 잉카 제국의 수도
였던 쿠스코. 그 이름처럼 한때 '세계의 배꼽'이자 우주의 중심이었던
곳이다. 콜롬비아에서 칠레에 이르기까지 4천 킬로미터나 뻗어나갔던
대제국의 수도였으니.

　태양신을 섬기는 잉카 문명은 페루와 볼리비아에 걸친 티티카카 호
수에서 기원했다. 몇 세기에 걸쳐 번성했던 제국의 몰락은 빠르고 잔혹

257

했다. 고작 180명의 오합지졸 병사들에게 무너졌으니. 1532년, 스페인 용병 출신의 상인 프란시스코 피사로가 잉카 제국을 침략했을 때 잉카인들은 그를 전설의 창조주 비라코차로 믿었다. 흰 피부를 가진 창조주가 돌아온다는 그들의 오랜 믿음 덕분에 피사로는 7만 명의 병사를 지닌 잉카 제국을 간단히 무너뜨렸다. 황제 아타우알파를 볼모로 잡은 피사로는 그의 몸값으로 큰방을 황금으로 가득 채울 것을 요구했다. 그러나 피사로의 약속은 지켜지지 않았고, 잉카인들의 믿음은 배반당했다. 잉카인들은 거대한 방을 황금과 은으로 가득 채웠지만 황제는 처형당했으니. 이후 잉카인들은 마지막 황제 투팍 아마루의 지휘 아래 40년에 걸쳐 스페인에 대항하지만, 결국 잉카 문명은 막을 내리고 만다. 2만 4천 킬로미터에 이르는 도로와 안데스 산맥 곳곳에 거미줄처럼 연결된 수로를 건설했던 문명은 그렇게 허무하게 사라졌다.

258   제국이 사라진 자리에 도시는 남았다. 침략자의 탐욕스러운 손길이 더해진 도시는 시간의 흔적을 켜켜이 쌓아가며 어디에서도 볼 수 없는 저만의 풍경을 만들어냈다. 잉카와 스페인의 문화가 어우러진 그 독특함 때문인지 전 세계에서 수많은 관광객이 이 도시로 몰려든다. 만약 도시에도 얼굴이 있다면 쿠스코는 어떤 표정을 짓고 있을까. 한때 열렬히 사랑받았던 찬연한 날들은 배반의 상처를 남긴 채 지나가고 오랜 고통과 모멸의 시간을 겪은 사람. 환희와 고통을 고스란히 떠안은 슬프고 아름다운 얼굴이 아닐까. 쿠스코가 사람들을 끌어들이는 건 몰락이 남긴 상흔마저 시간에 용해해 품고 있기 때문일 것이다.

이 도시에 내가 짐을 풀어놓은 곳은 한국인 부부가 운영하는 민박집 사랑채다. 나는 이 집이 마음에 쏙 든다. 무엇보다 이곳에는 생활의 향기가 배어 있다. 계단참에 놓인 작은 인형들이며, 무릎담요가 가지런히 놓인 거실이며, 있어야 할 것들이 제자리에 있는 부엌이며 이 집에는 성실한 주부가 정성껏 가꾼 흔적이 가득하다. 이곳 사랑채가 여기서 만나 결혼하고 아이를 낳고 살아가는 부부의 삶의 터전이기 때문이리라. 마치 누군가의 가정집에 초대받은 기분이 든다. 햇볕이 잘 드는 방에 짐을 풀어놓고 밖으로 나간다. 솔 거리를 지나 아르마스 광장을 향해 걸어간다. 7월도 끝나가니 이제 겨울이 깊어가고 있다. 옛 석벽을 데우는 햇살을 받으며 걸어가는 길. 오른쪽으로 태양의 신전 코리칸차를 부수고 세운 산토도밍고 교회가 따라온다. 스페인 침략자들이 코리칸차 신전을 보고 받았을 충격을 상상해본다. 황금에 눈이 먼 그들은 신전을 둘러싼 거대한 석벽의 규모보다는 폭 20센티미터 이상의 금띠가 둘려진 모습에 더 놀랐으리라. 이 궁전을 가득 채우고 있던 황금 장식은 모두 녹여져 막대 형태로 스페인에 실려갔다. 그때 황금을 얼마나 많이 실어갔던지 이로 인해 유럽에 인플레가 찾아왔다는 기록이 남았을 정도다. 산토도밍고 교회는 1650년의 쿠스코 대지진 때 다 무너졌다. 하지만 기반이 된 석벽만은 뒤틀림 하나 생기지 않았다고 한다. 잉카인들의 이토록 뛰어난 석조 건축술은 지렛대의 원리와 추를 사용했을 거라는 추측 외에는 자세히 알려진 것이 없다. 어째서 그들은 문자로 기록을 남기지 않았을까.

어느새 아르마스 광장의 입구에 들어선다. 나도 모르게 발걸음이 멎

259

는다. 짙은 갈색 돌로 지은 건물이 광장 주변을 둘러싸고, 교회와 성당의 종탑 너머 언덕으로는 회벽에 주홍색 타일을 얹은 스페인풍 집이 촘촘히 들어섰다. 눈앞에는 대성당이 우뚝 서 있고, 오른쪽으로는 와이나 카팍 궁전 터에 들어선 라콤파니아데헤수스 교회가, 왼쪽으로는 긴 회랑을 지닌 이층 건물이 우아하게 서 있다. 그 주변으로 포석이 깔린 골

목이 이어진다. 광장 중앙에는 잉카 최후의 왕 투팍 아마루의 동상. 이 광장의 아름다움은 갈색의 건물과 대조를 이루는 짙푸른 하늘로 완성된다. 하늘과 가까운 땅이어서일까. 이토록 맑고 푸른 하늘의 색이라니. 그 하늘가에 누군가 수제비 반죽을 떠놓은 듯 뭉게구름이 점점이 걸려 있다. 한 도시의 광장이 이토록 서정적인 아름다움으로 빛날 수도

있구나. 잉카 제국을 짓밟고 세워진 스페인의 문명이라는 잔혹한 서사
조차 이곳의 기품을 무너뜨리지 못했다. 울고 싶어질 정도로 아름다운
광장의 정경이 나를 흔든다.

높은 곳에서 아르마스 광장을 내려다보고 싶어진 나는 산크리스토
발 교회 앞마당으로 향한다. 하늘이 한층 가까워진 것 같다. 대지와 조
화를 이룬 도시가 눈앞에 펼쳐진다. 알록달록한 윗도리에 검은 치마를
차려입고 야마를 끌고 나온 여인, 손으로 뜬 기념품을 펴놓고 좌판을
벌인 여인들이 보인다. 벤치에 앉아 그 모습을 지켜보자니 어쩐지 서글
퍼진다. 그이들이 전통 옷을 차려입고 양이나 야마를 안고 있는 건 나
같은 관광객에게 사진을 찍히기 위해서다. 돈을 벌기 위해 관광객의 시
선을 끄는 차림으로 어슬렁거리는 그들의 모습을 보니 마음이 가라앉
는다. 아르마스 광장에 들어선 스타벅스와 KFC, 맥도날드를 보았을 때
처럼. 작고 특색 있는 가게가 하나씩 사라지고 다국적 기업의 체인점이
아르마스 광장을 뒤덮어간다. 전통 옷과 전통춤을 비롯한 이들의 오랜
문화조차 관광객을 위한 쇼로 변질될지도 모른다. 쿠스코의 아름다움
은 모든 아름다운 것들이 그러하듯 슬픈 아름다움이다. 머지않아 사라
지게 될.

광장을 거닐다 돌아오니 사랑채에 새로운 손님이 들었다. 복학생 같
은 얼굴에 사십대 중년 남자처럼 배가 나온 사람이다. 내가 6개월째 여
행중이라고 얘기하자 그는 호기심을 감추지 않고 온갖 질문을 쏟아낸
다. "지금까지 가본 곳 중에 어디가 제일 좋았어요?" "여자 혼자 여행

다니면 위험하지 않아요?" "외국어도 잘하시겠네요?" 귀찮을 정도로
말을 걸어오지만 오랜만에 나누는 한국어 대화라 즐겁다. 인사를 나눈
지 얼마 되지도 않았는데 그가 편하게 느껴진다. 아마도 우리가 서울
이 아닌 타지에서 만났기 때문일 것이다. 게다가 이 남자는 유달리 친
화력이 좋다. 두어 시간 이야기를 나누었을 뿐인데 "누나라고 불러도
되죠?"라고 물을 정도니. 그런데 지구 반대편까지 날아온 주제에 이 남
자, 영어도 스페인어도 할 줄 모른다. 넉살 좋게 가이드를 해달라고 달
라붙는다. 한국말에 대한 갈증이 있었던 내가 거절할 이유가 없다. 함
께 저녁을 먹고 돌아오는 길. 이 남자가 갑자기 손을 귀에 갖다 대며 말
한다.

"제가 경호원 해드릴까요?"

그 한물간 유머가 정겹게 다가오는 건 내가 너무 오래 혼자 떠돌았기 때문일까. 불빛을 받아 일렁이는 광장의 포석 깔린 길이 유난히 따스하게 다가온다.

다음날 아침, 한식으로 밥상을 받는다. 된장국에 두부구이, 계란찜과 숙주나물 반찬. 이런 아침상이 얼마 만인지. 지난밤 새로 들어온 여행자들 덕분에 식탁이 가득찼다. 모국어를 쓰는 사람들과 어울려 먹는 아침식사라니. 쿠스코의 민박집이 아니라 서울의 친구 집에라도 와 있는 것만 같다. 시끌벅적한 아침식사 후 커피까지 한 잔씩 마시고 나는 경호원과 함께 아르마스 광장으로 향한다. 어제 봐두었던 쿠스코 최고의 전망 좋은 카페(라기보다는 구멍 가게에 딸린 테라스)로 그를 이끈다. 비행기를 타고 갓 날아온 그는 고산병에 시달리느라 계단을 오르는 내내 헉헉댄다. 쿠스코가 한눈에 내려다보이는 테라스에 앉는다.

"여긴 내가 쏠게요!"

자신 있게 외치고 치즈가 함께 나오는 찐 옥수수와 오렌지주스를 주문한다.

"근데, 누난 고산병도 없어요?"

거친 숨을 내쉬며 그가 묻는다.

"이 정도 고도에서 고산병이라니 체력이 너무 부실한 거 아닌가요?"

놀리듯 말하는데도 그는 존경 어린 시선을 보낸다. 주홍색 기와지붕 위로 지는 해의 그림자가 늘어지는 시간. 길 위에 서 있을 때면 하루 중 저녁노을이 번져갈 무렵이 가장 견디기 힘들었다. 그 시간이 되면 모두들 하루의 일과를 마치고 집으로 돌아가는 때이기에. 사람의 온기가 있고, 불 켜진 창이 있는 집으로 향하는 그들의 발걸음이 늘 부러웠다. 하지만 오늘은 나에게도 함께 돌아가 저녁 밥상에 마주앉을 이가 있다. 더운 밥을 나눈 후에는 이 도시의 자랑인 쿠스케냐 맥주 몇 병을 놓고 웃고 떠드는 시간도 이어지리라. 오늘만큼은 어둠이 찾아오는 것도 두렵지 않다.

토요일인 오늘은 쿠스코 외곽의 우앙카로에 장이 서는 날이다. 장바구니를 챙겨 장터로 향한다. 거대한 공터에 장이 섰다. 그 장터 물건의 절반 이상이 감자다. 페루에는 공식적으로 3천 종류의 감자가 있다더니 온갖 기묘한 모양과 색을 한 감자가 이곳에서 팔리고 있다. 강원도 감자밖에 모르던 내게는 신천지다. 장터는 온갖 먹거리와 사람과 소리와 냄새가 어울려 만들어내는 활기로 넘친다. 방금 구운 빵, 직접 만든

265

치즈와 요구르트, 페루의 인삼이라는 마카, 불순물이 섞이지 않은 꿀, 정체불명의 야채를 끓여 만든 차, 갓 짠 오렌지로 만든 주스, 밭에서 금방 따온 듯한 수박과 사과, 장작에 구운 송어까지 죄다 시식하며 기웃거리다보니 금세 몇 시간이 지나간다. 마카와 과일, 빵과 꿀을 사들고 돌아온다.

오후에는 방에서 연재중인 글을 써보려 하지만 도무지 진도가 나가질 않는다. 옆집에서 계속되는 파티 때문이다. 음악 소리가 어찌나 요란한지 집중이 되질 않는다. 결국 밤 아홉시쯤 옆집을 찾아간다. 혼자는 무서우니 경호원을 대동하고. 심호흡을 하고 벨을 누른다. 흰 머리가 희끗희끗한 중년의 배 나온 아저씨가 문을 연다. 놀란 눈으로 우리를 바라보는 그에게 당당히 말한다.

"시끄러워서 하루종일 아무것도 못 했어요. 같이 놀아야겠어요."

들고 간 와인 한 병을 건넨다. 그제야 그는 긴장을 풀며 웃는다. 어서 들어오라고 문을 활짝 열면서. 그가 집안에 모인 이들에게 우리를 소개한다. 아이부터 할머니, 할아버지까지 다양한 연령의 사람들이 모여서 먹고, 마시고, 춤을 추고 있다. 오늘이 카르멘의 성녀를 위한 날이라 미사를 드린 후 이렇게 즐기는 거란다. 집안에는 성녀를 위한 제단까지 만들어져 있다. 우리도 거기 끼어들어 어설픈 춤도 추고, 맥주도 마신다. 이런 식의 어울림이 처음인 그는 좀 어색해하면서도 꽤 즐거워 보인다. 나 또한 혼자였다면 이렇게 옆집으로 쳐들어오는 일 같은 건 못했을 것이다. 누군가와 함께라는 건 이렇게 경험의 범위를 넓혀주기도 한다. 보석 같은 시간이 반짝이며 흐르고 있다.

그런데 이 남자, 진짜 내 경호원이라도 되는 듯 나를 쫄래쫄래 따라다닌다. 일 때문에 페루에 왔다는데 일을 하는 모습은 본 적이 없다. 내가 나갈 채비를 하면 따라 나오며 넉살 좋게 말한다.

"광장 가세요? 저도 막 가려던 참인데 같이 가요."

어제까지는 내가 먼저 무언가 제안을 하면 따라 나왔는데, 이제는 아무 말이 없어도 내가 나갈 기미만 보이면 따라나선다.

"일 안 하세요?"

"이게 일이죠."

넉살 열매라도 한줌 집어먹었는지 아무리 면박을 줘도 꿈쩍 않는다. 한국어로 대화가 하고 싶었던 내게 신은 24시간 라디오를 틀어놓은 것처럼 끝없이 수다를 떠는 남자를 보냈다. 때로는 그 수다가 부담스러워 입 좀 다물라고 해보지만 순간일 뿐이다. 게다가 호기심도 넘쳐 물어보는 것도 많다. 해외여행이 처음이라는 그의 눈에는 혼자서 세상을 떠도는 내가 대단해 보이는지 마치 빛의 사제라도 바라보는 듯 눈부신 표정을 짓기도 한다. 존경 어린 그 관심이 싫지는 않지만 조금 부담스럽기도 하다. 함께 아르마스 광장으로 나간 우리는 벤치에 앉아 해바라기를 한다. 팔짱을 끼고 앉아 있던 그가 팔짱 끼는 내 모습을 보더니 이런다.

"어차피 팔짱 낄 거라면 같이 낄까요?"

이 남자의 가장 뛰어난 장점은 유머 감각이다. 첫 만남부터 재밌는 남자다 싶었는데 정말 계속 웃게 된다. 페루 마약단속국의 약자인 에나코를 발음하며 내가 "애 낳고 헤어질까요?" 이러니 진지한 얼굴로 받는다. "전 뭐 나쁘지 않아요." 그런 농담을 던진 내가 바보다. 그를 만난 이후 하루에도 몇 번씩 웃게 된다. 여행을 하다가 누군가를 만나 웃는 일은 곧 눈물 흘리는 날이 기다린다는 것과 다름없다. 그걸 아는 나는 벌써부터 이별이 겁난다. 웃고 있으면서도 혼자가 될 순간이 두려워진다.

다음날부터 우리는 숙소에서 만난 다른 이들과 함께 차를 빌려 쿠스코 주변 곳곳을 찾아다닌다. 설산을 배경으로 돌이 깔린 골목이 예쁜 마을 친체로, 마라스 계곡 해발고도 3천 미터의 소금밭 살리나스, 원형 경기장처럼 만들어진 잉카시대의 농작물 재배 시험장 모라이도 찾아간다. 정교하게 쌓인 축대와 곡선의 아름다움이 눈을 사로잡는다. 잉카시대에 만들어진 도로와 다리, 터널과 관개용수로, 계단식 밭이 여전히 사용되고 있다. 아무리 생각해도 억울하다. 이런 문명을 지닌 잉카 제

국이 그토록 허무하게 멸망했다는 건.

　우리의 마지막 여행지는 찰루앙카. 찰루앙카로 가는 차 안에서 그가 내가 앉은 쪽 유리창에 연습장 종이를 붙여 햇살을 가려준다. 이 남자, 뜻밖에 자상한 면모를 지녔다. 내가 상모를 돌리며 졸 때마다 어깨를 대주고, 차에서는 허리 아픈 나를 창가 자리로 앉히고 자신은 늘 불편한 가운데 자리로 간다. 차에서 내릴 때면 자기 짐보다 내 짐을 먼저 챙겨준다. 이런 모습에 감동이라도 하려는 찰나, 다시 한없이 가벼운 농담들이 시작된다. 다정한 배려와 발랄한 농담 사이, 그는 어느 쪽에 가까운 걸까. 문득 이 남자의 웃는 얼굴 너머가 궁금해진다.

　작은 마을 찰루앙카는 '야와르 피에스타^{Yawar Fiesta}'라는 축제로 유명

하다. 잉카 제국을 상징하는 독수리와 스페인 정복자를 상징하는 황소와의 싸움이 축제의 하이라이트다. 오늘은 축제의 전야제. 다들 전야제 구경을 가고 나는 숙소에 남아 글을 쓴다. 누군가 내 방문을 두드린다. 문을 여니 경호원이다. 무슨 일이라도 생긴 걸까.

"빨리 옷 입고 나와요. 불꽃놀이가 엄청 아름다워요."

나에게 그걸 보여주기 위해 그는 먼 거리를 뛰어온 거였다. 불꽃놀이가 끝나기 전에 다시 가야 하니 쉬지도 못하고 계속 달려서. 이마에 땀방울이 맺힌 그의 얼굴이 갑자기 잘생겨 보인다. 술 한잔 입에 대지 않았는데도. 달이 기울 듯 내 마음이 그를 향해 살짝 기운다. 그런 마음을 애써 가라앉힌다. 잠깐의 만남에 마음을 의지해서는 안 된다고, 그 끝은 상처뿐일 거라고. 그런데도 들떠오르는 마음을 어쩔 수 없다. 불꽃놀이를 보며 나는 예쁘다고, 정말 예쁘다고 중얼거린다. 하지만 자꾸 곁에 있는 그가 신경쓰인다. 어린아이처럼 좋아하는 그의 얼굴을 자꾸 훔쳐본다. 이 마을의 불꽃놀이는 폭죽을 공중으로 쏘아올리는 방식이 아니라 거대한 구조물 위의 줄을 사람들이 하나씩 잡아당기며 터트리는 방식이다. 어디에서도 보지 못한 창조적인 폭죽이다. 불꽃놀이는 어른들을 위한 유희다. 인생의 가장 반짝이는 순간도, 가장 아픈 날도, 한여름밤의 불꽃놀이처럼 찰나에 흩어져버린다는 것을 아는 어른들을 위한 놀이. 그래서 불꽃놀이는 지금 이 순간, 내 곁에 있는 이를 돌아보게 만든다. 오늘 이 마을에서 내 생애 가장 아름다운 불꽃놀이를 본다. 그러나 이 순간도 곧 지나갈 것이다. 이 남자로 인한 내 심장의 두근거림도. 그러니 흔들리지 말자, 순간의 감정 따위에. 불꽃놀이가 끝난 후 숙소로 돌아오는 길, 삐걱거리는 마음의 문에 다시 자물쇠를 걸기 위해 애쓰지만 손이 자꾸 미끄러져내린다.

축제의 날이 밝았다. 우리는 이 축제를 보기 위해 이곳까지 왔다. 축제는 남자들이 사냥으로 잡은 독수리를 데리고 마을을 도는 일로 시작된다. 날개를 펼친 채 끌려다니는 콘도르는 모든 것을 체념한 듯한 얼굴이다. 창공을 자유롭게 날던 저 큰 새가 사람들에게 붙잡혀 며칠째 시달리고 있으니 그럴 수밖에. 콘도르는 황소에 맞서 용감히 싸우는 모습을 보여줄 수 있을까. 걱정대로 안데스의 왕을 상징하는 콘도르와 스페인 정복자를 상징하는 황소와의 싸움에서 콘도르는 내내 무기력했다. 황소의 등에 매달린 콘도르는 지친 몰골로 소가 질주하는 대로 견디고 있을 뿐이었다. 그 지친 모습이 잉카 제국의 패배를 상기시키는 것 같아 씁쓸하다. 축제의 의미도 세월에 따라 변질되는 걸까. 이 축제에서 콘도르는 투우를 즐기기 위한 소품에 지나지 않아 보인다. 콘도르를 매단 황소의 질주가 끝나니 투우가 시작된다. 관중석이 흥분과 열기로 달아오른다. 몇 시간에 걸친 잔혹한 투우가 이어진다. 정복자의 문화인 투우에 열광하는 잉카의 후예를 바라보는 마음이 불편하다. 어째서 이들은 이런 문화까지 받아들였던 걸까. 자신들을 멸망시킨 이들의 문화에 열광하는 원주민의 후예들. 인간은 정말 아이러니한 존재다. 스페인에서조차 점점 설 자리를 잃어가는 투우가 이곳에 남아 있을 줄이야. 20년 전 처음 스페인에서 투우를 보았을 때처럼 나는 고개를 숙이고 울고 만다. 그리고 끝까지 보지 못하고 일어선다. 따라 나온 그가 나에게 손을 내민다. 그리고 내가 죽어가는 소를 보지 못하도록 눈을 가려주고 길을 이끌어준다. 말없이 울먹이는 내 어깨를 다독여주는 그의 따뜻한 배려가 다시 나를 흔든다.

축제의 마지막은 콘도르를 날려보내는 의식이다. 햇살이 따가운 아침. 기류를 타고 날아가기 좋은 언덕에 콘도르를 풀어놓는다. 며칠간 사람에게 사로잡혀 악몽 같은 나날을 보낸 콘도르는 줄이 풀렸는데도 움직이지 못한다. 불안해하는 눈빛과 무기력한 몸짓. 콘도르는 여전히 긴장한 채 날개를 펴지 못한다. 기다리던 마을 사람들은 콘도르가 날아갈 수 있도록 먼저 자리를 뜨자고 한다. 언덕을 내려오는 길, 나는 자꾸 뒤돌아본다. 기운을 되찾아 비상하는 콘도르를 볼 수 있을까 싶어서. 사람에게 시달려 무력해진 저 콘도르가 어쩐지 머지않은 미래의 나 같다. 내 곁의 다정한 이 남자가 돌아가고 혼자 여행을 계속해야 하는 순간이 오면 머뭇거리고 주저할 나. 다시 씩씩하게 걸어가기 위해서는 얼마나 긴 시간이 필요할까. 콘도르의 머뭇거림이 오래 지속되지 않기를, 어서 빨리 창공으로 솟구치기를.

쿠스코로 돌아온 우리는 아르마스 광장으로 나간다. 이제 내일이면 그는 서울로 돌아간다. 그와 함께 보는 마지막 풍경이라 생각하니 오늘따라 광장의 골목과 건물 하나하나가 애틋하다. 우리는 얼마나 많이 이 광장을 기웃거렸던가. 이층의 카페 테라스에서 광장에 밤이 내리는 모습을 함께 지켜보기도 했고, 모퉁이의 주스 바에서 열대과일 주스를 마시기도 했고, 골목의 조용한 카페에서 나는 원고를 쓰고 그는 그런 나를 지켜보기도 했다. 이 광장에서 나는 이 남자 덕분에 얼마나 많이 웃었던가. 이제 이 광장을 떠올릴 때면 이 남자의 얼굴이 먼저 떠오르겠구나. 말없이 앉아 있던 그가 나를 보며 말한다.

"오늘, 화장을 다 하셨네요. 혹시…… 저 때문에 하신 거예요?"

"무슨 말도 안 되는 소릴……"

예쁘다는 말을 기대하는 나에게 그는 이런 말을 던진다.

"근데…… 가부키 화장 같아요."

결국 나는 또 얼굴이 붉어져 웃고 만다. 보름 동안 즐거웠다고 말하는 나에게 그는 서울에서 만나자고 한다. 이 약속을 얼마나 기다렸던 가. 그런데도 마음과는 다른 말을 쏟아낸다. 일상으로 돌아가면 여행지에서 만난 사람은 금세 잊힐 거라고. 애써 냉정하게 말한다.

나는 미래에 대한 약속 같은 건 믿지 않는다. 떠도는 삶을 살아가는 내가 일상의 약속에 기대기 시작하면 견디기 힘들어질 뿐이다. 게다가 지금 내가 서 있는 이 도시는 사람의 약속을 믿었다가 멸망한 도시다. 아르마스 광장의 추억만을 담아두고 돌아서면 된다. 약속 같은 건 하지 말고. 아니, 나는 이 남자의 약속에 기대고 싶다. 지난 보름간, 나보다 더 나를 잘 챙겨주던 남자. 재미있고, 자상하고, 순박한 저 남자가 있어서 빛나던 날들을 오래 이어가고 싶다. 하지만 이 남자 때문에 다치거나 마음을 앓고 싶진 않다. 어차피 나에게는 내가 가야 할 길이 있고, 그에게는 돌아가야 할 곳이 있다. 우리의 인연은 여기까지다. 나는 마음의 문을 닫아건다.

다음날, 콘도르 대신 그는 한국으로 날아갔다. 나 혼자 쿠스코에 남았다. 그가 머무르던 텅 빈 방을 들여다보니 눈물이 난다. 언제나처럼 "누나, 뭐 하실 거예요?"라며 그가 얼굴을 내밀 것 같다. 아름답게만 보이던 쿠스코의 하늘도 오늘은 쓸쓸하기만 하다. 내일은 어디에서 머무를지 걱정하지 않고 매일 돌아올 수 있는 집이 있다는 것. 밤거리를 걷는 일을 두려워하지 않고 함께 걸을 수 있는 사람이 있다는 것. 이야기를 나누며 밥을 먹을 수 있는 이가 있다는 것. 그 사소한 일상의 풍경이 얼마나 절실한 것이었는지 새삼 깨닫는다. 오늘밤은 한참 울다 잠이 들겠지. 보름 동안 마음을 내주었으니. 우리는 아무런 약속도 하지 않고 헤어졌다. 아마도 이곳에서의 첫 만남이 마지막 만남이 될 것이다. 그도 나도 서로를 잠시 그리워하다 각자의 생활에 적응해갈 테니.

그가 떠나고 난 후에도 나는 쉽게 쿠스코를 떠나지 못한다. 혼자 다시 여행을 시작하기 위해서는 내 안에 용기가 차오를 시간이 필요하다. 외로움에 익숙해지기 위해 필요한 그 시간을 나는 사랑채의 주인인 동수씨와 은미에게 기대어 견딘다. 부부는 코이카KOICA(한국국제협력단)의 단원으로 이곳에 봉사활동을 왔다가 정착했다. 당시 코이카가 진행하던 '코라오 도자기 학교' 프로젝트의 실행을 맡은 도예 강사로 일했던 두 사람은 3년의 임기를 수행하는 동안 일하는 방식이 맞지 않아 처음에는 싸우기도 많이 싸웠단다. 하지만 여기는 멀고먼 타국. 모든 게 낯선 타지에서 같은 모국어를 쓰는 이가 곁에 있다면 어찌 위로가 되지 않을까. 결국 두 사람은 사랑에 빠져 결혼을 하고, 아이를 낳아 기르며 이곳에 살고 있다. 나는 안주인 은미의 무던함이 참 좋다. 무심한 듯하지만 누구보다 속정이 깊은 그녀. 낙천적이고 대범한 그녀의 성격은 척박한 이곳에서 살아가는데 큰 자산이 될 것이다. 어린 도영이는 내 조카 연우를 떠올리게 해서 보는 것만으로 기쁨이다. 하루종일 쿠스코 시내를 혼자 돌아다니다 저녁 무렵 식당으로 가 이야기를 나누고 함께 돌아와 맥주를 나누는 시간도 좋다. 어느 밤, 은미에게 묻는다.

"페루에 살면서 뭐가 가장 어려워?"

"가족과 친구들이 힘든 일을 겪을 때 곁에 있어주지 못하는 거요."

정 많은 은미다운 대답이다.

"그럼 가장 좋은 점은?"

"주변 사람의 시선을 의식하지 않고 내 맘대로 할 수 있는 거요. 여기선 남의 일에 함부로 간섭하는 일도 없고, 행색으로 사람을 평가하지 않으니까요."

공감이 가는 말이다. 나 역시 여행을 다니면 다닐수록 우리가 얼마나 타인의 시선을 의식하며 살고 있는지를 깨닫게 되곤 하니. 동수씨는 한국문화원을 열어 페루의 젊은이들에게 한글과 한국문화를 가르치는 일도 하고 있다. "만날 사고만 쳐요. 그 뒷수습은 다 내가 해야 하는데……" 이렇게 툴툴거리지만 누구보다 그를 믿어주는 사람이 그녀일 것이다. 보름을 함께 보낸 사람을 떠나보낸 후여서일까. 지구 반대편에서 만나 서로를 의지해 살아가는 이 부부의 삶을 엿보고 있으려니 내가 포기한 일상의 풍경이 마음에 사무친다.

변함없이 서 있는
강의 땅

우아라스

　쿠스코를 떠나 리마에서 하루를 머문 후 야간버스에 오른다. 밤새 북상한 버스가 선다. 싸늘한 바람이 인사라도 하듯 뺨을 건든다. 마침내 안데스 산맥의 중심으로 들어온 건가. 표고 3천 미터가 넘는 고원도시 우아라스. 대지진으로 파괴되었던 탓에 오래된 시골 마을의 정취는 느껴지지 않는다. 마구잡이로 지어진 콘크리트 건물과 쓰레기가 날리는 광장 등 마을의 첫인상은 실망스럽다. 이 삭막한 풍경의 아쉬움을 보상하는 건 어디서나 시야를 채우는 설산이다. 바라보는 것만으로도 마음을 씻어주는 것 같은 설산이 도시를 두르고 있다. 햇살을 받아 눈부시게 반짝이는 저 산들은 블랑카 산군에 속한다. 6천 미터급 봉우리가 27좌, 5천 미터급 봉우리는 무려 5백 개에 이르는 블랑카 산군은 히말라야를 제외하고 지구에서 가장 크고 높은 산맥이다. 페루의 최고봉 우아스카란을 비롯해 산타크루스, 알파마요 같은 명산을 품고 있다. 나는 저 산맥 속으로 들어가기 위해 이곳을 찾아왔다. 그러니 우아라스의 삭막함은 참는 수밖에.

　배낭을 멘 채 도시의 중심인 아르마스 광장으로 향한다. 이곳에 여행사와 등산장비 가게, 게스트하우스와 식당이 몰려 있다. 등산복을 입은 여행자들의 모습이 여기저기 보인다. 블랑카 산군 중 가장 대중적인 트레킹 코스는 산타크루스 트레킹. 우아스카란 국립공원을 말발굽 모양으로 도는 45킬로미터의 코스다. "세계자연유산인 우아스카란 국립공원은 해발고도 4천 미터가 넘는 고지에 위치하는데 에메랄드그린 빛깔의 호수와 설산이 그림처럼 펼쳐진다"라고 가이드가 침을 튀어가며 설명한다. 솔직히 말하자면 나는 더 깊은 산으로 들어가고 싶다. 가이드를 동반한 단체 트레킹이 아니라 자연 속에서 청아한 고독을 누리고 싶다. 다다를 수 없을 것만 같은 높은 산을 향해 한 발 한 발 내딛고 싶다. 그렇게 오르고 또 오르다 보면 내 안의 답답함이 조금씩 해소될 것 같다. 풀리지 않던 갈등도 하나씩 풀려갈 것 같다. 혼자서 침묵을 벗 삼아 저 산을 오르다보면 끝내 더 자유로운 존재가 될 것만 같다. 하지만 나는 그렇게 용감하지 못하고, 산을 잘 알지도 못한다. 가이드와 둘이서만 하는 산행은 비용이 부담스럽다. 그러니 나 같은 사람들을 위해 마련된 대중적인 상품을 이용하는 수밖에. 결국 나도 3박 4일간의 산타크루스 트레킹을 신청한다.

새벽 여섯시 반. 설산의 이마에 아침 햇살이 닿는다. 미니버스는 우아라스 곳곳의 숙소에서 사람들을 태우느라 30분쯤 마을을 돈다. 이제 출발이다. 함께 나흘을 보낼 열세 명의 일행과 인사를 나눈다. 이들의 국적은 이스라엘, 캐나다, 뉴질랜드, 벨기에. 이중 이스라엘인이 무려 여섯 명. 파타고니아에서 트레킹을 할 때 야영장의 밤을 뒤흔들던 이스

라엘 청년들의 혈기가 떠올라 불안해진다. 페루의 야영장마저 점령하려는 건 아니겠지? 제발, 여기서는 조용히 지낼 수 있기를. 부디 저 산과 나의 고요한 만남이 방해받지 않기를. 나는 갑자기 기도하는 심정이 된다. 한 시간 남짓 도로를 달린 차가 융가이에 우리를 내려놓는다. 이곳의 고도는 2490미터. 1970년에 발생한 지진으로 우아스카란 산에서 산사태가 일어나 2만 명의 주민과 마을이 고스란히 파묻히는 대참사가 일어났다. 아무것도 남지 않은 마을은 이제 위령공원이 되었다. 이곳에서 간단히 아침을 먹고 다시 달려간다. 계곡을 끼고 이어지는 구절양장의 길. 차가 4750미터의 포르타추엘로 데 양가누코 고개에 잠시 섰다. 까마득한 아래로 선명한 초록빛의 양가누코 호수와 우리가 굽이굽이 올라온 길이 보인다. 파타고니아를 떠난 이후 가장 아름다운 설산이 눈앞에 서 있다.

정오 무렵 바케리아에서 치즈 샌드위치, 바나나, 오레오 쿠키, 초콜릿이 든 도시락으로 점심을 먹는다. 차량은 이곳에서 돌려보내고 당나귀에 짐을 옮겨 싣는다. 몰이꾼의 어린 아들이 아빠의 일을 돕는다며 짐을 나른다. 예닐곱 살쯤 되었을까. 나귀 등에 짐을 올리고 줄을 동여매는 폼이 한두 번 해본 솜씨는 아니다. 아마도 아이는 알 것이다. 나흘 후 제 아비가 짐이 없는 나귀를 끌고 돌아올 무렵이면 당분간 배곯을 일이 없을 거라는 것을. 저토록 작은 어깨에 어느새 밥벌이의 무게가 실리는 것 같아 애잔하다.

짐을 다 실은 나귀가 느릿느릿 움직이기 시작한다. 이제부터 시작이다. 우아리팜파 계곡의 바닥으로 향하는 내리막이다. 민둥산 너머 설산이 솟아 있고 발아래로는 푸른 계곡물이 흐른다. 붉은 기와나 초가를 얹은 농가 사이로 풀을 뜯는 말들이 서 있다. 스프링클러를 이용해 밭에 물을 대는 모습도 보인다. 짐을 실은 당나귀들이 비틀거리며 지나간다. 검은 중절모를 쓰고 체크무늬 치마를 입은 원주민 여인이 나뭇짐을 잔뜩 지고 걸어온다. 한 갈래로 땋은 검은 머리채가 소담하다. 이번에는 등에 아이를 업고 핑크색 치마를 걸친 젊은 여자 둘이 지나간다. 산골로 시집간 처녀 시절 동무라도 찾아가는 걸까. 이야기를 나누며 걸어가는 두 아이 엄마의 뒷모습이 다정하다.

오르막은 거의 없는 길을 세 시간 남짓 걸어 파리아 캠핑장에 들어선다. 이곳의 고도는 3천 9백 미터. 옆으로 계곡물이 흐르고 눈앞으로

설산 타우이라후가 보이는 초원에 텐트를 친다. 저 계곡이 우리의 세면장이고, 이 초원은 우리의 화장실이 될 터. 빗줄기가 제법 굵어진다. 비를 피해 식당 텐트 안으로 열세 명이 몰려간다.

나와 텐트를 같이 쓸 친구는 네덜란드에서 온 피라. 그녀는 이미 잠이 들었는지 미동도 없이 고요하다. 바닥에서 올라오는 냉기만으로도 차가운데 침낭마저 비에 젖어 온몸에 한기를 덮어쓰고 누운 셈이 됐다. 딱딱한 매트리스 때문에 허리까지 아프다. 간간이 들려오는 빗소리를 자장가 삼아 선잠에 들었다 깨기를 반복한다.

눈을 뜨니 새벽 여섯시. 토스트와 우유, 차로 아침을 먹는다. 따뜻한 차를 마시니 몸의 한기가 그제야 풀린다. 오늘은 일곱 시간 남짓 걸어야 하는 날이다. 해가 나왔다 들어갔다, 추웠다 더웠다, 날씨가 제멋대로다. 다행히 비는 내리지 않는다. 눈앞의 설산을 바라보며 평원을 걷는 길. 걸음을 멈추고 고개를 숙여야만 보이는 작은 꽃들이 어쩌다 눈에 띌 뿐, 들판에는 나무 한 그루 없다. 황량한 아름다움이 드리워진 길이다. 모로코차 호숫가에서 점심을 먹는다. 아보카도와 치즈, 토마토와 오이를 넣은 샌드위치. 적당히 걸은데다 전망이 빼어난 곳에 앉아 있으니 점심이 꿀맛이다. 때맞춰 구름 사이로 해까지 고개를 내민다. 하지만 다들 고산병 때문에 입맛이 없다며 시체처럼 드러누워 있다. 여기서 족구라도 한 판 할 수 있을 정도로 잘 버텨주는 내 몸이 고맙다. 한 시간 남짓 완만한 오르막길을 걸어가니 푼타우니온 고개. 해발고도 4750미터. 이번 트레킹에서 가장 고도가 높은 고개다. 360도 파노라마

284

로 펼쳐지는 아찔한 전망. 눈 아래로는 빙하 호수의 에메랄드 물빛. 주변을 둘러싼 흰 바람벽. 눈부시도록 하얀 설산과 선명한 초록빛의 대조. 말을 앗아가는 풍경이다. 헉헉거리며 올라온 일행이 사진을 찍느라 바쁘다. 나도 기계적으로 셔터를 누르다 문득 정신을 차린다. 이제 그만 찍고 저 산을 즐기자. 바위에 걸터앉아 사위를 에워싼 설벽을 바라본다. 날카로운 바위 절벽이 겹치듯 늘어서 있다. 봉우리 위로는 구름이 연기처럼 피어난다. 발아래 세상은 아득하다.

내려가는 길은 바위로 이루어진 가파른 내리막길과 완만한 평원이 번갈아 이어진다. 황량한 평원의 풍경이 마음을 끌어 길은 조금도 지루하지 않다. 경치를 즐기며 걷고 싶었는데 하비야드가 다가와 말을 건다. 그리고 마침내 시작되고 말았다. 그토록 피하려고 애썼던 이스라엘 팔레스타인 문제에 대한 논쟁이. 그가 무슨 이야기 끝에 자신들이 희생자인 양 말한 게 발화점이었다. 놈 촘스키 이야기가 나오자 그가 흥분하기 시작했다.

"그 자식은 자기 나라 사람들에게 등을 돌린 배신자야."

"내 조국이 부당한 일을 저지른다면 나도 등 돌려 싸울 것 같은데. 너희가 가자를 비롯한 팔레스타인 거주지에 쌓고 있는 불법적인 분리 장벽을 보라고."

"그럼 뭘 어떡해야 하는데? 가자 지구에 이미 5만 명의 이스라엘 정착민들이 살고 있는데 그곳에서 철수한다는 건 말이 안 돼."

"평화는 더 많이 가진 사람의 양보로만 이루어질 수 있어. 게다가 국제사법재판소도 가자 지구의 정착촌 건설을 불법 점령이라고 판결했잖아.”

“너는 양쪽을 다 보지 않고 팔레스타인 편만 들고 있어.”

“난 젊은 네가 이스라엘 정부의 입장을 똑같이 대변하고 있어서 실망스러운데.”

“네가 이스라엘에 대해서 공격적인 편견에 사로잡혀 있어서 슬퍼.”

“네가 슬퍼해야 할 대상은 내가 아니라 팔레스타인 사람들 아닐까? 높이 8미터의 분리 장벽 안에 갇혀서 하루에도 몇 번씩 치욕스러운 검문 검색을 당하며 살아가는 팔레스타인 사람들의 절망을 한 번만이라도 생각해보면 좋겠어.”

“테러리스트 색출을 위해, 우리 조국의 안보를 위해 그건 어쩔 수 없는 일이야.”

두 시간에 걸친 논쟁은 대부분 그가 이스라엘 정부의 논리 그대로 자국의 상황을 변호하는 데 바쳐진다. 태도가 변함없는 하비야드에게 실망감을 숨길 수가 없다. 나는 늘 여행이란 결국 진리에 대한 믿음이 배반당하는 과정이라고 생각했다. 내가 알던 세계가 전부가 아니라는 것. 그걸 확인하기 위해 높은 산에 오르고, 바다를 건너고, 사막을 가로지르는 건데…… 이스라엘의 젊은 청년들이 나라 바깥에서 자신이 믿는 종교가 유일한 진리라는 것만을 재확인하는 데 그친다면 그들이 길 위에서 보고 들은 것들은 무슨 의미를 지니는 걸까.

하비야드가 야영장 앞에서 머뭇거리듯 덧붙인다. 오늘의 논쟁에서 배운 게 있다고. 그게 뭔지는 더 말하지 않는다. 전혀 배운 게 없는 나는 예의상 이 문제에 대해 더 공부하겠다고 답한다. 어쩌자고 정치 이야기를 시작했을까. 정치와 종교 이야기는 건드리면 안 된다는 것을 알고 있으면서도. 오늘 우리가 감정적으로 폭발하지 않았던 건 아름다운 자연 속을 걷고 있었기 때문인지도 모른다. 이런 풍경 속에서 어떻게 언성을 높이며 싸울 수가 있겠는가. 다혈질인 나는 오늘 자연에 빚진 셈이다.

오늘 머물 야영장의 전망은 정치적인 논쟁 따위야 금세 잊힐 만큼 근사하다. 사방이 설산으로 둘러싸이고 옆으로는 계곡물이 흐르는 초지다. 나는 가이드 훌리오를 불러 주변의 산 이름을 하나하나 확인한다. 타우이팜파, 알파마요, 아르테손라프, 린리이르카, 타우이라후, 키타라후…… 끝이 없다. 비도 오지 않고, 슬리핑백도 말랐고, 햇살이 따스한 오후라 모두들 느긋하다.

저녁식사를 기다리는 자리에서 아사프가 불평을 늘어놓기 시작한다. 다들 아픈 이유가 비위생적인 음식 때문이고, 길도 별로 아름답지 않고, 산타크루스 트레킹인데 산타크루스는 보이지도 않는다 등등. 그러자 그의 동료들이 동감을 표시하며 자리는 어느새 이 트레킹 상품에 대한 소비자 고발 대회가 되어간다. 세계 어느 여행지에서나 예의와 배려가 부족하다고 비판받는 이스라엘인 여행자에 대한 인식이 빠르게 강화된다. 나는 폭발하려는 인내심을 포크로 찍어 누르며 꾹 참는다.

오늘 저녁식사 자리에는 열세 명 중 여섯 명만 나왔다. 다들 고산병 때문에 입맛이 없단다. 이곳의 고도도 4250미터니…… 저녁 메뉴는 돼지고기를 튀긴 로모살타도와 채식주의자를 위한 콩고기. 네 명의 채식주의자 중 나를 빼고 세 명이 이스라엘 친구들이다. 동물의 생명권 때문에 채식주의자가 되었다는 그들의 이야기에 인권을 유린당한 채 살

아가는 팔레스타인 사람들의 비참한 삶이 떠오르는 걸 피할 수 없다. 인 289
간이란 존재는 얼마나 모순적인가. 인간은 어쩌면 추구하는 이상이 자
신의 일상과 유리될수록 마음이 편해지는 존재인지도 모르겠다. 내 눈
에 보이지도 않는 동물의 생명을 위해 채식을 할 수 있는 인간이 자신
과 함께 살고 있는 이웃의 생명에 대해서는 모른 척할 수 있다는 것. 거
대한 담론을 이야기하는 건 쉽지만 일상에서 성차별적인 습관을 고치는
건 어려운 것과 마찬가지겠지. 왜 채식주의자가 되었냐고 묻는 그들에
게 "환경 문제 때문에"라고 간단히 답하고 콩고기에 고개를 박는다.

차를 마시는 자리에서 화장실 문제가 제기되었다. 그러고 보니 오늘
야영장의 다른 두 팀은 모두 화장실 텐트가 있는데 우리만 없다. 덕분에

우리는 매일 야영장 주변의 바위 뒤를 거대한 휴지통으로 만들고 있다. 우리 가이드는 어째서 땅을 파고 그 위에 텐트를 치기만 하면 되는 간단한 '화장실 텐트'를 만들지 않는 걸까. 일본의 국립공원에는 일회용 변기를 판매한다고 하니 하비야드가 "일회용 변기를 사서 쓰라고 하면 그런 걸 따르는 민족은 독일인과 일본인밖에 없을 거야"라고 한다. 캐나다에서 온 마르주가 우리가 화장실로 사용한 바위 뒤의 휴지를 각자 주워서 버리자고 제안한다. 다들 그러자고 하면서도 막상 일어나는 사람은 없다. 나는 슬며시 텐트를 빠져나와 나뭇가지로 젓가락을 만든다. 우리의 공용 화장실로 가서 헤드 랜턴을 켜고 휴지를 줍는다. 저 친구들보다 지금껏 먹은 밥그릇 수도 월등히 많은 내가 밥값을 더하는 셈 치면서.

텐트 앞에서 마주친 니콜라스가 밤에 춥지 않느냐고 묻는다. 침낭이 얇아 춥다고 하니 자신의 침낭은 영하 9도까지 커버되는 거라며 바꾸자고 한다. 그의 호의를 고맙게 받아들인다. 그래도 잠을 잘 이루지 못하고 뒤척인다. 문제는 추위가 아니라 허리 통증이다. 새벽에 화장실을 가기 위해 나서니 밤하늘을 가득 메운 별이 선물처럼 기다리고 있다. 가만히 서서 오래도록 별을 올려다본다.

다시 아침이다. 모두들 데친 시금치처럼 풀이 죽었다. 고산병 때문이다. 나만 멀쩡하다. 아침 메뉴는 팬케이크. 요리사 이시도르 혼자서 하나뿐인 프라이팬에 팬케이크를 하나하나 부치고 있다. 열세 개가 다 나오는데 세 시간 가까이 걸렸단다. 이시도르가 새벽 다섯시부터 일어나 부친 팬케이크를 입에도 못 댄 이들이 절반. 대용량 팬케이크 하나를 다 먹어치우는 사람도 나밖에 없다. 어쩐지 미안해진다.

결국 알파마요를 보기 위해 전망대로 가는 사람도 일곱 명뿐. 벨기에에서 온 니콜라스, 이스라엘에서 온 하비야드, 이타이, 아사프, 나와 피라, 영국인 대니얼이 가이드 훌리오와 함께 전망대로 향한다. 경사가 거의 없는 산중턱 길을 사십 분 남짓 걸으니 전망대. 이타이와 피라는 두통 때문에 도중에 돌아갔다. 먼저 온 니콜라스와 나만 알파마요를 선명하게 볼 수 있었다. 순식간에 구름이 몰려와 알파마요의 정상을 뒤덮어버렸으니. 알파마요는 케추아어로 '강의 땅'을 의미한다. 1966년 독일에서 열린 산악 회의에서 세계에서 가장 아름다운 봉우리 1위로 꼽혔다. 완벽한 피라미드 모양 때문이다. 할리우드 영화사 파라마운트 사의 로고에 나오는 설산이 바로 이 산이다. 다만 영화사 로고의 산은 북면이고, 우리처럼 일반 트레킹에서는 남면만 보게 된다. 이 산을 보기 위해 여기까지 온 거나 마찬가지다. 병풍처럼 둘러진 설벽의 가장 오른쪽 끝이 알파마요다. 날을 세운 듯 날카로운 바위 봉우리가 온몸에 눈을 이고 우뚝 솟아 있다. 바위 끝에 걸터앉아 하염없이 저 봉우리를 바라본다. 누구도 차별하지 않고 저를 찾아오는 모든 이를 받아주는 산이다. 단단하게 미동도 없이 서 있는 산. 변하지 않는 저 확고한 모습에 내가 미혹된 걸까. 나는 이 산 앞에서 지난 며칠간의 나를 돌아본다. 나는 여행을 해도 사람이 변하지 않을 수 있다는 사실에 실망하고 있었다. 여행은 이제 누구나 쉽게 살 수 있는 상품에 불과하다는 회의에 빠져 있었다. 여행에 대한 내 믿음이 왜 흔들리는 걸까. 그건 아마도 내가 그 믿음을 잘못된 대상에 투사했기 때문일 것이다. 여행이 사람을 더 나은 존재로 만들어준다는 믿음을 확인하고 싶다면 그 대상은 오직 나여야만 했다. 스스로의 변화와 성장을 통해 내가 증명하면 되는 거였다. 내가 배운 것을 타인도 똑같이 얻기를 바라는 건 부질없는 욕심일 뿐. 그저 내 몸을 움직여 내가 증명하는 수밖에 없는 것이다. 나 혼자, 묵묵히 걸어가는 긴 여정을 통해서.

전망대에서 내려와 다시 출발이다. 이제는 계곡의 평지를 따라 걷는 길이다. 아퉁코차 호수를 오른쪽에 끼고 걷는 길은 흰 바위로 뒤덮였다. 호숫가에서 점심을 먹는다. 입맛이 없다고 다들 샌드위치에 손도 안 댄다. 나는 벌써 두 개째 먹고 있는데…… 건장한 서양 남자애들도 쓰러져 누워 있는데 어떻게 나만 멀쩡한 걸까. 고산병 약을 안 먹는 사람도 나밖에 없다. 전생에 내가 티베트의 야크였다는 어느 스님의 말

292

씀이 맞는 걸까. 내가 늘 앞서서 걸어가니 니콜라스는 이제 나를 만화 주인공인 엄청나게 발이 빠른 생쥐 "스피디 곤잘러스"라고 부른다. 오른쪽으로 계곡이 흐르는 초지를 따라 걷는다. 평지라 발이 편하다. 햇살이 따갑다. 맥주와 럼을 파는 구멍가게가 보인다. 고산병 때문에 좀비처럼 걷던 녀석들이 맥주병을 손에 쥐고 환호한다. 저 가벼운 청춘의 무게가 부럽다. 이곳에서 30분 남짓 더 걸으니 야마코랄 캠핑장. 계곡 물소리가 요란하다. 고도는 3650미터로 낮아졌다.

오늘 저녁은 계란 옥수수 수프에 참치 스파게티. 간식으로 나온 갓 튀긴 팝콘을 너무 집어먹은 탓에 남기고 만다. 소화를 시킬 틈도 없이 잠자리에 들어 뒤척인다. 그래도 따뜻한 밤이라 좋구나. 게다가 내일이면 얼음장 같은 계곡물의 고양이 세수도, 초원을 헤매며 볼일을 보는 야생적인 삶도 끝이다.

도시로 돌아가는 날 아침. 고도가 낮아서인지 해가 벌써 캠핑장을 환히 비추고 있다. 돌처럼 굳은 빵과 차로 간단히 아침을 먹는다. 오늘은 세 시간만 걸으면 된다. 파란 하늘. 뜨거운 햇살. 오른쪽에 계곡을 끼고 가는 좁은 길이다. 가끔씩 산중턱 외길을 통과하면서 두 시간을 걸으니 카사팜파. 고도는 3천 미터. 마침내 트레킹의 끝이다. 가게에서 다 함께 맥주로 건배를 나눈다. 나흘 내내 비실거리던 녀석들이 좋다고 맥주를 마구 들이켠다. 저 아이들도 돌아가면 아프고 힘들었던 일들은 잊고 좋았던 순간만을 기억하겠지. 버스를 타고 우아라스로 돌아와 뜨거운 물에 몸을 씻고, 빨래를 넌다. 숙소의 옥상에서 바라보는 설산의 풍경이 오늘따라 가까워 보인다.

⟶

03

사막에서
샌드보딩을

나스카/우아카치나

라틴아메리카 춤추듯 걷다

페루 ⟶

밤하늘을 바라보고 있으면 자연스레 의문이 든다. 정말 이토록 무한한 공간에 우리뿐인 것일까. 누군가 외계인을 믿느냐고 내게 묻는다면 아마도 영화 〈콘택트〉 속 대사를 빌려 답하게 될 것이다. "이 거대한 우주에 우리만이 유일한 생명체라면 그야말로 공간의 낭비겠지." 우리는 아직 지적 생명체를 지닌 다른 별을 찾아내지 못했지만, 어쨌든 지구는 우주를 향해 홀로 신호를 보내고 있는 외로운 별이라고 생각했다. 쿠스코에서 만난 남자가 어느 밤, 이런 이야기를 들려주기 전까지.

"전 사실 지구가 외롭다고 생각하지 않아요. 이 우주에 인간이 아닌 생명체들이 있다고 생각하니까요. 별과 별 사이를, 은하와 은하 사이를 쉽게 이동하고 탐사할 수 있는 지적 생명체가 있다고 생각해요. 우리보다 더 뛰어난 과학기술을 갖춘 사회를 만든 그들이 지구를 태고부터 늘 관찰해왔다고 믿어요. 다른 존재의 생명을 빼앗지 않아도 생을 영위할 수 있고 전쟁 같은 건 오래전에 사라진 그런 외계인들이죠. 전 그런 외계인들이 아주 많다고 생각해요. 그 외계인들의 평화로운 협동조합이 있는 거지요. 거기서 조합원 승인 회의 같은 게 열리는데 지구는 늘 탈

295

락해왔던 겁니다. '인간은 아직 위험해요. 같은 인간끼리도 뺏고, 상처 입히고, 죽이는 데서 멈추지 않고 타종도 멸절시키고 있어요. 인간은 너무나 연약해서 종교라는 것을 만들고 또 그 종교라는 걸 이유로 상대를 멸종시키려 덤벼들지요. 외모, 사상, 취향, 피부색이 다른 것을 틀리다고 믿고 약자를 괴롭히고요. 한 백 년 더 기다리도록 하죠. 우주 협동조합 지구 승인 회의는 백 년 뒤에 다시 열도록 하겠습니다.' 예, 전 수준 높은 지적 생명체들의 협동조합에서 지구가 늘 회원 가입 유보를 당하고 있다고 생각해요."

그 남자가 들려준 이야기는 나를 매혹했다. 우주 협동조합 지구 승인 회의라니. 어딘가 아득히 먼 곳에서 이 지구라는 별을 지켜보고 있는 어떤 생명들이 존재한다는 것. 이제 밤하늘을 올려다볼 때면 그 보이지 않는 존재 덕분에 더이상 외롭지 않을 것 같았다. 그리고 이 별을 여행하다가 가끔씩 어떤 경이로운 건축물 앞에 설 때면 언제나 먼저 떠올리곤 했던 '외계인 건축설'을 믿어버리기로 했다.

페루 남부의 나스카 라인을 찾아가는 길, 나는 외계 문명을 상상한다. 지금으로부터 천몇백 년 전에, 사막과 같은 건조지대에 일어났다 스러진 나스카 문명. 그 문명의 주인공들은 수수께끼의 지상화로 불리는 그림을 유산으로 남겼다. 그들은 광활한 대평원에 직선, 삼각형, 사다리꼴 같은 선과 기하학적 문양부터 벌새, 펠리컨, 원숭이, 고래에 이르는 생명체까지 수백 개의 그림을 그렸다. 그 그림의 크기는 작은 것은 십 미터, 큰 것은 3백 미터에 이른다. 공중에서 내려다봐야만 전체의 윤곽이 드러난다. 도대체 누가, 무슨 목적으로 그렸는지 제대로 알려진 바는 없다. 평원을 뒤덮은 검은 돌과 모래를 손이나 막대기로 긁어내 안쪽의 밝은색 흙을 드러내는 간단한 방식으로 그림이 그려졌다는 점 정도를 겨우 알아냈을 뿐이다. 비가 거의 내리지 않는 사막성 건조기후는 그림이 오래도록 남겨질 수 있게 했다.

리마에서 남쪽으로 444킬로미터를 달린 버스는 황량하고 메마른 땅에 나를 내려놓는다. 이 작은 마을을 찾아오는 이들의 목적은 오직 하나, 지상화를 보기 위해서다. 그들은 세스나기를 타고 하늘에서 나스카의 지상화를 30분간 둘러보고 떠난다. 그래서 나스카에 대해 여행자들마다 상반된 평을 한다. "지상화 하나를 보기 위해 찾아가기에는 돈과 시간이 아깝다"와 "지상화만으로도 꼭 가봐야 하는 곳이다". 나는 보기도 전에 이미 지상화에 사로잡힌 쪽이다. 하늘에서 내려다봐야지만 무엇을 그린 건지 알 수 있는 그림, 대지를 캔버스 삼아 남긴 거대한 작품. 살면서 하늘에서 그림을 볼 기회가 몇 번이나 있을까. 자신에 대해 아무것도 말하려 하지 않는 과묵함에도 자꾸 마음이 끌렸다.

사막의 비행장에서 세스나기를 예약하니 그림이 그려진 지도를 나눠준다. 이륙을 기다리기를 한 시간. 마침내 6인승 경비행기에 오른다. 귀청을 찢을 듯 날카로운 소음을 내며 작은 비행기가 하늘로 날아오른다. 마을 주변으로 드문드문 보이던 녹색 밭이 사라지고, 어느새 황갈색 평원이 펼쳐진다. 이어폰으로 조종사가 외치는 소리가 들려온다.

"오른쪽, 벌새!"

"왼쪽, 원숭이!"

꼬리를 나선형으로 만 원숭이, 긴 부리의 벌새가 보인다. 동체가 흔들려서 사진이 잘 찍히지 않으리라는 걸 알면서도 내 손은 반사적으로 셔터를 누른다. 세스나기는 짧은 시간에 최대한 많은 그림을 보여주기 위해 곡예하듯 기체를 좌우로 급회전한다. 소음과 흔들림, 조종사의 외침으로 정신이 하나도 없다. 나스카 라인이 내 발밑에 펼쳐지고 있다. 거미와 콘도르, 삼각형, 앵무새와 고래, 내가 가장 보고 싶었던 우주인까지…… 우주인 그림을 두고 어떤 이는 부엉이의 머리를 한 성직자라 주장하기도 했지. 경이로운 그림들이다. 대지 위에 흙으로 그려진 몇 개의 그림이 속이 뒤집히는 것 같은 지독한 어지러움을 기꺼이 견디게 만든다. 압도적인 크기뿐 아니라 지극히 단순한 선 자체도 신비롭

다. 어느새 30분이 지난 걸까. 세스나기가 하강을 시작한다. 천년을 넘게 존재한 저 그림에 바쳐지는 인간의 시간은 너무 짧다. 공중에 길을 만들어 천천히 산책하듯 그림을 둘러볼 수는 없을까. 그럼 이곳에 사는 사람들도 공짜로 그림을 즐길 수 있을 텐데…… 아쉬움이 밀려든다. 땅에 발을 디디니 온 세상이 핑그르르 돌고 있다. 세스나기에서 옆자리에 앉은 영국 여성은 내내 비닐봉지에 얼굴을 박고 있었는데 나는 뒤늦게 어지러움이 밀려든다. 대합실의 의자에 주저앉아 숨을 고른다. 겨우 정신을 차려 택시를 잡는다. 한번 더 그림을 보고 싶다는 열망으로 전망탑을 찾아간다. 엉성한 철계단 수십 개를 오르니 손과 나무 그림의 일부가 눈에 들어온다. 가깝긴 해도 비행기에서 바라보던 것처럼 스케일

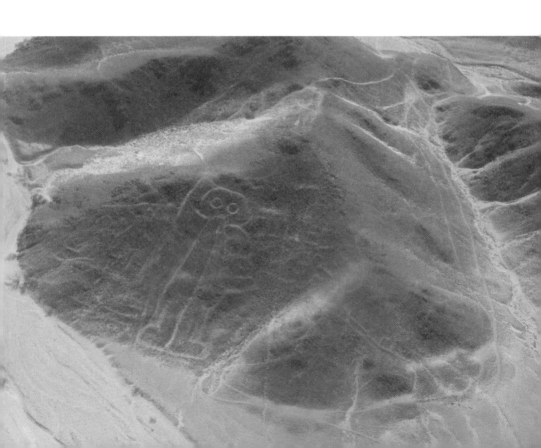

이 한눈에 들어오진 않는다.

　이곳까지 와서 지상화를 직접 보았지만 수수께끼는 조금도 풀리지 않는다. 그들은 그림을 통해 무엇을 전하고 싶었던 걸까. 그림을 그린 사람들은 사라졌고, 남겨진 우리는 그들에 대해 상상할 뿐이다. 왜 저런 그림을 그린 걸까. 종교의식용 길? 거대한 달리기 트랙? 환각제에 취한 샤먼의 꿈? 외계인과의 교신? 고대 페루인들의 삶과 죽음에 관한 암호? 나스카가 우리를 끌어당기는 건 여전히 우리가 그것에 대해 아무것도 모르기 때문이 아닐까. 신화가 사라진 시대에 우리의 상상력이 개입할 수 있는 여지를 남겨주고 있기 때문에. 거대한 나무 그림을 내려다보며 상상에 잠긴다. 그 옛날 미치광이 부족장이 있어서 매일 밤 꿈에 본 풍경을 마을 주민에게 그리게 한 건 아니었을까? 아니, 어쩌면 한 여인을 사랑한 남자가 그녀를 향한 자신의 마음이 얼마나 크고 넓은지 보여주기 위해 그린 건 아니었을까? 혹은 정말 우주인이 그린 건 아닐까. 원주민들이 말하는 하늘을 나는 조인鳥人이 우주인인지도 모른다. 지구는 아직 야만의 별이라 우주 협동조합에서는 여행을 금지시켰는데, 어떤 모험심이 강한 젊은 외계인이 혼자 비행접시를 몰고 지구를 찾아왔던 거다. 권위에의 복종을 거부하는 반골 기질의 청년이었겠지. 지구를 둘러보고 돌아가야 할 때가 되니 살짝 아쉬운 마음이 들었던 거다. 그래서 자신이 다녀간 흔적도 남기고, 지구인에게 뭔가 선물을 주려고 평원 위에 저 그림을 그렸다면.

　누가, 어떤 필요에 의해 그렸든 그 시대 사람들의 삶을 반영한 그림이었을 것이다. 그들은 그림이 후대에 의해 어떻게 해석될지는 생각지도 않았으리라. 지금 우리 삶의 흔적이 지상화로 남는다면 어떤 것들로 상상이 될까? 거대한 아파트 단지의 잔해가 남는다면 미래의 인류는 그것을 인간의 주거공간이라고 추측할 수 있을까? 에펠탑은, 두바이의 사막에 솟구친 고층 건물들은, 올림픽경기장은? 그 모든 것을 미래의 인류는 해석해낼 수 있을까? 아니, 천 년 후까지 살아남을 수 있는 저토록 의미심장한 어떤 것을 우리가 가지고 있기는 한 걸까. 지금 우리가 살고 있는 삶의 모습은 언제까지, 어떤 모습으로 남겨질 수 있을까. 나스카 지상화와의 짧고도 강렬한 만남은 이렇게 끝이 났다. 돈과 시간이 아깝다는 생각은 조금도 들지 않는다. 지구가 품은 비밀을 잠시나마 들여다보았다는 충족감이 번져간다.

전망탑 앞에서 버스를 타고 두 시간을 북쪽으로 달려간다. 사막을 만나기 위해 우아카치나로 향하는 길. 우아카치나는 거대한 모래언덕에 둘러싸인 오아시스 마을이다. 페루의 50솔 지폐 뒷장의 그림이 바로 우아카치나의 초록색 호수다. 야자나무에 둘러싸인 작은 마을은 원래 페루 상류층들의 휴양지였으나 지금은 배낭여행자들의 파티 중심지로 떠오르고 있다. 파티걸이 되지 못하는 나는 모래언덕에서 일몰을 보기 위해 이곳을 찾아왔다. 도시를 지나 얼마 달려오지도 않았는데 마법처럼 사막과 오아시스가 솟아났다. 오아시스는 천천히 돌아도 십여 분이면 될 만큼 작다. 하지만 황금빛 모래언덕 아래 초록의 나무에 둘러싸인 이 작은 연못은 얼마나 청량한지.

우아카치나를 찾는 모든 여행자들이 빠짐없이 참가하는 투어가 있다. 나라고 예외는 아니다. 커다란 바퀴를 단 차가 가파른 모래언덕을 최고 속도로 질주하는 버기buggy 투어. 차에 올라 안전벨트를 매니 차가 거친 숨을 토하며 돌진한다. 롤러코스터라도 탄 것 같다. 급경사의 모래언덕을 거침없이 달려간다. 이러다 뒤집히는 건 아닐지, 모래 사이로 바퀴가 빠지는 건 아닐지 겁이 날 정도다. 뒷자리의 젊은 청년들이 끝

없이 비명을 질러댄다. 일부러 가짜 비명을 내지르며 질주를 즐기는 아이들 곁에서 나는 소리조차 못 내고 있다. 모래를 휘날리며 달려온 차가 어느새 언덕의 꼭대기에 올라선다. 살았구나. 겨우 숨을 고르니 얼른 차에서 내리란다. 보드를 하나씩 쥐여준다. 차로 달려 올라온 이 언덕을 샌드 보딩으로 내려가란다. 아픈 허리를 핑계삼아 나는 구경꾼으

로 물러선다. 보는 것만으로도 엔도르핀이 솟는다. 보드 위에 몸을 싣고 경사진 모래언덕을 쏜살같이 내려가는 청춘들. 역광을 받아 실루엣으로 남는 그들의 모습이 아름답다. 이렇게 몇 번 모래언덕을 오르내리기를 반복하니 투어가 끝이 난다. 때로는 버기 차량이 뒤집히기도 하고, 샌드 보딩을 하다가 다치는 일도 있다던데 다행히 무사히 끝났다.

　해가 뉘엿뉘엿 저물 무렵, 혼자 모래언덕을 오른다. 샌드보딩을 즐기는 이들의 그림자가 늘어지고 있다. 모래에 발을 파묻으며 올라가는 길. 언덕 정상에 오르니 근처의 도시 이카에는 어느새 불빛이 반짝거린다. 붉은 해가 넘실거리며 모래언덕 너머로 내려간다. 바람이 불어와 모래 위의 내 발자국을 지운다. 신발을 벗고 아직은 태양의 온기가 남은 모래에 발을 파묻는다. 사막이 그리는 빛과 그림자의 선을 오래 들여다본다. 나는 늘 사막을 동경했다. 나에게는 사막에서 길을 잃고픈 유혹이 있다고 장 그르니에가 이야기했던가. 지구의 모든 풍경 중에서 사막만큼 나를 강렬히 끌어당긴 풍경은 없다. 사막은 한 번도 나를 실망시키지 않았다. 몽골의 고비 사막도, 인도의 자이살메르 사막도, 모로코의 사하라 사막도, 요르단의 와디럼 사막도 저마다의 아름다움으로 나를 기다리고 있었다. 사막이 보여주는 풍경은 같은 듯하지만 모두 다르다. 고비는 초원과 몸을 섞었다가 돌아선 여인의 아쉬운 마음 같았고, 자이살메르는 듬성듬성 관목이 자라는 들판에 가까워 인간의 마을과 가까운 기분이었고, 사하라는 인간의 접근을 허용치 않겠다는 듯 완고한 모래언덕이었고, 와디럼은 여기저기 솟은 바위와 들판이 어우러진 붉은 사막이었다. 사막은 모순적이다. 한낮의 열기는 모든 것을 태

304

울 듯 끓어오르는데 밤은 춥고 서늘하다. 바람이 만들고 지우는 모래 언덕의 선은 단조로우면서도 화려하다. 그 어떤 생명도 깃들지 못할 것 같은 황량함인데 사막에 기대어 살아가는 생명이 있다. 사막에 오면 늘 모래언덕 깊이 외로움 한 무더기를 파묻고 내려갈 수 있을 것만 같다. 길어진 내 그림자를 끌고 내려가는 길. 보드를 옆구리에 낀 젊은이들이 집으로 돌아간다. 작은 호수 옆 숙소를 향해 나도 돌아간다.

다음날 아침을 먹고 호숫가로 향한다. 호숫가의 벤치에 앉아 책을 꺼낸다. 호수에 일렁이는 빛그림자를 앞에 두고 책을 읽으며 오전을 보낸다. 세상이야 어찌 돌아가든 상관없이, 나는 이곳에서 홀로 고요한 시간을 보내고 있다. 일상이 아닌 시공간은 얼마나 평화로운지. 이 순간만큼은 돌아가고 싶지 않다, 떠나온 곳으로. 게다가 지금 내 손에는 좋은 책까지 한 권 쥐어져 있어 두 개의 완벽한 세상을 탐험하는 것만 같다. 후지와라 신야의 『돌아보면 언제나 네가 있었다』를 읽는 지금. 그는 이번에도 춥고 어두운 인생에 깃든 미약한 온기를 기어코 찾아내 전해준다. 세상의 외로운 이들이 밝히는 그 희미한 빛이, 이토록 멀고먼 사막의 빛그늘 속에 앉아 있는 나에게까지 오롯이 전해진다. 살아라, 살아라. 가만히 어깨를 두드리며 격려하는 그의 목소리가 여기까지 들려온다. 여행과 책은 닮아 있다. 그 둘은 목마르고 고단한 인생길의 오아시스가 되어준다. 나를 둘러싼 세계를 가장 온건한 방식으로 부술 수 있게 해준다. 생의 마지막 순간까지 여행과 책 읽기를 멈추지 않고 싶다. 내 세계가 어디까지 넓어질 수 있을지 끝까지 가보고 싶다.

305

$\longrightarrow$

서로를 알아보던
찰나의 순간

아레키파

　아레키파에 들어서니 눈을 압도하는 건 도시의 색이다. 도시는 온통 하얗게 빛나고 있다. 흰색 건물마다 햇살이 아낌없이 쏟아져내려 유난히 밝고 환하다. 이 도시의 예명은 시우다드블랑카, 하얀 도시다. 흰색 화산암으로 도시의 건물을 지은 덕분이다. 하얀 건물들 너머로는 투명하고 맑은 하늘. 너무 뜨겁지도 약하지도 않게 적당히 몸을 데워주는 햇살. 순한 날씨가 몸과 마음의 긴장을 누긋이 풀어준다. 첫인상부터 마음에 드는 도시다.

　아레키파는 잉카의 4대 황제 마이타 카팍 시대에 건설되었다. 완성된 도시를 둘러본 황제가 매우 흡족해하며 주변 신하들에게 이렇게 말했단다. "아리 케파이곳에서 사시오." 그 말에서 도시의 이름 아레키파가 유래되었다나. 온화한 기후 덕분에 아레키파의 과일은 달고 향기롭기로 유명하다. 이곳에 머무는 동안은 따뜻한 햇살에 몸을 데우며 맛있는 과일이나 실컷 먹어야겠다.

　페루의 다른 도시들처럼 이곳의 중심지도 아르마스 광장이다. 단순하면서도 장엄한 하얀색 건물로 에워싸인 광장에는 키 큰 야자나무가 그늘을 드리우며 서 있다. 광장 주변으로는 레스토랑과 카페가 늘어섰다. 아르마스 광장에 들어서니 해가 지고, 하늘이 짙푸르게 변하고 있다. 광장은 신비로운 푸른빛 속으로 잠겨간다. 마침 아레키파 건립 471주년 기념일이라서 광장에는 퍼레이드가 한창이다. 퍼레이드 구경을 나온 인파로 광장은 발 디딜 틈조차 없다. 이 도시의 연인들은 다 광장으로 쏟아져나온 듯 여기저기 키스를 나누는 커플이 가득하다. 춤과 노래가 그치지 않는 축제의 밤이 지나간 다음날, 다들 늦잠을 즐기고 있을 틈을 타 나는 산타카탈리나 수도원을 찾아간다.

아레키파에서 가장 인기 있는 곳이라기에 서둘렀더니 문도 열기 전에 도착하고 말았다. 높은 흰 벽으로 몸을 감춘 수도원은 4백 년에 걸쳐 수많은 수녀를 배출했다. 이 수도원을 만든 부유한 과부는 스페인의 상류층 중에서 수녀들을 뽑았다고 한다. 더 나아가 수녀들이 스페인에서의 안락한 생활방식을 그대로 유지하며 지낼 수 있게 했다. 이건 뭐 상류층 자녀들의 고급 기숙학교나 마찬가지 아닌가. 그렇게 3백 년간 유지되던 느슨한 분위기는 엄격한 도미니카 수도회의 수녀가 도착하면서 끝이 났다. 그후 1970년에 수도원이 대중에 공개되기까지 수녀들의 삶은 장막에 가려 있었다.

수도원 내부는 미로와 같은 회랑으로 둘러싸여 있다. 곳곳에 과실수가 자라는 작은 안뜰이 있고, 안뜰마다 회랑의 색이 달라진다. 코발트블루에서 짙은 오렌지색으로, 다시 눈부신 화이트로 골목을 돌 때마다 다른 색이다. 골목마다 화사한 꽃들이 피어 있다. 수도원이 이렇게 예뻐도

되는 건가. 골목은 스페인의 도시를 따서 이름을 붙여놓았다. 하나하나의 골목이 마치 작은 마을 같다. 중앙 광장의 분수, 수녀들이 빨래를 하던 빨래터, 곳곳의 고해소와 교회들. 4백 년간 외부세계와 단절되어 이곳에 머물렀던 수녀들이 남겨놓은 흔적을 들여다보며 걷는다. 밝고 화사한 분위기로 가득한 이곳은 세상의 모든 평화가 내려앉은 것만 같다.

광장과 골목이 온갖 색으로 밝게 꾸며진 것에 비하면 수녀들의 방은 어둡고 좁다. 나무 침상과 작은 책상 정도를 제외하면 방에는 별다른 가구도 없다.

"우리 수녀회에서는 처음 30년이 가장 힘들지요."

어느 책에서 읽은, 종신 수녀원의 수녀가 한 농담이 생각난다. 그들은 하루의 대부분을 읽고, 기도하고, 명상하며 보냈을 것이다. 방마다 작은 부엌이 있는 것을 보면 요리도 직접 했을 것이다. 이곳에서 이루어졌을 간소하고, 소박하며, 불편한 삶을 상상하니 "진보란 삶의 단순화"라는 간디의 말이 생각났다. 간결하고 금욕적인 삶의 방식이 받쳐준다면 마음의 평화를 유지하기가 더 쉬웠으리라.

평생 기도하며 살았을 그들은 매일 어떤 기도를 올렸을까. 믿고 부르는 신의 이름도 갖지 못했지만 기도의 힘만큼은 나도 조금은 알 것 같다. 기도는 자신의 내면으로 깊이 침잠해 들어가는 일이 아닐까. 『도마복음』에서였나. 하느님은 네 안에 있다고 했던 건. 결국 기도는 자기 안에 깃든 신과 대면하는 일일 것이다. 마음이 한없이 괴롭고 의지할 곳 없이 지칠 때 무릎을 꿇고 두 손을 모으는 것만으로 나는 이미 인정하는 셈이었다. 내가 미천한 존재임을. 나의 부족함과 잘못을 겸손히

인정하고 나면 내 안에 깃든 아직 죄짓지 않은 신성을 찾아내 보듬을 수
있었다. 아직 이 마음이 있으니까, 아직 늦은 건 아닐지 몰라. 내 안에
깃든 선하고 악한 두 개의 얼굴 모두를 들여다보고 끌어안는 일, 나에게
기도는 그런 것이었다. 이곳에서 살아가는 한 죄짓는 일도 별로 없었을
것 같은데 그들의 고해성사는 무슨 내용으로 채워졌을까. 신을 믿는다
는 건 삶이 던지는 모든 질문마저도 신의 손에 올려놓는다는 것일까. 답
을 찾으려 고군분투하기보다 그저 받아들이는 태도일까. 냉기가 감도
는 어둡고 작은 방을 들여다보고 있으려니 온갖 궁금증이 생겨난다.

　이 수도원에서 평생을 보낸 수녀님들과 나의 삶은 얼마나 대조적인
가. 떠돌아다니는 삶을 사는 나로서는 한곳에서 인생의 대부분을 보낸

다는 상상만으로도 마음이 따끔거린다. 하지만 이 좁은 공간에 평생의 거처를 정한 수녀님들과 어디에도 집을 구하지 않은 나의 목적은 어쩌면 같은지도 모른다. 알 수 없는 세계에 대한 궁금함. 나 자신을 더 알고 싶다는 간절함. 내가 어떻게 세상에 왔으며, 무엇 때문에 살고 있으며, 어디로 가는지, 이 세상은 어떤 곳인지에 대한 호기심. 그 질문에 대한 답을 찾기 위해 수녀님들은 자신을 신에게 바치고, 나는 신의 세계는 불가지론의 영역으로 남겨둔 채 세상을 떠돈다. 우리는 인생이 던져준 수수께끼를 풀기 위해 서로 다른 길을 선택했을 뿐.

한 가지 안타까운 건 이곳에서 더이상 수녀님들을 볼 수 없다는 거다. 이토록 따스한 공간을 꾸며놓은 그녀들의 모습을 흘깃 볼 수만 있어도 좋을 텐데…… 네팔이나 인도 같은 곳에서 마주쳤던 수녀님이나 비구니 스님들이 생각난다. 그녀들의 얼굴은 요즘 유행하는 '물광 메이크업'이라도 한 듯 반짝반짝 빛났다. 피부가 얼마나 고운지 동안 유지 비법이라도 묻고 싶을 정도였다. 게다가 표정은 또 얼마나 밝고 환하던지! 산 좋고 물 좋은 곳에서 간결한 일상을 살아가다보니 저절로 만들어진 얼굴이었으리라. 수도원에 딸린 작은 카페에서 차 한 잔을 시킨다. 아직 수도원은 붐비지 않는다. 담장과 골목과 예배당마다 넉넉한 햇살이 골고루 내려앉는 오전. 내 마음이 절로 경건해진다. 내 평생에 만난 가장 아름다운 수도원이다. 이 수도원을 만나기 위해 아레키파에 왔다는 생각이 들 만큼. 이렇게 아름다운 곳이라면 평생을 갇혀 산다 해도 나쁘지 않을 것 같다.

신에게 일생을 바친 수녀님들의 경건한 삶에 경의를 표하는 것도 잠시, 방황하는 여행자인 나는 다시 세속의 궁금함을 풀기 위해 트레킹에 나선다. 콜카 협곡 트레킹이다. 콜카 협곡은 깊이 3191미터로 세계에서 깊기로 손꼽히는 협곡 중 하나다. 페루 북부에 산타크루스 트레킹이 있다면 페루 남부에는 콜카 협곡 트레킹이 있달까. 신청을 하고 보니 트레킹 출발시간이 새벽 세시 반이다. 2박 3일 코스를 1박 2일 동안 하기 위해 치르는 대가다. 졸린 눈을 비비고 일어나 차에 오르자마자 다시 잠이 들고 만다. 세 시간쯤 달린 차가 치바이에 선다. 콜카 협곡 주변에서 가장 큰 마을이라는데 둘러보는 데 한 시간도 걸리지 않는 작은 마을이다. 이곳에서 아침식사를 하고 근처의 '크루스 델 콘도르'로 향한다. 페루를 상징하는 새 콘도르의 비행을 감상할 수 있는 곳이다. 깊은 계곡이 발아래로 펼쳐지고 눈앞에는 절벽이 가로막고 있다. 잉카시대부터 페루인들은 콘도르를 신성시 여겨왔다. 사이먼 앤드 가펑클이 불러 유명해진 페루 노래 〈철새는 날아가고〉의 원래 제목은 〈엘 콘도르 파사콘도르는 날아가고〉다. 운이 나쁘면 콘도르를 한 마리도 볼 수 없다는데 오늘, 이곳 창공에는 이미 여러 마리의 콘도르가 날고 있다. 이 나라 사람들은 영웅이 죽으면 콘도르가 되어 비상한다고 믿는다던데 저 새들은 누구의 영혼인 걸까. 날개를 펴면 그 크기가 3미터에 이르는 검은 새가 기류를 타고 날아오른다. 수면 위를 미끄러지듯이 부드럽게 공중을 나는 검은 새들이 창공을 채운다. 드넓은 창공을 비행하는 새들의 몸짓은 얼마나 아름다운가. 우아하다는 말이 절로 나온다. 10여 마리의 콘도르가 기류에 몸을 맡긴 채 퍼덕이는 날갯짓조차 없이 여유롭게 하늘에 머문다. 땅에서는 날개 없는 인간들이 그 모습을 부러운 듯 응

시하고 있다. 콘도르는 알고 있을까. 우리가 단지 자신들의 비행을 보기 위해 이곳까지 왔다는 것을. 날개도 깃털도 없으면서 하늘을 날겠다는 욕망을 오랫동안 품어온 인간, 마침내 거대한 기계의 힘을 빌려 창공에 오를 수 있게 되었지만 우리는 여전히 바람의 힘만으로 도약하는 저 새들의 날개를 부러워한다. 야생의 생명이 우리에게 가르치는 것은 서로 다른 존재에 대한 경외감이 아닐까.

저토록 자유롭게 하늘을 나는 콘도르를 보고 있으니 찰루앙카에서 보았던 콘도르가 생각난다. 인간에게 사로잡혀 황소의 등에 매달려 운동장을 도는 굴욕을 겪은 후 그 공포로 날아오르지 못하던 콘도르. 그 콘도르도 마침내는 다시 하늘로 날아올랐을까. 나도 날아오르고 싶다. 나를 옥죄는 것들로부터 벗어나 자유롭게 비상하고 싶다. 기독교의 원죄나 불교의 업보 같은, 혹은 정해진 내 운명 같은 틀에서 벗어나 날아오를 수는 없을까?

하루종일 이 자리에서 저 새들만 바라봐도 좋겠건만 가이드가 출발을 재촉한다. 이제 트레킹 시작이다. 해발고도 3천 3백 미터에서 계곡의 바닥까지 내려가는 길. 다섯 시간에 걸쳐 2천 미터 이상을 내려가야 한다. 태양은 뜨겁고, 바람은 열기를 머금고 불어온다. 흙먼지 날리는 길은 미끄럽고 가파르다. 금세 온몸이 흙먼지로 누렇게 덮인다. 외줄기 벼랑길이다. 주변으로는 산을 깎아 만든 밭. 흔들다리를 지나 계 곡을 건너 조금 올라온 카바나콘데에서 점심을 먹는다. 이곳에서 계곡의 꼭대기까지 올라가 반대편 계곡의 바닥까지 다시 내려가야 한다. 기껏 내려왔더니 다시 올라가서 또 내려간다니, 하체 단련하는 것도 아니고…… 나는 무의미해지려는 내 걷기에 애써 의미를 부여한다. 걷는다는 행위는 많은 종교인들에게 훌륭한 수도방법 중의 하나였다. 걷기는 몸으로 하는 명상이기도 하다. 만행하는 스님들처럼, 침묵으로 수행하는 수녀님들처럼 나는 떠돌며 인생의 화두를 붙잡는 거라고 중얼거려본다. 오르막과 내리막을 반복하는 이 고단한 발걸음에 정신을 모으려 애쓰지만 아직 내공이 부족한 나는 오만 잡생각에 머릿속이 어지러울

$\longrightarrow$

뿐이다. 세 시간 남짓 걸으니 마침내 상가예. '오아시스'라는 이름으로 불리는 우리의 숙소가 기다리는 곳이다. 천연 수영장이 딸린 숙소는 언뜻 보기에는 제법 근사하다. 하지만 전기도 안 들어오고, 방은 짚으로 얼기설기 엮어 바람이 다 들어온다. 오늘밤 별은 실컷 보겠구나.

오랜만의 트레킹이라 피곤했던지 꿈도 없는 단잠을 잤다. 새벽 네 시 반에 일어나 다시 길을 나선다. 이 트레킹은 무슨 특공대 훈련 같은 일정이다. 끝없는 오르막을 달빛에 의지해 걷는다. 오늘이 보름이라더니 새벽 달빛이 환하다. 뒤에서 걸어오는 이가 내 발밑에 랜턴을 비춰준다. 그 마음이 고맙지만 달빛이 밝아 굳이 랜턴을 켜지 않아도 될 텐데…… 세 시간 동안 오르막을 오른 후 고갯마루에 올라선다. 마침내 걷는 일이 끝났다. 다리가 휘청거린다. 콜카 협곡을 페루의 그랜드캐니언이라고 부른다며 자랑하더니 어쩨 스케일이 좀 부족한 느낌이다. 협곡의 바닥까지 내려갔다 올라오는 체력 테스트를 했다는 의미가 있을 뿐, 풍경도 그리 빼어나지 않다. 이곳에서 아침식사를 마치고 난 후 차를 타고 칼레라 온천으로 달려간다. 이번 트레킹의 백미는 바로 온천욕. 치바이 마을 근교의 온천이다. 수영복도, 수건도 없어서 망설였는데 입구에서 다 빌려준다. 다섯 개의 독립 풀로 이루어진 온천은 기대 이상으로 크고 시설도 괜찮다. 물 온도 39도의 풀에 몸을 담그고 있으려니 행복한 기분이 번진다. 뻐근한 다리를 쭉 뻗어본다. 오늘도 내 다리는 잘 버텨주었다. 이곳의 고도는 3천 6백 미터. 햇살은 따갑고 바람은 차지만 따뜻한 물 덕분에 몸의 피로가 조금씩 풀린다. 지치도록 걷고 난 후의 온천욕은 내가 제일 좋아하는 코스.

　　다시 치바이로 돌아와 뷔페로 점심을 먹는다. 이제 세 시간을 달려 아레키파로 돌아가는 일만 남았다. 먼지 날리는 비포장길을 달리는 내내 모두들 잠에 빠져 미니버스 안은 조용하기만 하다. 눈을 감으니 어제 만난 콘도르의 우아한 날갯짓이 떠오른다. 내가 바라보던 콘도르 중 한 마리는 나를 바라보았을까. 그랬을 거라고 믿고 싶다. 지구라는 이 아름다운 별에 서로 다른 생명으로 존재하는 우리가 서로를 알아본 찰나의 순간이 있었을 거라고. 나는 휴대전화를 꺼내 〈엘 콘도르 파사〉를 틀고 이어폰을 귀에 꽂는다. 하늘의 주인인 콘도르에게 자신들을 안데스 산맥의 고향으로 데려가달라고 부탁하던 페루 농민들의 기도가 귓가로 울려퍼진다.

$\longrightarrow$

아레키파

모든 것이 태어나고,
모든 것이 사라진 호수

티티카카 호수

티티카카. 소리 내어 불러보면 어쩐지 작은 새의 귀여운 울음소리 같다. 안데스의 맵고 맑은 공기를 가르는 청아한 울음소리. 지구에서 배가 다닐 수 있는 가장 높은 호수라는 티티카카 호수를 상상하면 나는 늘 작은 새가 떠올랐다. 그 이름부터 나를 설레게 하던 티티카카 호수로 간다. 안데스 산맥의 알티플라노 고원에 자리한 티티카카 호수의 해발고도는 무려 3820미터. 하늘과 가까워 '하늘 호수'라 불린다. 전설에 따르면 대제국 잉카의 초대 황제 망코 카팍이 이 호수의 태양의 섬에서 태어났다. 잉카 이전 시대에는 파카리나paqarina, 즉 모든 것이 태어난 장소라고 불렸던 곳. 어둠 속에서 살아가던 이곳에 비라코차가 내려와 태양과 달을 만들어 세상을 밝혔다. 잉카의 전설이 시작된 이곳에 깃들어 살아가는 잉카의 후예들은 어떤 얼굴을 하고 있을까.

티티카카 호수는 페루와 볼리비아에 걸쳐 있다. 먼저 볼리비아 쪽 태양의 섬을 향한다. 라파스를 벗어난 버스는 광활한 고원을 달려간다. 어느 순간 푸른 물결이 창으로 부딪힐 듯 다가온다. 그로부터 두 시간을 달려도 물결은 계속 출렁이며 따라온다. 그제야 이 호수가 제주도를 네

개 합친 것보다 크다는 데 생각이 미친다. 중남미에서 가장 큰 호수를 두고 작은 새 어쩌고 하다니…… 내 뜬금없는 상상력에 실소가 난다.

호수에 접한 작은 마을 코파카바나에 내리니 시야가 환해진다. 마치 눈을 두르고 있던 한 겹의 막이 벗겨진 듯 투명한 공기의 흐름이 전해진다. 호수에서 거센 바람이 불어온다. 아니나다를까 태양의 섬으로 들어가는 관광객용 배가 강풍으로 취소되었단다. 결국 웃돈을 주고 주민들이 타는 배를 얻어 탄다. 파도가 높아 배가 뒤집어질 듯 흔들린다. 하지만 뒤집히는 건 그 배가 아니라 내 배다. 뱃전을 부여잡고 견딘다. 이토록 깨끗한 호수를 더럽힐 수는 없다는 각오로. 내 배가 폭발하기 직전, 배는 마침내 포구에 들어선다. 이슬라델솔, 태양의 섬이다.

섬의 남쪽 유마니 선착장에 배가 닿는다. 어디선가 나타난 꼬마들이 달라붙는다. 배낭을 들어주고 자기 집으로 데려가려는 어린 호객꾼들이다. 나보다 덩치도 작은 꼬마에게 짐을 맡길 수는 없지. 배낭은 내가 메고 꼬마를 따라간다. 마을로 이어지는 돌계단은 잉카시대에 만들어졌다고 꼬마가 설명한다. 내가 밟고 있는 이 계단이 5백 년이 넘는 계단이구나. 가파른 경사면에 쏟아질 것처럼 붙은 밭이 펼쳐진다. 저 계단식 밭마저도 잉카시대에 만들어진 거란다. 양 갈래로 땋은 머리에 검은 중절모를 삐딱하게 얹고, 아이 두세 명쯤은 너끈히 숨길 수 있을 것 같은 폭이 넓은 치마에 알록달록한 보자기를 등에 멘 여인들이 지나간다.

갑자기 시간 이동이라도 한 것 같다. 꼬마가 호수를 향해 앉은 작은 집으로 나를 이끈다. 간소한 방의 한 벽이 전부 유리창이다. 그 큰 창으로 푸른 호수와 그 너머 설산이 가득 들어온다. 침대에 누운 채로 해돋이를 볼 수 있겠구나. 전망에 반해 가격도 묻지 않고 짐을 푼다.

동네로 마실을 나간다. 절벽에 위태롭게 매달린 집을 지나 오르막을 계속 오르니 드디어 섬에서 가장 높은 곳이다. 민박을 치려는지 공사중인 집들이 제법 많다. 골목의 풍경은 결코 화려하지 않지만 마음이 불편할 정도로 가난해 보이지도 않는다. 카페에 앉아 일기를 쓰거나 책을 읽는 여행자들의 느긋한 모습이 보인다. 역시 이 섬에서 하룻밤 머물기를 잘했다. 흙먼지가 폴폴 날리는 길을 걸어 서쪽 끝으로 향한다. 호수를 붉게 물들이며 지는 해를 보고 싶었는데 날이 흐리다. 전망 좋은 식당에서 팬케이크와 코카차만 마시고 돌아선다.

해돋이를 보겠다며 일찍 눈을 뜨지만 오늘도 날이 흐리다. 호수 뒤로 늘어선 안데스의 설산도 구름 뒤에 몸을 감추고 있다. 하지만 화려한 일출 없이도 티티카카는 그 자체로 아름답다. 침대 머리에 기대어 아침을 맞는 호수를 바라본다. 마을은 아직 잠들었는지 고요하기만 하다. 어쩐지 이 새벽에 나 홀로 깨어 티티카카 호수를 바라보고 있는 기분이다. 맑은 호수에 오래도록 눈과 마음을 씻고 난 후 짐을 꾸린다.

선착장으로 내려가 섬의 북부 차야팜파로 가는 작은 배에 오른다. 눈발이 흩날리는가 싶더니 어느새 하늘이 맑아진다. 정수리로 따가운 햇살이 쏟아진다. 햇살을 받은 호수가 바닥까지 온전히 몸을 드러낸다. 북쪽 선착장에 내리니 이곳에서는 입장권을 끊어야 한단다. 잉카의 유적지이기 때문이다. 입장권 이용에 포함된 박물관에 들어서니 보잘 것 없는 유물이 방치된 듯 쌓여 있다. 이 섬에서 발견된 도자기 조각들이 먼지 묻은 채로 있다. 칭카나 유적지로 향한다. 경사가 급하지 않은 오

321

르막을 천천히 오른다. 초가를 인 작은 진흙집들. 호수로부터 불어오는 바람을 막아주는 낮은 돌담들. 갈색의 메마른 땅 너머로 짙푸른 호수. 어쩌다 보이는 유칼립투스나무. 물빛 같은 파란 치마에 파란 모자를 쓰고 천천히 걷고 있는 여인. 포장도로도 없고, 자동차도 없는 섬의 풍경에 취해 걷다보니 어느새 고도가 꽤 높아졌다. 왼쪽과 오른쪽으로 호수가 펼쳐진다. 제사를 지내는 제단이었다는 곳을 지나니 호수를 향해 무너져가는 돌담이 서 있다. 칭카나 유적이다. 안으로 들어가니 그 이름처럼 미로 같은 돌담이 이어진다. 이곳이 정말 잉카의 사제를 키우는 장소였을까. 규모도 작을뿐더러 돌담 자체도 엉성하다. 잉카인들의 화려한 석조 기술은 느껴지지 않는다. 쿠스코 주변의 거대한 잉카 유적을 본 직후여서 더 보잘것없이 느껴지는 걸까. 마추픽추는 스페인 사람들이 망가뜨리지 못한 유일한 잉카 유적이라는데, 그럼 스페인 사람들은 이 섬의 잉카 유적도 파괴했던 걸까. 볼리비아의 유적들은 복원상태가 엉망이거나 방치된 듯 보이는 곳이 많다. 가난한 나라의 가난한 유적이 어쩐지 쓸쓸하고 애잔하다. 돌담 사이로 호수의 푸른 물이 위로라도 하듯 일렁인다. 호수를 바라보며 간식을 먹고 남쪽을 향해 걷는다. 5백년 전 잉카인들이 만든 이 길은 태양의 섬을 가로질러 이어진다. 그늘 한 점 없고 나무 한 그루 자라지 않는 황량한 길이다. 무거운 짐을 실은 나귀 몇 마리와 몰이꾼이 느릿느릿 걸어간다. 사위는 온통 푸르다. 풀을 뜯는 야마와 양떼 너머 하늘도, 그 하늘과 맞닿은 호수도. 이토록 투명하고 깨끗한 시야라니. 공장은커녕 자동차도 다니지 않는 섬이라 오염원이 없어서일까.

길가에 좌판을 펴놓고 앉은 꼬마들이 보인다. 손으로 꼬아 만든 팔
찌, 원색의 망토와 가짜 보석이 달린 반지들. 잉카의 후예들은 어린 나
이부터 고단한 삶을 사는구나. 세 시간 남짓한 길을 걷는 동안 통행료
를 받기 위해 기다리는 마을 사람들을 몇 곳에서 마주친다. 이 섬의 원
주민 아이마라 부족은 오랜 세월 양을 치거나 송어를 낚고, 감자나 옥
수수를 경작하며 살아왔다. 그사이 진흙과 짚을 섞어 만든 집은 돌집으
로 바뀌었다. 창조주 비라코차가 가져다준 달이 밝히던 섬의 어둠은 이
제 제한적이나마 전기가 몰아낸다. 송어나 양보다 외국인 관광객에게
점점 더 많은 수입을 의존하게 될 것이다. 이 모든 변화를 내가 몰고 왔
다. 낯선 곳을 향해 움직여 그곳에 발을 딛는 순간, 나를 매혹시킨 그곳

의 삶의 방식은 변화하기 시작한다. 내가 떠나온 세계와 닮아간다. 여행을 하면 할수록 그곳만의 원형을 파괴하는 운명이라니…… 사랑하면 할수록 사랑하는 대상을 파괴하게 되는 일이 어찌 여행뿐일까. 삶도 그렇다. 누군가를 사랑하게 되면 사랑이라는 이름으로 상대의 변화를 요구한다. 나와 다른 점 때문에 그에게 매혹되었건만 어느 순간부터 그 점이 견디기 힘들어진다. 어디에도 구속되지 않는 자유로운 영혼을 만나 사랑하게 되었다 하자. 하지만 그가 그 모습 그대로라면 제발 대책 좀 세우라고 어느새 그를 채근하게 될 것이다. 사랑하는 대상을 있는 그대로 지켜주지 못하는 건 나의 부덕일까, 인간의 근원적 결함인 걸까.

태양의 섬이 아직 심하게 변하지 않은 건 아마도 이 섬의 고립성 때문일 것이다. 이 섬에 사는 이들이 모두 원해서 이곳에 남지는 않았을 것이다. 떠나고 싶어도 떠나지 못하는 저마다의 이유가 있을 텐데, 하룻밤 머물고 지나가는 내게는 그 절박함보다는 풍경이 주는 평화로움이 먼저 전해질 뿐. 네 시간 가까이 걷고 남쪽 항구에 내려서니 잉카 황제의 동상이 나를 맞는다.

태양의 섬을 나와 코파카바나로 돌아온다. 오래전부터 점찍어둔 숙소를 찾아간다. 하룻밤에 3만 원. 어젯밤에 내가 머문 숙소의 다섯 배에 해당하는 어마어마한 가격이다. 하지만 여행이 길어지면 가끔씩 나를 대접해줄 필요가 있다. 괜찮은 숙소에 머물며 피로를 풀어주면 다시 고생을 시작할 기운이 생기니까. 코파카바나는 육체적으로도, 정신적으로도 편안함을 준다. 자연도 아름다우면서 몸도 편안하기를 바라는

이율배반적인 내게 맞춤인 곳이다. 이곳에는 안락한 숙소도, 맛있는 식당도, 와이파이도 다 있다. 물론 어젯밤 태양의 섬에서 머문 숙소는 불편했지만 아무렇지도 않게 감수할 수 있었다. 그곳에서 나는 육체적으로 조금 불편했을지언정 정서적인 만족감이 있었다. 전기가 일찍 끊겨도, 뜨거운 물이 나오지 않아도, 찬바람이 숭숭 불어오는 방이라 해도 괜찮았다. 단지 하룻밤이었으니까.

언젠가 함께 여행을 했던 연인이 했던 말이 생각난다. 여행지에서의 나는 배려심과 이해심이 많은 여행자라고. 쉽게 비교하거나 불평하지 않고, 있는 그대로 세계와 사람을 받아들이려고 노력한다고. 그런 모습에 반했는데, 일상에서는 너무 다르더란다. 여행지에서 사람들을 대하는 것처럼 자신 역시 있는 그대로 받아들여달라고 그가 웃으며 말할 때, 얼굴이 화끈거렸지만 나는 애써 항변했다. 여행지에서 나는 잠시 스쳐지나가는 것뿐이라고. 그러니 마음에 들지 않는 것도, 나와 맞지 않는 사람도 다 참을 수 있다고. 일상에서도 가족이나 애인에게 늘 그런 모습을 보인다면 그게 부처지 인간이냐고.

그물 침대에서의 하룻밤 정도는 참을 수 있다. 하지만 그물 침대에서 한 달 내내 자야 한다면 나는 그물을 찢고 탈출할 것이다. 마찬가지로 휴양지의 고급 리조트 역시 어쩌다 며칠이니 즐기는 거지, 그런 여행을 한 달 내내 한다면 나를 데려간 이의 목이라도 조를 것이다. 짧으면 무엇이든 기꺼이 할 수 있는데, 길어지면 어느 쪽이든 안 된다니. 뭐 이렇게 까다로운가. 인생도 '겨우 백 년, 잠깐인데'라는 마음으로 살 수만 있다면…… 연애도 '길어야 고작 몇십 년인데'라는 마음으로 할 수는 없는 걸까.

　볼리비아는 사실 워낙 물가가 저렴해 비교적 몸이 호강을 하는 곳이다. 칠레나 아르헨티나, 브라질 같은 곳을 돌아다니다 볼리비아로 넘어왔을 때는 정말 춤이라도 추고 싶었다. 그 나라들에서는 여럿이 함께 쓰는 도미토리를 벗어나지 못하던 내가 볼리비아에서만큼은 늘 호기롭게 독방을 구한다. 식당에서도 원하는 음식을 양껏 시킨다. 중남미에서 가장 가난한 나라라는 볼리비아의 아픈 현실을 여행자인 내가 이런 혜택으로 누린다. 이렇게 고급 숙소를 얻고 나니 조금은 미안하고 겸연쩍기도 하다. 하지만 정말 이 숙소는 이번 중남미 여행 중 최고다. 저마다

티티카카 호수

개성 있게 꾸며진 독채 건물들은 전망까지 빼어나다. 방마다 부엌 시설도 딸려 있고, 다락에는 그물 침대도 걸려 있다. 춥다고 하니 장작불까지 지펴준다. 타닥타닥 나무 타는 소리를 들으며 난롯가에 앉아 창밖을 바라본다. 지난밤 내가 머물렀던 태양의 섬은 저 드넓은 호수의 어느 자락일까. 작은 배 몇 척이 흔들리며 떠 있다. 건너편 언덕으로는 집 몇 채가 벼랑에 매달리듯 서 있다. 이름을 모르는 노란 꽃들이 바람에 하늘거린다.

지난밤 얼음 우박이 쏟아지더니 오늘도 날이 흐리다. 녹차를 우려내 창가에 앉는다. 기다렸다는 듯 흐린 하늘에서 함박눈이 쏟아진다. 하루의 시작이 이토록 완벽해도 되는 걸까. 창가에서 책을 읽으며 오전을 보낸다. 눈이 그친 오후에는 마을 산책에 나선다. 이 마을의 가장 큰 볼거리는 대성당. 무어 양식으로 16세기 중반에 완공된 이 성당은 회칠을 하고 타일을 얹었다. 성당 내부도 소박하다. 그 간소함이 마음을 끈다. 네 개의 예배당으로 이루어진 성당을 둘러보고 나오니 다시 비가 쏟아진다. 근처의 잉카 유적지에 가려던 계획을 취소하고 식당을 찾아간다. 티티카카 호수에서 잡은 민물송어구이로 이른 저녁을 먹고 숙소로 돌아온다. 다시 난롯가에 앉아 창밖으로 내리는 비를 바라본다. 겨울비에 티티카카의 푸른 물빛이 흐려지고 있다.

코파카바나의 '최고급' 숙소에서 이틀의 휴식을 취하고 페루로 넘어간다. 코파카바나에서 호수를 끼고 서쪽으로 네 시간만 달리면 페루의 푸노. 티티카카 주변은 고도가 한라산 두 배는 기본인가보다. 푸노도 무려 3855미터에 이르니. 푸노가 유명한 건 공격적인 잉카와 코야스족을 피해 호수로 들어가 섬을 만들고 살아온 우로스 사람들 때문이다.

우로스는 원래 부족의 이름이지만 이들이 만든 인공섬 이슬라스 플로탄테스, 떠 있는 섬을 아우르는 이름이기도 하다. 갈대와 비슷한 식물 토토라를 쌓아 인공섬을 만드는 방법은 간단하다. 토토라 뿌리를 잘라 줄로 묶어 1미터 두께 정도의 뗏목처럼 만든다. 그 위에 바싹 마른 토토라를 1미터 남짓한 두께로 덮으면 끝. 이 섬이 물에 뜰 수 있는 건 토토라의 뿌리가 머금은 공기 덕분이라고 한다. 이곳에는 이런 인공섬이 사십여 개쯤 떠 있다. 작은 방만한 크기에서부터 수백 명이 생활할 수 있는 크기까지 다양하다. 학교나 교회가 있는 섬도 있다.

갈대로 만든 인공섬에서 전통 옷을 입고 살아가는 원주민들을 상상해보라. 호기심을 얼마나 자극하는지! 그러니 이 섬이 티티카카 호반에서 가장 인기 있는 관광지가 되는 건 당연하다. 가이드북에서 한 경고를 미리 봤음에도 우로스 섬의 상업화는 충격적이다. 섬마다 경쟁하듯 관광객을 불러들여 사는 모습을 공개하고, 관광객을 배에 태워 돈을 번다. 자신들이 먹고 자는 모든 공간을 감추지도 않고 다 드러내고, 관광객은 그들의 옷을 빌려 입고 사진을 찍는다. 관광객이 끊임없이 몰려들기에 그것도 아주 빠른 속도로 진행된다. 토토라 배에 올라타 제3자라도 된 듯 배 위에서 섬 주변을 둘러보면 그제야 자신 또한 저 수선스러운 풍경의 주인공이었음을 깨닫게 된다. 이런 식으로라도 전통이 지켜지는 것에 감사해야 하는 걸까. 이곳 사람들 역시 호수의 물고기를 잡거나 밭에서 야채를 기르며 살았다는데 지금은 관광객에게 섬을 개방

하고 버는 돈이 대부분이 아닐까. 우로스에 섬이 많은 이유도 관광객을 받는 문제 때문에 의견이 나뉘어 섬을 잘라 떨어져나왔기 때문이란다. 송어를 낚고 물새를 사냥해 살아오던 이들은 이제 관광객을 낚는 일에 몰두한다. 자신들의 삶을 송두리째 미끼로 내걸고. 볼리비아 태양의 섬의 느린 변화 정도는 이곳에 비하면 아무것도 아닌 셈이다. 태양의 섬에서 막연하게 느꼈던 변화에 대한 불안함이 이곳에서는 명백한 현실로 존재한다. 배 위에서 섬을 내려다보자니 마음이 복잡하다. 나 같은 이들이 계속 찾아오는 한 태양의 섬 또한 결국 이곳처럼 될 것이다. 하지만 태양의 섬이 우로스 섬처럼 되는 것이 나쁘다고만 할 수 있을까. 태양의 섬이 지금의 모습 그대로 남아 있기를 바라는 건 과연 공정한 걸까. 나는 우로스 섬의 노골적인 드러냄이 불편하다. 진짜는 이미 사라지고 보여주기 위한 가짜만 남은 것처럼 느껴진다. 나에게 두 섬 중 한 곳만 선택하라고 한다면 망설임 없이 태양의 섬으로 향할 것이다. 하지만 내가 지불하는 이 돈을 얻기 위해 그들이 일상을 공개함으로써 아이를 학교에 보내고, 전기를 끌어오고, 예방주사를 맞아 평균수명을 늘릴 수 있다면 그걸 어떻게 손가락질할 수 있을까. 지구 반대편의 가난한 이들의 일상을 더 낮게 만들기 위해 아무것도 하지 않는 내가.

우로스 섬의 풍경은 이방인을 매혹시킬 만큼 독특하다. 티티카카 호반에 잔물결이 일고, 갈대로 만든 배가 노를 저어오고, 뱃전에는 전통옷을 입은 원주민이 서 있다면 누구라도 카메라 셔터를 누르지 않을 수 없을 것이다. 그래도 나는 자꾸만 태양의 섬의 고즈넉함이 그리워진다.

$\longrightarrow$ 티티카카 호수

그 섬의 원주민들은 우로스 섬의 주민들을 부러워할지도 모르겠지만.

　　타킬레 섬까지 둘러보고 푸노로 돌아온 오후. 아르마스 광장으로 발걸음을 옮긴다. 성당 계단에 앉아 해바라기를 하며 시간을 보낸다. 남편의 흰머리를 뽑아주며 깔깔대는 젊은 아내와 마른 빵을 뜯어먹으며 앉아 있는 중절모 쓴 할머니, 길 건너편 공원 벤치에는 신문을 보거나 멍하니 앉아 시간을 죽이는 남자들. 성당 앞에서 초를 파는 지루한 표정의 중년 여자, 스웨터며 모자를 팔기 위해 관광객에게 다가가는 할머니, 한껏 차려입고 초조한 표정으로 계속 시계를 들여다보는 젊은 여자…… 광장을 채우는 다양한 이들은 한결같이 키가 작고 얼굴이 검은 원주민들이다. 지금 이곳에 외국인이라고는 반팔 티셔츠 차림으로 일기를 쓰고 있는 서양 여자애와 나뿐이다. 코파카바나처럼 이곳 역시 어떤 중간계 같다. 과거의 시간에 더 가까운 태양의 섬과 변화된 미래를 증거하는 우로스 섬 사이에 떠 있는 현재의 중간계. 보잘것없는 광장이지만 관광객이 주변인으로 물러나고, 이곳에서 삶을 꾸려가는 이들이 풍경을 채운다.
　　외부인에 의해 변형되지 않은 일상이 아직은 남아 있지만 이곳 역시 변화의 바람에서 자유롭지 못할 것이다. 변하지 않는 것은 죽은 것뿐이니까. 생명이 있는 모든 것은 태어나 죽어 사라질 때까지 끝없는 변화를 감당해야 하는 운명에서 벗어날 수 없으니까. 이 섬의 원주민들은 티티카카 호수가 모든 것이 태어난 곳이라고 믿었다. 그렇다면 결국 모든 것이 사라지는 곳이라 불러도 되지 않을까. 이렇게 생각하니 조금은 마음이 편해진다. 티티카카 호수에서 바람이 불어온다. 바람이 내 머리 칼을 쓸고 지나간다. 먼 과거의 바람도 이곳에 살던 누군가의 머리칼을 흐트러뜨렸을 것이다. 다른 것 같지만 결국은 같은 바람이겠지. 이곳 원주민들의 삶이 변해간다 해도 결국은 다 같은 인간의 삶인 것처럼.

돌은 여전히
말이 없다

마추픽추

라틴아메리카 춤추듯 걷다

페루 ⟶

페루의 북부와 남부를 여행하고 꼭 20일 만에 다시 쿠스코로 돌아왔다. 여전히 아르마스 광장은 매혹적이다. 오래된 돌길마다 내 발자국이 새겨진, 이제 한 남자의 이름 없이는 떠올릴 수 없는 곳. 성당의 종탑 너머로 구름이 드리운 하늘도 그때처럼 푸르다. 손을 뻗으면 만져질 것 같은 구름도 그대로다. 어느새 쿠스코는 내 마음의 고향 같은 도시가 되어버린 걸까. 이곳에 돌아왔다는 사실만으로 이토록 마음이 평온해지는 것은. 다시 쿠스코를 찾은 이유는 한국에서 친구가 날아왔기 때문이다. 여름휴가 동안 페루와 갈라파고스를 여행하기 위해서 이 먼 곳까지 온 그녀의 이름은 지연, 에너지가 넘치는 총명하고 발랄한 이십대다.

쿠스코에서 며칠을 보낸 우리는 마추픽추로 향한다. 지연이를 위해 오얀타이탐보를 둘러보고 이곳에서 기차를 타기로 한다. '성스러운 계곡'의 중심에 자리잡은 오얀타이탐보는 잉카 제국의 요새였다. 그 시대의 관개용 수로와 석벽이 그대로 남아 있어 마치 작은 영화 세트장 같다. 잉카인들이 마추픽추로 향하던 길을 따라가는 3박 4일 동안의 '잉카의 길' 트레킹을 하면 이 마을을 거쳐간다. 하루 5백 명으로 인원을 제한하는 잉카 트레킹은 페루의 최고 인기 투어 상품. 덕분에 성수기에는 최소 6개월 전에 예약해야 하고 비용도 다른 트레킹보다 몇 배나 비싸다. 그래도 잉카인의 발자취를 좇아 걸어서 마추픽추에 오르고 싶었다. 하지만 이미 예약도 불가능한데다, 지연이의 일정이 짧아 기차를 타고 가기로 한다.

마추픽추행 기차는 세 개의 클래스로 나눠진다. 가장 고급 열차는 하이럼 빙엄 열차. 쿠스코에서 당일로 왕복하는 이들을 위한 기차로 티켓에 점심식사와 칵테일이 곁든 저녁식사, 영어 가이드 등이 포함되어 있다. 두번째 등급은 가벼운 다과가 포함된 비스타돔, 마지막은 저예산 여행자들을 위한 백패커. 우리가 타고 갈 열차 비스타돔은 천장이 유리로 되어 있어 울창한 녹음과 푸른 하늘이 내내 따라온다. 눈을 뗄 수가 없다.

"언니! 언니! 저기 좀 봐요."

"언니! 저 산 보여요?"

"언니, 이 기차 너무 좋지 않아요?"

지연이는 지치지도 않고 탄성을 연발한다. 어린아이 같은 호기심과 몰입이다. 덕분에 열차에서 시간이 어떻게 지나갔는지도 모른 채 아과 스칼리엔테스 역에 내린다.

기차에서 내리니 호객꾼들이 좁은 기차역을 가득 메우고 기다린다. 몇 명이 숙소의 사진이 찍힌 종이를 내밀며 우리에게 다가온다. 그중 한 사람을 따라간다. 숙소는 특별한 것도 없지만 깔끔하다. 이곳에서 하룻밤을 보내고 버스 정거장으로 향한다. 지금 시간은 새벽 다섯시. 이렇게 이른 새벽부터 길을 나서는 이유는 마추픽추를 조망하는 와이나픽추에는 하루에 5백 명만 올라갈 수 있기 때문이다. 이미 줄이 길다. 버스는 어둠이 가시지 않은 산길을 구불구불 올라간다. 조금씩 어둠이 걷힌다. 만년설이 녹아내린 짙은 옥색의 우루밤바 강이 점점 아득해진다. 마침내 공중도시가 있는 산꼭대기에 버스가 선다. 주변을 두른 눈 덮인 안데스의 산맥이 불쑥 다가선다. 잉카인들은 이런 곳에 정말 도시를 만들었다는 건가.

우리는 바로 와이나픽추로 향한다. 입구에서 장부에 이름을 적어야 한다. 이 봉우리를 오르다 떨어져 돌아오지 못한 사람도 있었다고 한다. 가파른 고갯길 사이로 좁은 돌계단이 놓여 있다. 계단이 미끄러워 발걸음이 조심스럽다. 지연이가 가쁜 숨을 고르며 말한다.

"이런 미친놈들. 이런 곳에 도시를 짓다니."

"이게 15세기 유적일 리가 없어. 20세기 초에 굴삭기로 파서 만든

거 아니야?"

　그녀의 활기는 '젊은 봉우리'라는 와이나픽추와 어울린다. 이 산꼭대기에 도시를 만든 잉카인들만큼이나 그녀 또한 무모할 만큼 용감하다. 그렇지 않다면 잘 모르는 사람과 여행을 하겠다며 지구 반대편까지 날아오지는 못했을 테니. 그녀는 어느 신문사 문화센터에서 여행 강좌를 진행했을 때 만난 수강생이었다. 그후 딱 한 번 더 만난 사이였다. 어느 날, 그녀가 여행중인 내게 안부 문자를 보내왔다. 인사가 오간 후 "중남미로 놀러와요" 하고 생각 없이 한 줄 덧붙였는데 그녀는 "정말요?"라더니 바로 항공권을 알아보기 시작했다. 그녀가 온다고 했을 때 나는 읽고 싶은 책부터 화장품까지 장장 서른 개의 물품 목록을 적어 보냈다. 에이포 용지 한 장 빼곡한 물품 목록을 본 그녀의 언니는 이 여행을 간곡히 말렸단다. "이 여자랑 여행하면 너 엄청 고생할 게 뻔해"라면서. 그 말에 잠시 흔들리기도 했지만, 지연이는 날아왔다. 사랑채 은미가 부탁한 고춧가루와 된장을 이민 가방 가득 채워넣고, 심지어 동수씨의 새 노트북까지 어깨에 메고서. "존경하는 여행 작가 언니랑 여행할 기회가 내 평생에 몇 번이나 있겠어요?"라며 쿨하게 리마 공항에 나타났다. 자그마하고 귀여운 외모에 장부의 배포를 갖춘 그녀다. 소 치는 농가의 막내딸로 태어나 서울 강남 한복판의 대기업에서 일하는 지연이는 흔한 도시처녀들과는 다르다. 대학을 졸업하고 베트남의 시골에서 1년간 양계를 가르치기도 했단다. 덕분에 어지간했으면 꽤나 헉헉거리며 오를 와이나픽추인데 지연이는 미친놈들이라고 욕설을 늘어놓으면서도 쉬지도 않고 잘도 오른다.

338

　　40분 남짓 오르니 정상이다. 해발고도 2690미터. 마추픽추의 유
적이 구름에 가린 산 사이로 아스라이 드러난다. 사진으로 그토록 많
이 본 풍경이건만 눈앞에 마주하니 오히려 비현실적이다. 날카로운 산
과 깎아지른 절벽에 둘러싸여 아래에서는 이 도시의 존재를 상상조차
할 수 없어 공중도시라는 이름이 붙은 곳. 황금을 찾는 이들에게 쫓기
고 쫓겨 도망친 잉카인들이 비밀도시를 건설하고 복수를 꿈꾸었다는
전설이 서린 곳. 어느 날 갑자기 만 명이 넘던 주민들이 마을을 불태우
고 185구의 미라만을 남겨둔 채 모두 사라져버린 곳. 여성과 아이들을
땅에 묻고 사라진 그들은 어디로 갔을까. 더 깊은 아마존의 밀림 속으
로 들어간 것일까. 그렇다면 아마존 어딘가에는 어째서 그토록 깊은 정

글에서 살게 되었는지도 모른 채 살아가는 잉카의 후예가 남아 있을까. 이곳에 서니 이 도시를 둘러싼 전설이 신비롭기만 하다.

정면에 마추픽추, 아래로는 우루밤바 강과 절벽, 주변으로는 계단식 밭이 한눈에 들어온다. 이 어마어마한 스케일과 질서정연함이라니. 산의 경사면을 깎아 일군 밭에 감자와 옥수수, 코카잎 등을 길렀다고 한다. 마추픽추는 도시 대부분이 산의 가파른 경사면에 건설되어 있다. 유적의 주위는 높이 5미터, 너비 1.8미터의 견고한 성벽으로 둘러싸여 있다. 잉카 제국에는 문자와 철기, 화약, 수레바퀴가 없었다고 한다. 그런데 도대체 어떻게 이 엄청난 양의 돌을 수십 킬로미터 밖에서 옮겨와 도시를 건설했을까. 어떻게 종이 한 장 들어갈 틈 없이 정교하게 돌을 짜맞출 수 있었던 걸까. 기술을 자랑이라도 하듯 일부러 각을 만들어 끼워넣은 돌들. 무게가 수십 톤에 달하는 돌을 옮길 때 추와 지레를 이용했을 거라는 추측 정도만이 가능할 뿐, 아무것도 알려진 사실이 없다. 머릿속이 먹먹하다. 돌을 다룬 기술뿐 아니라 이 도시 자체의 위치부터 드라마틱하다. 아래로는 깎아지른 벼랑, 주변을 호위하듯 두른 봉우리들, 마치 공중에 떠 있는 것만 같은 지리적 세팅. 이토록 지형적으로 압도적인 위치에 자리잡은 고대도시가 또 있을까.

마추픽추를 '발견'한 이는 미국 예일대의 역사학자 하이럼 빙엄이다. 그래서 마추픽추 입구에는 하이럼 빙엄을 기리는 동판이 걸려 있고, 이곳으로 오는 제일 좋은 열차에도 그의 이름을 붙였으며, 새벽에 올라온 도로의 이름도 하이럼 빙엄 도로다. 기분이 묘해진다. 그가 도대체 뭘 했다고 이렇게 그의 업적을 칭송하는 걸까. 그가 이곳에 오기 전에 이미 원주민들은 폐허로 남은 도시의 존재에 대해 알고 있었지 않은가.

1911년, 빙엄은 잉카 최후의 황제가 우루밤바 강을 따라 빌카밤바로 이동했다는 전설을 토대로 밀림을 탐험하고 있었다. 어느 날 그는 아과스칼레엔테스에 사는 열한 살 소년에게서 마추픽추 꼭대기에 폐허의 도시가 있다는 이야기를 듣는다. 일당을 지불하고 소년을 길잡이로 삼아 절벽을 기어올라 이곳에 다다른 빙엄. 다음해 내셔널 지오그래픽사로부터 유적 발굴 자금을 받아 이곳으로 돌아온다. 그리고 세 차례에 걸쳐 그는 토기, 보석, 유골 등 무려 5천 점에 달하는 유물을 노새에 실어날랐다. 페루 대통령에게 연구 목적으로 18개월 단기 반출 허가를 받았지만, 빙엄은 약속을 지키지 않았다. 그가 빌려간 유물은 예일대 피보디 박물관에 보관되어 있었다. 페루 정부는 예일대를 상대로 몇 년에 걸쳐 유물 반환을 강력히 요구했다. 꼭 백 년 만인 2012년에야 유물이 페루로 돌아올 수 있었다. 그런데도 이렇게 다양한 방법으로 빙엄을 기념하고 있다니. 이 관용이 어쩐지 불편하기만 하다.

이곳이 잉카 최후의 황제가 스페인 침략자에게 저항하기 위해 만든 전설의 도시 빌카밤바라는 빙엄의 주장은 사실이 아닌 것으로 드러났다. 여름 궁전이라거나 신전이라거나 피난용 요새라거나 저마다 다른 주장을 할 뿐이다. 아직 우리는 이 도시가 무슨 목적으로 만들어져 어떻게 기능했던 도시인지 알지 못한다. 한 문명이 무너지면서 더불어 함께 사라진 역사의 한 페이지쯤은 빈 채로 남겨두어도 될 것만 같다. 이곳에서는 시간이 흐르지 않고 돌 위에 고여 멈춰 있는 것처럼 느껴진

다. 아마도 그 공백 때문이리라.

　풀을 뜯는 야마 몇 마리만 보이던 마추픽추에 사람들이 점점 몰려들고 있다. 우리도 서둘러 와이나픽추를 내려간다. 가이드북을 펴서 내가 있는 곳이 어디인지, 무슨 용도로 쓰인 건물인지를 확인하는 건 뒤로 미루고 그저 하염없이 돌 사이를 걷는다. 돌이 쏟아내는 먼 옛날의 이야기를 듣고 싶다. 돌에 서린 아픔을 어루만져주고 싶다.

　파블로 네루다와 빅토르 하라, 체 게바라에 이르기까지 '아메리카인'으로서의 자각을 일구어낸 이들은 모두 이곳에서 삶의 전환을 맞았다고 했던가. 이곳은 스페인 침략자의 손에 훼손당하지 않은 유일한 잉카 유적이다. 그래서 페루 원주민뿐 아니라 남아메리카인들의 자부심이자 마음의 고향이 될 수 있었을 것이다. 칠레의 시인 파블로 네루다는 그의 자서전에서 마추픽추에서 자신이 칠레인이자 페루인, 아메리카인임을 느꼈다고 고백했다. 아르헨티나인이 아니라 아메리카인으로 살았던 체 게바라는 그보다 먼저 다녀간 네루다가 남긴 시 「마추픽추 산정」을 읊으며 이곳에 서 있었으리라. 숨죽인 영혼들이 석벽과 돌계단 틈에서 꿈틀거린다고 했던 체 게바라. 내게도 전해지려나, 그 영혼의 움직임이.

　돌들에게서 과거의 영광과 고통을 읽어낼 수 있었던 그이들의 눈 밝음이 나는 부럽기만 하다. 사진만 찍으며 둘러보고 이렇듯 서둘러 떠나는 나에게 돌은 제 이야기를 들려주지 않을 것이다. 돌아서는 발걸음이 무겁다. 자꾸 뒤를 돌아본다. 마치 태초부터 이렇게 서 있었던 것처럼

343

주변 풍경과 완벽하게 어우러진 인간의 건축물. 어떤 부자연스러움이나 어긋남도 없이 대지의 품안에 부드럽고도 당당하게 안겨 있는 것 같다, 이 공중도시는.

아쉬움을 끌어안고 마추픽추를 떠나는 버스에 오른다. 이제는 볼 수 없다는 것을 알면서도 내 눈은 차스키의 후예들을 찾아 주변을 두리번거린다. 잉카시대의 발 빠른 파발꾼들이었던 차스키. 쿠스코에서 에콰도르 키토까지의 2천 킬로미터를 닷새 만에 달려갔다는 그들. 잉카 제국 구석구석을 잇던 길을 계주로 달렸던 그들의 빠른 발은 잉카 제국의 밑거름이었다. 그들을 통해 신속하게 명령과 물자, 정보가 오갔다고 하니. 버스가 모퉁이를 돌 때마다 달려 내려와 관광객들을 놀라게 했다는 빠른 발의 소년들은 사라지고 없다. 달리기를 마치고 버스에 올라와 버는 돈 때문에 학교에도 가지 않는 소년들이 생겨 페루 정부에서 금지시켰다고 한다.

산을 내려오는 길, 나는 네루다의 시 「마추픽추 산정」을 떠올린다. "나와 함께 오르자. 아메리카의 사람이여. 함께 비밀스러운 바위들에 입을 맞추자. (중략) 내 존재, 내 새벽으로 다가오라, 죽은 왕국은 여전히 살아 있으니 왕관을 쓴 고독들까지." 사라진 잉카인들이 쌓은 석벽 위에 태양만 뜨겁게 내리쬐고 있다. 돌은 여전히 말이 없다.

ECUADOR

7장

에콰도르

오타발로

키토

코토팍시

바뇨스

갈라파고스

과야킬

쿠엥카

로하

엘 아이로

다시 찾고 싶은
나의 오래된 미래

갈라파고스

라틴아메리카 춤추듯 걷다   에콰도르 ⟶

　내가 지금 어디에 서 있는 걸까. 에메랄드그린빛의 고운 바닷가. 부드러운 모래에 파묻힌 내 발등 위로 흰 파도가 부서져내린다. 옆에서는 수십 마리의 바다사자가 늘어지게 낮잠을 자고 있다. 그보다 조금 떨어진 곳에서는 바다로 들어가기 위해 몸의 체온을 높이며 태양 충전중인 바다이구아나들. 하늘을 올려다보면 페인트통에 빠졌다 나온 듯 푸른 발부비새가 수직 낙하를 준비하고 있다. 태어나서 야생동물을 이토록 가까이서 마주친 적이 있었던가. 이곳의 주인인 그들은 잠시 들렀다 가는 나를 두려워하지 않는다. 그래서 머리 위로 앵무새가 날아와 앉고, 발등을 밟으며 이구아나가 지나간다. 여기는 갈라파고스 제도. 인간에게 길들여진 동물이 아닌, 야생동물에게 매혹되는 나에게는 천국과 같은 날이 흐르고 있다.

　갈라파고스를 찾은 건 순전히 지구의 또다른 주인을 한번 더 보고 싶다는 열망 때문이었다. 10여 년 전, 탄자니아의 세렝게티에서 이루어졌던 야생동물과의 만남이 준 감동은 오래도록 잊히지 않았다. 어느 날 오후, 열세 마리의 기린에게 둘러싸였던 순간은 내 인생에 가장 아름다운 장면으로 남아 있다. 인간은 근 백 년 동안 공격적으로 지구를 파괴하며 저들의 영토를 침범해 들어갔다. 야생동물이 점점 사라져갈수록 난 그들의 존재가 늘 안쓰럽고 경이로웠다. 그들과의 만남은 지구라는 이 외로운 별에 인간만 존재하는 게 아니라는 안도감을 주기 때문이다. 무한에 가까운 이 우주에서 지적 생명체가 발견된 별은 아직까지지구뿐이다. 그래서 쓸쓸할 수밖에 없는 인간에게 다른 생명이 이 별에함께 머물고 있음을 그들은 증거한다.

여기까지 오는 길은 쉽지 않았다. 비싼 비용 때문에 망설이다가 가야겠다고 결심하고 나니 배부터 선택해야 했다. 먼저 며칠간 크루즈를할지 결정하고, 배의 크기와 급을 선택해야 한다. 배가 많이 흔들리지만 적은 인원이 함께 다니는 작은 배로 할 것인가, 파도에는 강하지만시끌벅적해질 수 있는 큰 배에서 할 것인가도 정하고, 시설과 서비스에 따라 네 단계로 나뉜 배의 급을 골라야 한다. 그다음에는 그 배가 어느 섬에 들르는지를 확인하고 내가 보고 싶은 동물이 그 섬에 거주하는지도 확인해야 했다. 갈라파고스는 섬마다 풍경과 거주하는 생명체가다르기 때문이다. 게다가 이미 비수기에 접어들어 선택할 수 있는 배의종류가 많지 않았다. 여름휴가중인 지연이의 일정도 고려해야 했다. 머리가 지끈거리는 복잡한 과정 끝에 마침내 우리는 7박 8일간 섬을 도는16인승의 요트에 오르기로 하고 과야킬로 향했다.

갈라파고스로 가는 출발지인 과야킬에서 하루를 머문 후 갈라파고스행 비행기에 오른다. 과야킬에서 공항이 있는 발트라 섬까지는 두 시

350

간이 채 걸리지 않는다. 공항에 내리니 환영인사라도 하는 듯 바닷바람이 머리칼을 흔들어놓는다. 발트라 섬에서 버스와 배를 갈아타고 우리가 일주일을 보내게 될 요트를 찾아간다. 산크리스토발 섬의 항구에 정박된 요트는 규모는 작지만 시설은 꽤 쾌적하다. 화장실이 딸리고 싱글침대가 두 개 놓인 방은 넓지 않지만 아늑해 보인다. 하얀 정복을 갖춰입은 선장과 선원들이 우리에게 환영 음료로 샴페인을 건넨다. 일주일을 함께할 일행들과 인사를 나누는 시간이기도 하다. 주로 유럽과 북미에서 온 사람들이고, 동양인은 지연이와 나뿐이다. 가이드가 우리에게 앞으로 지켜야 할 규칙을 하나하나 설명한다. 섬에 상륙하면 조개껍데기, 모래, 식물, 돌 등 아무것도 섬 바깥으로 가지고 나올 수 없다, 쓰레기는 절대 버리면 안 된다, 동물을 만져서는 안 된다, 먹이를 주어서도 안 된다, 반드시 가이드의 지시를 따른다 등등.

에콰도르 연안에서 960킬로미터 떨어진 갈라파고스 군도는 열아홉 개의 섬과 무수한 암초로 이루어져 있으며, 적도에 걸쳐 동서로 약 2백 킬로미터라는 넓은 범위에 흩어져 있다. 갈라파고스 군도는 섬의 70퍼센트가 국립공원으로 지정되어 있다. 그래서 이곳에는 생태계를 보호하기 위한 엄격한 가이드라인이 있다. 방문객들이 섬이 아닌 배에서 숙식을 해결하는 것도, 등록된 가이드가 동반할 때만 섬에 상륙할 수 있는 것도 생태계 보호를 위해서다. 수많은 동물이 눈앞에 있어도 절대로 만지지 못하고, 조개껍데기 하나도 가지고 나올 수 없는 규칙이 완벽할 정도로 지켜진다. 그래서인지 이곳의 야생동물은 인간에 대한 두려움과 경계심이 없다.

351

갈라파고스가 그 이름을 세계에 떨친 건 다윈의 힘이 컸다. 1835년, 영국 해군의 측량선 비글호에 생물학자로 승선한 그는 이 섬에 5주간 머무는 동안 핀치 새의 부리 모양이 섬마다 조금씩 다르다는 것을 간파한다. 그 작은 핀치새에게서 자연 선택설의 아이디어를 얻은 다윈은 『종의 기원』으로 생물 진화론을 전개하게 된다. 다윈 이전에도 갈라파고스는 17세기 무렵부터 선원들과 해적들에게는 꽤 알려진 곳이었다. 이 섬에 왔던 스페인 선원들이 어마어마한 수의 거북이에 놀라 '거북이 섬'을 뜻하는 갈라파고스로 부르기 시작하면서다. 갈라파고스의 야생동물은 고유종이 대부분이다. 날마다 다른 섬을 찾아가 갈라파고스 고유종을 만나는 크루즈는 단 한순간도 지루할 틈이 없이 이어진다.

갈라파고스에서의 하루는 일찍 시작된다. 아침식사가 일곱시부터고, 7시 45분이면 벌써 오전 프로그램이 시작되기 때문에 부지런해야한다. 아침에 일어나면 식당 옆 칠판에 적힌 일정표를 훑어본다. 오늘 섬 상륙이 마른 땅으로 바로 내리는 '드라이 랜딩'인지 얕은 바다를 통과해야 하는 '웨트 랜딩'인지도 적혀 있기 때문에 신발이나 옷차림을 그에 맞춰 준비한다. 오늘은 바다사자의 섬이라는 산타페 섬에 내려 맨발로 해변을 걸으며 바다사자들과 노는 날. '팡가'라 부르는 작은 배를 타고 섬에 발을 디디니 해변 가득 바다사자가 누워 있다. 배에서 내리는 우리는 본체만체 늘어지게 낮잠을 자는 중이다. 생태 지식이 풍부한 가이드는 우리를 상대로 곧 자연 학습을 시작한다. 무리 중 힘이 가장 센 바다사자 수컷을 '비치 마스터(해변의 주인)'라 부르는데 수컷 한 마리

가 암컷을 한 마리에서 스무 마리까지 거느린다. 이 대목에서 가이드가 묻는다. "바다사자와 물개를 구별하는 법은?" 자신 있게 대답하는 사람이 없다. 바다사자는 앞다리로 걷거나 수영을 하고 고환이 외부로 드러난 데 비해 물개는 뒷다리가 훨씬 커서 뒷다리로 걷고 고환이 감춰져 있다고 한다. 바다사자의 천적은 바다에서는 상어, 땅에서는 매라고 한다. 2천 마리에 이르는 갈라파고스 매는 이구아나, 새알, 도마뱀, 가끔 새끼 바다사자까지 잡아먹는다나. "그럼 거북이의 천적은 누구일까?" 무지한 우리는 이번에도 답을 못한다. 뜻밖에도 정답은 작은 게다. 거북이의 알을 사정없이 먹어치우기 때문이란다.

섬 안으로 향하는 길목을 막고 모여 있는 이구아나를 본 우리 일행

이 탄성을 지른다. 가이드가 이번에는 이구아나를 상대로 수업을 이어간다. 이구아나 수컷은 꼬리로 암컷을 차지하려는 싸움을 하기 때문에 꼬리를 잃은 수컷은 번식이 불가능하다. 이구아나가 머리를 흔드는 이유는 바이브레이션을 통해 소통을 하기 위해서라고. 바다에 사는 바다이구아나가 육지 이구아나보다 꼬리 길이가 더 길다는 점과 바다이구아나는 미역이 주식이지만 육지 이구아나는 선인장을 먹는다는 점도 오늘 배운 것들이다.

해변을 걸으며 보내는 시간도 즐겁지만 갈라파고스가 선물하는 최고의 기쁨은 스노클링이다. 오전과 오후로 나눠 매일 두 번씩 스노클링을 하며 바다에 깃들어 사는 무수한 생명들을 만난다. 9월 초의 갈라파고스는 이미 물이 차가워져 다들 웨트슈트를 입고 바다로 들어간다. 제일 먼저 마주치는 건 검정색과 흰색의 줄무늬 드레스를 입은 수만 마리의 물고기가 부드럽게 유영하는 모습. 고개를 조금 돌리니 선명한 주홍과 칠흑 같은 검정, 눈부신 노랑의 다채로운 색깔을 입은 열대어들. 저 물고기들의 색은 누가, 무슨 이유로 저리도 선명하게 만들었을까? 열대어들에 온통 사로잡혀 있을 때, 누군가 손가락을 들어 가리킨다. 거대한 바다거북 한 마리가 날아오르고 있다. 앞발을 날개처럼 저으며 우아하게 헤엄치는 거북이를 좇아 모두 따라간다. 귓전에 들려오는 찰랑이는 물살의 소리. 모래바닥까지 투명하게 비추는 햇살. 일곱 명의 인간이 한 마리 거북이를 따라가는 고요한 순간. 이토록 완벽한 평화의 시간이라니. 그 거북이의 이름은 퍼시픽 그린 바다거북.

스노클링 사이로 휴식시간이 찾아오면 갑판의 선데크에 누워 책을 읽는다. 뱃전을 기웃거리는 군함조들의 울음소리를 음악 삼아. 책 읽기가 지겨워지면 일기장에 그날 만난 야생동물의 이름을 하나씩 적어본다. 자라면서 점점 발이 파랗게 변한다는 푸른발부비새. 적도선에 사는 유일한 펭귄이라는 갈라파고스 펭귄, 우리 머리 위로 날아와 앉던 겁 없는 흉내지빠귀. 파란 아이섀도에 핑크색 볼터치를 하고 빨간 스타킹을 신은 것 같은 갈라파고스 비둘기. 새끼 바다사자까지 잡아먹는다는 갈라파고스 매. 목 아래 붉은 주머니를 부풀려 암컷을 유혹하는 군함조. 정신없이 미역을 뜯어먹던 바다이구아나들. 선인장 열매를 빨아먹던 육지 이구아나들. 지구는 그들이 있어 이 우주에서 가장 아름다운 별이 될 수 있었던 것이리라.

다음날은 새벽에 일어나 해돋이를 보기 위해 '중국 모자 섬'으로 향한다. 밀짚모자 형상을 한 섬에서 해가 뜨기를 기다리는 시간. 섬에는 이른 아침부터 수영중인 바다사자들과 우리뿐. 맨발로 해변을 걸으며 바다사자들과 눈을 맞추고 있으니 아기 바다사자가 뒤뚱뒤뚱 내게 다가온다. 내 엉덩이에 코를 대고 킁킁거리며 냄새를 맡는다. 눈도 제대로 못 뜬 아기가 냄새로 어미를 찾는 중이란다. 그 작은 아기 바다사자가 내 몸에 코를 묻고 있던 그 순간, 시간이 멈추어주기를 얼마나 바랐던지.

오늘 오전의 스노클링에서는 바다사자 한 마리가 수천 마리의 작은 물고기떼와 장난치는 모습과 마주쳤다. 물고기떼 주변을 원을 그리며 헤엄치다가, 꼬리로 물결을 갈라 물고기들을 흩어지게 만들고, 공중 우

358회전 돌기를 하며 물살을 튕기기도 하며 신나게 노는 바다사자 한 마리. 숨소리마저 죽인 채 그를 바라보던 순간, 투명하고 따스한 햇살이 우리 어깨를 만지고 있었고, 바다는 잠든 듯 고요했다.

오후에는 팡가를 타고 '검정 거북이 후미'를 찾아간다. 바다로 뿌리를 내린 맹그로브나무 사이에서 헤엄치는 바다거북을 만나기 위해. 숨을 쉬기 위해 수면 위로 올라오는 거북이가 내뱉는 하아, 하는 숨소리. 아침 햇살에 반짝반짝 빛나는 맹그로브나무가 거북이를 향해 나뭇잎을 흔들어댄다. 거북이 옆으로는 흰 상어들이 헤엄치고 있다. 그들의 하얀 몸이 햇살을 튕겨내듯 빛나고 있다. 하늘에는 군함조가 맴을 그리며 돌고 있고, 물가에는 먹이를 찾는 펠리컨 몇 마리. 맹그로브 나뭇가지 위

에는 해오라기와 백로, 갈색제비갈매기가 자세를 단정히 하고 앉아 있
다. 그대로 완벽한 풍경이다. 더할 것도 뺄 것도 없는.

　　다음날 우리는 산타크루스 섬의 다윈 센터를 찾아간다. 다윈 센터는
각국에서 온 다양한 연구자들이 갈라파고스의 동식물에 대해 보호 관
찰, 연구하는 곳이다. 특히 거북이의 사육 관찰로 유명한 이곳에는 내
마음을 사로잡은 한 마리의 거북이가 살고 있다. 그 이름부터 외로움이
묻어나는 '론섬 조지Lonesome Jorge'. 그는 지구에 단 한 마리 남은 핀타
섬 자이언트 거북이다. 1959년, 갈라파고스 군도가 국립공원으로 지정
되기 전까지 이십만 마리의 거북이가 갈라파고스 군도에서 잡혀갔다.

360 고기나 기름을 얻기 위해서다. 이제 남아 있는 1만 9천 마리의 바다거
북을 우리는 언제까지 지켜낼 수 있을까. 어느 식물학자가 핀타 섬에서
조지를 발견했다고 보고했을 때 거북이를 전공한 동물학자들은 믿지
않았다고 한다. 핀타 섬 자이언트 거북은 이미 멸종했다고 믿었기 때문
이다. 하지만 식물학자는 조지의 사진을 찍었고, 증거는 그걸로 충분했
다. 백 세 정도로 추정되는 조지는 조지아, 조르지나라는 이름의 암컷
거북이 두 마리와 살고 있다. 어렵게 알도 낳았지만 부화가 되지 않았
다. 과학자들은 조지의 대를 잇게 하기 위해 여러모로 애를 썼지만 결
국 실패했다. 조지는 자신의 대에서 핀타 섬 자이언트 거북의 삶을 끝
내고 싶은 걸까. 그래서 나날이 수를 불리며 지구를 장악해가는 인간이

라는 종에게 어떤 메시지를 전하고 싶은 것일까.

외로운 조지의 작은 얼굴을 들여다보고 있자니 내 안에서 답 없는 질문들이 일어난다. 조지는 다른 거북이들과 함께했던 날들을 기억하고 있을까. 내가 만일 지구에 남겨진 유일한 인간 종이었다면 무엇에 기대어 살아갈 수 있을까. 조지의 몸에 새겨진 깊고 선명한 주름은 사라진 동료들을 향한 그리움의 흔적은 아닐까. 무리 속에서도 어쩐지 외로워 보이는 조지를 보며 혼자 남는다는 것에 대해 생각해본다.

46억 년 전에 생겨난 지구에는 그 긴 세월 동안 수많은 생명이 깃들고 번성하고 사라져갔다. 지구의 나이를 1년으로 친다면 인간은 12월 31일에 태어난 새 생명에 불과하다. 사라져가는 핀타 섬의 거북이 외로운 조지는 영원히 살 것처럼 살고, 언제나 삶만을 이야기하는 인간에게 모든 존재에게는 끝이 있다는 사실을 증거한다. 인간이나 동물에게 수명이 있듯 우리가 살고 있는 이 별 지구에도 끝이 있다. 먼 훗날 지구는 광활한 우주의 텅 빈 공간 속으로 먼지가 되어 산산이 흩어질 것이다. 그리고 그전에 이 별에는 더이상 생명이 존재하지 않게 될 것이다. 그 어떤 생명의 흔적도 남지 않은 차고 삭막한 별로 변할 것이다. 언젠가 사라지고 말 공간 속에서 살아가는 생명체들의 유한성. 이 존재의 유한성이 눈앞에 보이는 모든 존재를 더 애틋하게 바라보게 만든다. 들판에서 마주친 노루 한 마리에도, 산책길에 마주치는 다람쥐에도, 바닷가 모래사장의 작은 게 한 마리에도 인간은 반응한다. 우리 아닌 다른 생명의 존재에 감동한다.

인간은 인간 이외의 다른 종과의 교감에 감동하는 지적 생명체다.

361

천억 개의 태양이 있는 천억 개의 은하가 존재한다는, 도무지 가늠조차 되지 않는 이 거대한 우주에서 현재까지는 지적 능력을 지닌 생명체를 발견하지 못했다. 이 무한의 공간에서 우리와 교감할 수 있는 어떤 별도 찾아내지 못했다니, 지구는 얼마나 외로운 별인가. 외로운 별 지구에서 태어났기 때문에 우리는 모두 외로움을 느끼고, 그 외로움을 견디기 위해 사랑을 하고, 친구를 만들고, 가족을 만든다. 우주로 탐사선을 보내 생명체를 찾고, 우주 공간에 반복해서 메시지를 보낸다. 그러는 동시에 인간은 유한한 이 지구별의 끝을 앞당긴다. 더불어 존재해온 다른 생명체를 멸절로 이끌기도 한다. 모든 야생동물이 사라지고 지구에 인간만 남게 되는 날이 온다면 어떻게 될까. 인간은 그제서야 사무치는 외로움에 몸을 떨며 후회하게 될까. 한 종이 이 별에서 완전히 사라진다는 것은 인간이 그만큼 더 외로워진다는 것이다. 나는 주름진 머리를 들고 느릿느릿 걸어가는 조지를 바라본다. 조지, 부탁이야. 우리를 더 외롭게 만들지는 말아줘. (외로운 조지는 결국 2012년 6월, 세상을 떠났다.)

발트라 섬을 찾은 어느 오후, 해변의 해먹에 누워 레이먼드 카버의 『대성당』을 읽는다. 내 발밑에는 세 마리의 바다사자들이 낮잠을 자고 있다. 바로 옆 미끄럼틀 위에서 뛰노는 소녀들의 발치에도 천연덕스레 바다사자들이 자고 있다. 이런 환경에서 자라는 저 아이들의 마음결은 콘크리트 빌딩 숲에서 학원과 학원 사이를 봉고차에 실려 다니며 자라는 우리네 아이들과 얼마나 다를까. 상상만으로도 한숨이 나온다. 어쩐지 슬퍼진 나는 원피스를 입고 뛰어노는 소녀들을 부러움 가득한 눈으

로 자꾸만 바라본다.

알바트로스를 만나기 위해 섬을 찾아가는 날도 있다. 에스파뇰라 섬에 상륙하자마자 수백 마리의 이구아나들과 갓 태어난 새끼 바다사자들이 우리를 사로잡더니 곧 알바트로스의 새끼들과 마주쳤다. 털이 삐죽삐죽 삐져나온 저 귀여운 새끼가 그토록 거대한 새가 된다니 믿기지 않는다. 날개를 펼치면 그 길이가 3미터에 이르러 바닷새 중에서 가장 크다는 알바트로스. 머리가 나쁜 알바트로스 수컷은 자기 알이 아니어도 최선을 다해 키우는 좋은 아버지란다. 주변으로는 알을 품고 있거나 갓 낳은 새끼를 돌보는 푸른발부비새가 보인다. 빼어난 수직 낙하 다이빙 실력으로 유명한 푸른발부비새는 알을 훔쳐가기 너무 쉬워 "얼간이"라고 불린 데서 이름이 유래되었다고 한다. 하지만 다이빙 실력만큼은 어떤 새도 부비를 따라갈 수가 없다. 갈라파고스의 생명 중에 부비에게 가장 매혹된 지연이는 이 섬에서 거의 정신을 잃을 지경이다.

"언니, 이 아기 부비 좀 봐요! 아직 다리가 하얘요!"

"언니, 부비가 다이빙하는 것 좀 봐요. 어쩌면 저렇게 멋있을 수가 있죠!"

푸른발부비새를 향한 열렬한 애정 덕분에 우리 배에서 그녀는 이미 '부비'라는 애칭으로 불리고 있다. 다윈 핀치 새도 여기저기 보인다. 대륙에서 건너온 핀치 새가 갈라파고스에서 번식하는 동안 섬의 생태적 환경에 적응하며 변화해 다윈의 진화론을 결정지었다. 핀치 새는 갈라파고스에만 열세 종류가 있는데 섬마다 새의 부리 모양이 다르다. 이 섬은 정말 새들의 천국이다. 부비의 멋진 다이빙을 지켜보는데 지연이

가 뜬금없이 내게 말한다.

"언니, 부비가 물속으로 다이빙하듯 사랑 속으로 뛰어들어요."

지연이가 저런 말을 맥락도 없이 꺼내는 건 며칠 전 내가 쿠스코의 경호원에 대해 이야기했기 때문이다. 그에게 흔들리지만 사랑이라는 감정의 소용돌이로 뛰어들 용기는 없는 나에게 주는 조언이다. 경호원이 직접 뜨거운감자의 〈고백〉을 부른 동영상을 보내 마음을 고백했다는 내 이야기에 지연이는 '감자씨'라는 애칭도 붙여준다. 그래, 지연아. 나도 부비처럼 용감하게 뛰어들 수 있다면 좋겠다.

다음날 우리는 플로레아나 섬을 향한다. 이 섬은 무인 우체국으로

유명하다. 팡가가 '우체국 만'에 닿는다. 여기에 무슨 우체국이 있다는
거지? 사람이라고는 살지 않는 무인도인데…… 하지만 이 섬은 그 이
름처럼 1793년부터 우체국으로 사용된 곳이다. 갈라파고스를 지나는
모든 배의 선원들은 이 섬에 잠시 정박했다. 이 섬의 해변에 바다거북
들이 알을 낳기 때문에 고기와 알을 구하기 위해서였다. 이 섬에서 우
체국을 시작한 건 제임스라는 영국 남자였다. 그는 해변에 낡은 나무
우체통을 걸어두었다. 그 안에 든 편지 중에 자신의 고향으로 가는 편
지가 있다면 선원들이 고향에 돌아가 직접 전해주던 전통을 지금은 여
행자들이 이어간다. 나는 서울의 조카에게, 지연이는 부안의 할머니에
게 엽서를 남긴다. 그리고 우리는 전라남도가 수신지인 어느 청년의 엽
서를 들고 온다. 우리가 남겨둔 엽서들도 몇 달 후, 누군가에 의해 조카
와 할머니의 손에 가닿을까.

366   에스파뇰라 섬의 가드네르 베이에서 보내는 오후. 이곳은 지금껏 만
난 갈라파고스의 해변 중에 최고의 물빛과 고운 모래사장을 지닌 곳이
다. 투명한 옥색으로 빛나는 잔잔한 바다. 마치 밀가루를 뿌려놓은 듯
곱고 부드러운 백사장. 수많은 바다사자들, 해조류를 뜯어먹는 바다이
구아나들. 혼자서 바다를 가로지르는 거북이 한 마리. 하얗게 빛나는
모래를 밟으며 백사장을 걷고, 바다사자들 곁에 누워 사진을 찍고, 헤
엄치는 바다이구아나들을 정신없이 바라본다. 천국이 있다면, 그곳의
풍경은 이곳과 같지 않을까. 해변을 걷던 나는 조개껍데기를 모아 모래
사장에 글씨를 만든다. 평화와 사랑이 마음속에 가득 차올라 나도 모르
게 'peace'와 'love' 두 글자를 쓴다. 그런 나를 손을 뻗으면 닿는 거리

에서 바다사자 한 마리가 바라보고 있다.

누군가 나에게 중남미에서 보낸 가장 행복한 시간을 묻는다면 나는 망설임도 없이 갈라파고스에서 보낸 날들을 꼽을 것이다. 마치 꿈처럼 흘러갔던 7박 8일간의 시간이었다. 갈라파고스는 언젠가 먼 훗날, 세상을 떠나기 전에 꼭 한 번 다시 찾고 싶은 나의 '오래된 미래'다.

02

세상의 중심에서
비틀거리다

키토

라틴아메리카 춤추듯 걷다

에콰도르 ──────→

갈라파고스에서 꿈처럼 달콤한 시간을 보낸 후 우리는 키토로 날아
왔다. 이 도시가 지연이의 마지막 여행지다. 지연이는 내일 새벽, 서울
행 비행기에 오른다. 피친차 화산이 굽어보는 키토는 오늘 구름에 갇혀
있다. 안데스 산맥의 설산에 둘러싸인 이 도시의 고도는 3천 미터에 가
깝다. 페루나 볼리비아, 에콰도르의 도시들은 어쩌면 이렇게 다들 높은
곳에 있는지……

371

여행의 마지막날을 어떻게 보내고 싶냐고 물으니 지연이는 뜻밖의
대답을 한다. "이 도시에서 제일 높은 곳에 올라가보고 싶어요." 한 번
도 가보지 못한 높이에 서보는 건 인간의 원초적인 갈망일지도 모른다.
그래서 찾아간 곳이 키토의 인기 관광지로 떠오른 텔레페리코. 피친차
화산의 동쪽 면을 따라 해발고도 4천 미터까지 올라가는 케이블카다.
맑은 날 이곳에 오르면 키토의 시가지와 안데스 산맥의 장엄한 봉우리
가 병풍처럼 펼쳐진다고 한다. 주말이면 몇 시간씩 기다려야 한다는데
평일인 오늘은 승객이 많지 않다. 발밑으로 보이는 키토의 모습에 환호
하는 것도 잠시, 올라갈수록 안개가 짙어진다. 꼭대기에 도착하니 기다

렸다는 듯 안개가 밀려들어 시야를 완전히 가린다. 전망은커녕 바로 앞에 가는 지연이도 보이지 않는다.

"에이, 날씨가 안 도와주네요. 카페에 들어가 차나 마셔요, 언니."

실망스러울 텐데도 지연이는 여전히 낙천적이다. 지난 보름간 함께 마추픽추와 갈라파고스를 여행하면서 지연이의 밝음에 얼마나 많이 기댔는지. 그녀가 함께 있다는 것만으로도 큰 위로가 되었는데…… 오늘 밤이 지나면 다시 혼자가 된다. 남겨지는 사람이 된다. 하지만 나 또한 지연이처럼 아무렇지 않은 듯 웃으며 떠나는 사람이기도 했다. 괜찮아, 아무 일 없을 거야. 건강하게 잘 돌아올 거야. 이런 말로 가족을 안심시키며 나는 늘 떠났다. 그때 그들은 내 웃음 뒤에 눈물이 맺혀 있었다는 걸 느꼈을까. 나를 혼자 두고 가는 지연이 또한 마음이 편하지는 않을 것이다. 저 웃음 뒤에 감추어진 나를 향한 안쓰러움과 염려가 내게 고스란히 전해진다.

다시 텔레페리코를 타고 내려와 과야사민 박물관으로 향한다. 오스왈도 과야사민. 1919년에 태어나 20세기의 마지막 해에 세상을 떠난 그는 에콰도르가 낳은 세계적인 화가다. 물론 무지한 나는 이곳에 오기 전까지는 그의 이름도 못 들어봤지만. 케추아 원주민인 아버지와 메스티소 혼혈인 어머니에게서 태어난 그는 가난하고 차별받는 아메리카 원주민들의 상처와 아픔, 그들의 고단한 생활을 주제로 다양한 그림을 그렸다. 미술관 안내책자에 적힌 대략적인 소개만 읽고 전시장으로 들어선 순간, 그의 그림들이 생각지도 못했던 울림으로 다가온다. 햇살이 비쳐드는 천장 채광창 주변에 그려진 벽화는 볼리비아 탄광에서 일하

는 원주민을 그렸다. 헐벗고 깡마른 이들이 빛과 구원을 갈구하듯 손을 내민다. 그들의 손이 향하는 곳은 바로 빛이 쏟아지는 천장. 그림과 미술관 건축 자체가 완벽하게 어울린다. 천천히 그림을 둘러보다가 〈아메리카의 얼굴들〉이라는 작품 앞에서 발을 떼지 못한다. 굵은 선으로 묘사된 하나하나의 얼굴은 저마다 깊은 슬픔과 괴로움에 차 있다. 커다랗게 뜬 눈, 기울어진 목. 체념하듯 감은 눈과 벌어진 입. 단순한 선이 그려내는 얼굴마다 저마다의 고통이 배어난다. 모든 고통은 개별적이다. 고통은 전해지지도 않고 나뉘지도 않는다. 비교될 수도 없다. 고통은 철저히 혼자 겪어야만 하는 지극히 개인적인 것이다. 그런데도 이 그림 속의 얼굴은 자신들의 고통을 내게 전하려는 것만 같다. 그리고 내게 묻는다. 아메리카 원주민으로 살아간다는 일의 힘겨움에 대해서 아느냐고. 과야사민의 그림은 아메리카 원주민과 나 사이를 이어준다. 훌륭한 예술은 이렇게 타인의 고통을 이해하고 타인에게 다가설 수 있는 다리가 되어주는 것이 아닐까. 일그러진 얼굴이 자꾸 나를 끌어당긴다. 강렬한 그림이다. 고통받는 이의 눈물을 닦아주지 않는 예술이라면 누구를 위한 예술일까. 그래서 예술은 태생적으로 진보적일 수밖에 없는지도 모른다. 이 작은 미술관은 아메리카 대륙의 원주민을 향한 그의 애정과 더 나은 세상을 향한 희망의 간절함을 보여준다. 생각지도 못한 선물을 받은 것처럼 심장이 두근거린다. 채플과 전시장으로 구성된 박물관을 천천히 둘러본 후 몇 장의 엽서와 복제화를 사들고 나온다. 미술관의 벽에 쓰인 글귀가 사진처럼 선명하게 내 마음에 찍힌다.

"나는 신발이 없다고 울었지. 발이 없는 소년을 만나기 전까지."

374

미술관에서 나와 점심을 먹은 우리는 숙소가 있는 구시가지로 넘어간다. 키토는 치안이 그리 좋지 않다. 특히 밤의 구시가지에는 강도가 자주 출몰하기로 악명 높다. 이곳은 여섯시가 되면 가게들이 문을 닫기 시작하고 아홉시가 넘어가면 인적이 완전히 끊긴다. 우리가 도착한 다음날, 구시가지에서 숙소를 찾던 한국인 여행자가 가방을 통째로 빼앗겼다는 이야기가 들려오기도 했다. 일곱시도 안 된 이른 시간에.

하지만 한낮의 구시가지는 그런 위험을 전혀 느낄 수 없는 활력으로 가득하다. 키토의 구시가지는 세계문화유산으로 지정되었다. 그것도 1979년에 '세계 10대 문화유산 도시'로 뽑혀 일찌감치 그 이름을 알렸다. 오랜 복구 작업을 마친 구시가지는 여전히 노동자와 원주민의 활기를 잃지 않고 있다. 우리는 독립 광장과 산프란시스코 광장을 거쳐 라콤파니아 교회로 향한다. 키토 시민들이 "에콰도르에서 가장 아름다운 교회"로 부르는 곳이다. 7톤의 금으로 장식된 천장과 제단 때문이다. 중남미를 여행하는 내내 사람들이 자랑하는 대성당의 화려함을 볼 때면 마음이 불편해졌다. 식민지배자들의 욕망이 그대로 드러나는 것 같아서. 오른손에 성경을 들고 왼손에 칼을 차고 들이닥친 종교라는 이름의 탐욕이 보이는 것만 같아서. 우리는 산토도밍고 광장에서 거리 공연을 보며 잠시 숨을 돌린다. 좁은 골목 가득한 노점상들이 외치는 소리. 어디서 오는지, 어디로 가는지 알 수 없는 수많은 사람. 교통정리를 하는 경찰의 호루라기 소리. 번잡하면서도 활기가 느껴지는 풍경이다. 거리에 가득한 노점을 기웃거리며 군것질하기를 빼놓을 수는 없다. 에콰도르는 작은 나라지만 열대와 온대, 고산지대와 정글까지 있어 과일의 종류가 다양하다. 새콤달콤한 오렌지주스도 사 마시고, 옥수수를 갈아 반죽한 후에 고기와 달걀, 건포도, 고추를 넣어 바나나 잎에 찐 타말도 맛본다. 구시가에서 우리를 열광케 한 골목은 라론다 거리. 라이브 음악을 공연하는 바와 식당으로 가득한 예쁜 골목이다. 발코니마다 꽃을 내걸어 골목 전체가 환하다. 사진기를 들이대면 어디나 그림이 되는 풍경이다. 초콜릿 가게와 모자 가게, 분위기 좋은 카페를 오가며 마지막 저녁을 보낸다.

새벽 다섯시. 지연이가 떠나고 다시 혼자가 됐다. 새벽 비행기를 타

고 떠나는 그녀를 배웅하고 혼자 숙소로 돌아왔다. 텅 빈 침대를 바라
보다 결국 울음을 터트리고 만다. 타고난 천진함으로 나까지 물들이던
그애가 떠나고 나니 온 세상이 적막하다. 경계도 없고, 겁도 없이 세상
과 사람 속으로 뛰어드는 그애를 보며 나는 내 타고난 조심성과 낯가
림이 부끄러웠다. 무엇보다 그토록 생생하게 움직이는 감성의 더듬이
가 이십대의 나를 떠올리게 했다. 나도 예전엔 저랬지. 나도 저렇게 세
상을 다 빨아들일 듯 온몸을 던져 밀고 나갔었지. 나도 저렇게 호기심
이 넘쳤지. 나는 이제 마흔을 넘겼다. 나이가 들어 하는 여행에는 분명
새롭게 얻는 것도 있다. 세상이 쉽게 보여주지 않는 것들을 보게 되고,
잘 들리지 않는 소리를 들으려 애쓰게 되었다고나 할까. 하지만 그래

도 순수하고 열정적이던 젊은 날의 여행이 그립다. "사람들아, 젊어서 빚내서 여행하고 나이들어서는 그 빚 갚으며 살아가라." 이렇게 외치고 싶을 정도로. 지연이 덕분에 무디어진 내 감성을 돌아본 시간이었는데……

지난 보름간 지연이도, 나도 서로가 편하기만 했던 건 아니었다. 서로 다른 두 사람이 만나 한방을 쓰며 24시간을 함께 보내는 일에는 당연히 불편함이 따른다. 게다가 우리는 서로에 대해 잘 모르는 사이였기 때문에 조심하려는 마음까지 겹쳤다. 하지만 조금씩 서로를 알아가면서 자신에게 없는 장단점을 발견하기도 하며 서로의 존재에 익숙해졌다. 누군가 옆에 있다는 사실만으로 여행을 더 즐길 수 있었다. 내 곁에 누군가가 있다는 것. 인간은 결국 타인을 통해 위로받는 존재인 걸까. 타인이라는 거울로서야 자신을 들여다볼 수 있기에 타인을 이해하려 끝없이 애쓰는 불완전한 존재. 그게 사람인 걸까. 쿠스코에서 내 경호원을 자처했던 그가 떠난 후에 감당해야 했던 그 공허함을 다시 겪어내야 한다.

아침을 맞는다. 혼자서 맛없는 밥을 먹고 거리로 나간다. 지연이가 떠나고 혼자 돌아다니려니 새삼 키토의 치안이 신경쓰인다. 짐을 빼 숙소를 신시가지로 옮긴다. 며칠 전 과야사민 박물관의 감동을 잊지 못한 나는 그의 또다른 박물관 무제오 과야사민을 찾아간다. 오늘은 미리 인터넷에서 그에 관한 자료를 찾아 읽어봤다. 목수였던 그의 아버지의 집은 가난했다. 10형제 중 맏이였던 그는 어린 시절부터 학교 친구들과 선생님들의 캐리커처를 즐겨 그렸다. 키토의 예술학교를 졸업하고 이십대 초반에 멕시코로 건너간 그는 멕시코 화가 오로스코와 친구가 된다. 그리고 둘은 페루와 볼리비아, 칠레와 아르헨티나 같은 중남미의 여러 나라를 1년간 함께 여행한다. 그 여행은 과야사민에게 아메리카 원주민의 삶을 보여주었다. 평생 동안 중남미 원주민의 차별과 억압, 정치적 혼란과 인종주의, 빈곤과 계급 문제를 정면으로 다뤄 명성을 쌓은 그는 그 부와 명성 때문에 비판받기도 했다. 원주민들의 삶을 이용했다고. 하지만 어째서 부자가 가난한 이의 편이어서는 안 되는 걸까. 가난한 이, 억압받는 이의 삶은 같은 처지의 사람만이 그릴 수 있다는 이야기 자체가 폭력적인 시선이 아닌가. 더 나아가 가난한 이의 삶을 타인에게 이해시킨 작업으로 부자가 되는 사람들이 있어야 하지 않을까. 이 세상을 조금 더 나은 곳으로 만들려는 노력으로 부자가 된 사람들. 그래야 더 많은 사람들이 그런 일에 참여할 수 있을 테니까.

378

키토의 언덕에 자리한 이곳은 전망부터 인상적이다. 미술관 주변으로 산등성이마다 빼곡하게 집이 들어찬 키토의 풍경이 전방위로 펼쳐진다. 이곳에는 그가 살던 집이 있어 가이드 투어로 둘러볼 수도 있다. 과야사민 재단에서 운영하는 이곳에는 열렬한 수집가였던 그가 수집한 4천 5백 점의 프레콜롬비아노 시대의 도기와 조각품도 전시되어 있다. 첫 건물에는 그가 수집한 토우와 도기들, 두번째 건물에는 과야사민의 유화를 모아놓았다. 며칠 전에 본 〈아메리카의 얼굴들〉처럼 인상적인 연작이 이곳에도 있다. 가난한 이의 마르고 주름진 손을 그린 '손' 시리즈다. 얼굴을 감싸고 있거나 눈물을 닦는 손들. 인간의 몸에서 얼굴을 제외하고 가장 풍부한 표정을 지닌 신체가 손이 아닐까. 그 손의 주인이 걸어온 고단한 삶을 고스란히 드러내는 그림들이다. 마지막으로 식민지 시대의 성화와 성물을 모아놓은 곳까지 둘러본 후 정원의 카페에 앉는다. 그의 그림이 인쇄된 엽서 몇 장을 사서 서울의 벗들에게 엽서를 쓴다. 서툴게나마 이 미술관에서 받은 감동을 전하며.

오후에는 신시가지로 건너가 에콰도르 문화센터를 찾아간다. 이곳의 중앙은행 박물관은 에콰도르에서 가장 중요한 박물관으로 꼽힌다. 에콰도르 해안 지방에 번성한 발디비아 시대의 토기와 금은동 세공품이 모여 있기 때문이다. '금의 방'에는 이 박물관의 상징인 황금 마스크도 있지만 나는 도자기가 전시된 방이 가장 마음에 든다. 기원전 1만 2천 년부터 스페인이 침략하기 전까지의 도자기들을 전시한 유물관. 오래된 그릇을 들여다보는 동안 지연이를 보내고 외롭던 마음이 조금씩 가라앉았다. 옛 물건들을 들여다보노라면 예술에 새로운 건 없고 새로운 해석이 있을 뿐이라는 말이 생각난다. 기괴하도록 익살맞고, 재치 넘치며 자유로운 상상력으로 빚어낸 소박하며 엉뚱한 작품들. 인류의 선조는 나라를 막론하고 어쩌면 이리도 해학이 넘쳤을까. 설명문은 읽지도 않고 내키는 대로 걸으며 마음이 가닿는 것들 앞에 오래 머물렀다.

다음날은 에콰도르의 나라 이름이 유래한 곳을 찾아간다. 에콰도르는 적도선이 지나가는 나라다. 지구에는 적도선이 지나가는 나라들이 여럿 있다. 하지만 나라 이름까지 적도Ecuator에서 따온 곳은 에콰도르가 유일하다. 적도, 위도, 경도…… 자주 듣지만 늘 나를 헷갈리게 하는 단어들이다. 적도는 한마디로 지구를 가로로 반으로 나눈 선이다. 밤하늘에 떠오른 북극성을 보고 누군가 환호할 때, 바로 옆에서는 반대편 하늘에 떠오른 남십자성을 향해 기도할 수 있는 곳이 키토다. 키토에서 여행자들이 빼놓지 않고 찾아가는 곳이 적도 기념관이다. 키토 북쪽에 있는 산안토니오 마을에 북반구와 남반구를 나누는 0도선이 있고, 그 선 위에는 적도 기념비가 서 있다. 위도 0도라고 쓰인 그 기념비 앞은 늘 사진을 찍는 사람들로 붐빈다. 하지만 이 적도선은 진짜가 아닌 가짜다. 18세기에 프랑스 과학자들이 잘못 측정한 선인데 기념비를 세워놓고 입장료까지 살뜰히 받는다. 그러고 보니 에콰도르의 수도 키토는 케추아어로 '세상의 중심'이라는 뜻이라고 했다. 도대체 원주민들은 그 옛날에 어떻게 이곳이 지구의 중심이라는 것을 알았을까. 놀라운 천문 기술이다.

380
　　가짜 적도 기념관을 흘긋 둘러보고 근처의 '진짜' 적도 박물관으로 향한다. 가이드는 이곳이 적도의 중력에 관한 다양한 실험을 하는 곳이란다. 달걀을 못 위에 세우기부터 시작한다. 남반구와 북반구에서 적도 중앙으로 같은 힘이 작용하기 때문에 달걀노른자가 정확히 중심에 자리해 달걀이 설 수 있다고 설명한다. 달걀을 세운 사람에게는 '달걀 장인'이라는 칭호와 함께 가이드가 서류에 사인을 해준다. 애교가 넘치는 마케팅이다. 세면대 위로 물을 흘려보내며 나뭇잎 띄우기도 해본다. 적도선 바로 위 북쪽에선 반시계방향으로 물이 돌고, 남쪽에선 시계방향, 적도에서는 회오리 없이 바로 물이 쓸려 내려간다.

　　나는 지금 두 개의 전혀 다른 세계가 만나는 접점 위에 서 있다. 북

반구와 남반구라는 두 세계의 접점. 어쩌면 내가 하려는 일 또한 그런
게 아닐까. 전혀 다른 두 세계인 타인과 타인을 잇는 일. 나의 여행은
결국 타인이라는, 도저히 이해되기 어려운 슬픔을 이해하려는 몸부림
인지도 모른다. 그 일에 성공했느냐 실패했느냐는 중요하지 않다. 중요
한 건 내가 몸부림치며 애썼다는 사실이니까. 나는 두 팔을 벌려 적도
선의 중앙에 서서 비틀거리며 걸어간다.

키토

03

끝까지 오르지 못해도
괜찮아

코토팍시 / 바뇨스

　　떠난 이가 남긴 빈자리가 너무 크다. 여행이란 어차피 만나고 헤어지는 과정이지만 연이은 이별이라 견디기 힘이 든다. 혼자 돌아다니는 일은 숨을 들이쉬고 내쉬는 일처럼 자연스러운 일이었는데, 이제는 점점 혼자 남겨지는 일이 두려워진다. 무엇을 봐도, 어디를 가도 흥이 나질 않는다. 외로움을 견디기 힘들어져 결국 숙소를 옮긴다. 페루에서 만난 여행자가 알려준 한국인이 하는 민박집으로. 혹시 나처럼 쓸쓸한 이를 만날 수 있을까 기대했지만 불행히도 손님은 나뿐이다. 게다가 주인 아저씨 혼자 꾸려가는 곳이라 말을 나누기도 조심스럽다. 이제 뭘 해야 하나. 갑자기 막막해진다. 가이드북을 뒤적이다가 코토팍시 산에 눈길이 멈춘다. 맑은 날이면 키토에서 선명히 보이는 5978미터의 활화산. 퓨마와 늑대가 살고 있고 5천 미터 부근부터 적도에서 보기 드문 빙하가 시작되는 산. 원주민들은 이 산을 '달의 산'이라 부르며 신이 머무는 산이라고 믿어왔다. 오랜만에 높은 산에 올라볼까? 이렇게 무기력한 때일수록 도전이 필요하니까. 다다를 수 있을 거라고 생각지 못한 높이를 오르며 내 자신의 한계를 극복해가는 경험을 다시 해보자. 한

383

발 한 발 오직 발걸음에만 마음을 모으는 그 순수한 집중의 시간을 다시 가져보자. 그러면 이 여행을 계속해갈 힘을 얻게 되지 않을까.

산을 오르기로 결심한 나는 여행사를 찾아 나선다. 담당자 에두아르도는 내 질문에 친절하게 답하며 등반에 관해 설명한다. 필요한 모든 장비를 제공하고 가이드 포함 1박 2일간의 등반 비용은 25만 원. 부담스러운 가격이지만 지금이 아니면 언제 하리. 신청을 마치고 숙소로 돌아와 짐을 꾸린다. 창으로 비쳐드는 보름달빛이 환하다. 그러고 보니 오늘이 추석이구나. 주인 아저씨가 내 방문을 두드린다. 키토의 한글학교 교장 선생님이 송편을 들고 오셨다면서. 송편을 먹는 동안 교장 선생님이 내가 오르려는 코토팍시 남면이 북면보다 훨씬 어렵다고 겁을 주신다. 북면 코스는 차에서 내려 베이스캠프가 되는 산장까지 30분만 걸으면 되지만 남면 코스는 두 시간 이상을 더 걸어야 비슷한 고도의 산장에 다다른다면서. 결국 남면 코스는 정상을 향해 길을 나서기도 전에 두 시간 이상 더 체력을 쏟아야 한단다. 제대로 좀 알아보고 신청할걸. 나는 늘 이렇게 어설프기만 하다.

오랜만에 산에 간다고 긴장해서인지 알람시간보다 일찍 눈이 떠졌다. 갓 구운 김과 미역국으로 든든히 아침을 먹고 숙소를 나선다. 에두아르도는 세 시간을 달려 코토팍시 남면 산장에 나를 내려놓는다. 이곳에서 가이드 엘리오와 인사를 나눈다. 나를 설산의 정상까지 이끌어줄 남자다. 좀 무뚝뚝한 것 같은데 말이 많은 남자보다 이편이 더 편하다. 해발고도 4천 미터에 자리한 산장은 햇볕이 넉넉히 들어와 따뜻하다.

이곳에서 점심을 먹는다. 장비를 챙기고, 옷을 갈아입고, 큰 짐을 산장에 맡긴 후 4850미터 높이의 베이스캠프로 출발한다.

　산장을 나서니 맑던 하늘이 갑자기 흐려진다. 하늘에서 무언가 흩날린다 싶더니 눈 우박이다. 얼굴에 닿으니 따갑다. 바람도 거세게 불어 발이 시려온다. 발이 푹푹 빠지는 모랫길이라 속도가 나지 않아 자주 쉬게 된다. 그나마 황무지에 핀 민들레를 비롯한 작은 꽃들이 위안이 되어준다. 꼭 두 시간 반 만에 베이스캠프에 도착한다. 제대로 지은 산장을 기대한 내가 바보지. 비닐하우스라고 해야 할까. 철골로 구조를 만든 후 천막을 씌운 게 전부다. 흙바닥에 판자를 깔고 그 위에 등산용 싸구려 매트리스를 얹었다. 최악의 산장 리스트에 1번으로 올려놓는다. 괜히 비싼 돈을 써가며 등반 신청을 한 건 아닌지 벌써부터 후회가 밀려든다. 추위에 약한 내 손발이 견뎌낼 수 있을까. 허리의 통증은 괜찮을까. 시작도 하기 전에 왜 이러는 거지. 어쩐지 자꾸만 변명거리를 만들어내는 것 같다. 엘리오가 만들어준 스파게티로 저녁을 먹고 소화시킬 틈도 없이 바로 잠자리에 든다. 온갖 상념으로 뒤척이다 설핏 잠이 들었나 싶은데 엘리오가 나를 깨운다. 자정이다. 뜨거운 오트밀 죽을 꾸역꾸역 밀어넣는다. 이제 출발이다. 정상까지 오르는 데만 여섯 시간이 걸리는 고단한 산행이 이제 시작된다.

　세 켤레의 양말을 덧신고, 네 벌의 바지를 껴입고, 다섯 벌의 윗도리를 걸치고, 눈과 입만 내놓는 은행 강도용 모자 바라클라바 위에 털모자를 덧쓰고, 그 위에 잠바에 달린 모자까지 뒤집어쓴 채 산장을 나선다. 여행사에서 빌려 입은 옷은 하나같이 크다. 아마도 지금 나는 몹시

385

우스꽝스러운 몰골일 것이다. 딱딱한 등산화를 신고, 허리에는 엘리오와 나를 연결하는 벨트 하니스를 차고, 손에는 얼음을 찍는 피켈을 든다. 몸에 맞지 않는 옷과 무겁고 아픈 신발로 베이스캠프를 나선다. 보름을 하루 지난 환한 달빛 아래 코토팍시의 흰 얼굴이 빛나고 있다. 바람도 잠들어 등반하기에 완벽한 날씨다. 발이 푹푹 들어가는 흙길과 잔돌이 많은 바윗길을 한 시간 남짓 오르니 설산의 경계선이다. 여기서부터 아이젠을 착용하고 로프를 엘리오의 몸과 연결한다. 한 사람이 미끄러지거나 크레바스에 빠질 경우를 대비해서다. 한 발 한 발 내딛는다. 신발이 커서 꽉 조인 탓에 발목이 아프다. 발바닥에 누군가 매달려 있는 듯 발이 무겁다. 한 발을 들어올리는 데 엄청난 힘이 필요하다. 가파른 오르막의 단단한 눈을 피켈로 찍어가며 오른다. 예전에 올랐던 킬리만자로와 비슷한 높이지만 그때는 피켈도, 아이젠도 필요하지 않았다. 추위도 이 정도는 아니었다. 산장의 시설도 여기보다 좋았다. 무엇보다 그곳에는 고독이 끼어들 틈이 없었다. 산을 오른다는 건 기본적으로 혼자 해내야 하는 고독한 행위지만, 킬리만자로를 오르던 그 길에는 나와 비슷한 이들이 가득했다. 그곳에서는 고도와만 싸우면 됐다. 이곳에서는 얼음과 싸워야 하고, 고독과 싸워야 한다. 나 혼자, 이 밤에 이 산을 오르려는 의미를 끝없이 물어야 한다. 사람이란 얼마나 가벼운 존재인가. 얼마 전 페루에서 산타크루스 트레킹을 할 때만 해도 나 혼자 깊은 산으로 들어가지 못해서 안달이었는데 지금은 혼자라서 쓸쓸하다고 칭얼거린다. 두 번의 이별이 이렇게 나를 약하게 만든 걸까.

숨이 가빠 몇 걸음 못 떼고 쉰다. 겨우 숨을 고르고 다시 발을 움직

이면 또 몇 걸음 만에 멈추게 된다. 얼음 위로 한 발을 올릴 때마다 힘이 소진된다. 이 속도로 아침이 오기 전에 정상에 다다를 수 있을까. 탄성을 잃은 고무줄처럼 시간이 제멋대로 늘어지고 있다. 한 시간 반 남짓 더 올랐을까. 캠프를 나선 이후 두 시간 반을 걸었으니 4부 능선쯤 오른 셈이다. 피켈에 팔을 기대고 가쁜 숨을 내쉬던 내 눈에 도시의 불빛이 들어온다. 일렁이는 저 불빛들은 누군가의 집에서 번져나오는 빛이겠지. 내 주위를 둘러싼 얼음의 흰빛은 이토록 차가운데 도시의 노란 불빛은 온기를 머금은 것 같다. 불 켜진 저 아늑한 집에서 다들 무엇을 하고 있을까. 단잠에 들었거나 책을 뒤적이거나 텔레비전 채널을 돌리고 있겠지. 그런데 나는 왜 여기서 혼자 이런 고생을 하고 있는 거지? 도대체 뭘 얻으려고 지구의 반대편까지 와서 눈산을 오르고 있는 걸까? 정상에 오른다 해도 그곳엔 얼음뿐일 텐데…… 갑자기 서러움이 치민다. 그리고 내가 선택한 이 고단한 삶이 지긋지긋해진다.

끝내 나는 엘리오에게 말하고 만다. 하산하자고. 엘리오가 나를 이해가 가지 않는다는 듯 쳐다보지만 그 눈빛을 모른 척한다. 분명 나는 지금 절박할 정도로 힘들지는 않다. 나에게는 더 올라갈 힘이 남아 있다. 미약한 두통을 제외하고는 고산병도 없고, 날씨도 여전히 완벽하다. 그렇지만 지금 나는 오르고자 하는 의지가 없다. 더이상 한 발짝도 뗄 수 없을 것 같은 상태가 아닌데도 포기하려고 한다. 엘리오는 나를 설득한다. 넌 지금 잘하고 있다고, 페이스도 좋고, 이 정도라면 세 시간 반 후에 정상에 오를 수 있다고. "아니, 엘리오. 됐어. 그만 할래. 여기까지가 내 한계야. 어서 내려가자." 결국 엘리오는 앞장서 내려가는 길을 연다. 올라갈 때 그랬던 것처럼 묵묵히. 나는 그 뒷모습을 바라본다.

그리고 내려가기 시작한 순간, 자괴감이 밀려든다. 내가 왜 이렇게 약해졌을까. 이 정도의 육체적 고단함도 견디지 못하다니…… 허리와 발목 상태를 핑계로 도중에 내려오다니. 어쩌자고 이런 못난 결정을 한 걸까. 나이 때문에 체력이 약해진 건가. 아니면 정말 이제 힘든 건 하고 싶지 않은 건가? 눈물이 나려 한다. 여기서 울어버리면 견딜 수 없을 것 같다. 입술을 깨물며 눈물을 참는다. 베이스캠프로 돌아온 나는 침낭 속에 들어가 몸을 웅크리고 눕는다. 그런 결정을 내리다니 도무지 이해가 되지 않는다. 추위에 약한 나에게 설산 등반이 쉬운 일은 아니다. 서울에서도 겨울 산은 좀체 엄두를 못 내던 나였으니. 그렇다고 해

388

도 이렇게 쉽게 포기하다니. 고통에 대해 이토록 어이없이 타협하다니. 그동안 내가 가진 유일한 힘은 길이 있는 한 마지막 지점까지 가고 만다는 거였다. 그 힘마저 잃게 된 건가. 스스로에게 받은 충격으로 머릿속이 멍하다. 잠이 오지 않는다.

코토팍시에서 내려온 나는 바로 짐을 싸 바뇨스로 향한다. 에콰도르 아웃도어의 성지라 불리는 이곳에서 코토팍시의 상처를 잊고 가벼운 레포츠나 즐기겠다는 마음으로. 하지만 또하나의 시련이 나를 기다리고 있다. 폭포에서 라펠링을 하며 뛰어내리다가 물살에 휩쓸려 안경을 잃어버린다. 그것도 지연이를 통해 받은 새 안경을. 눈이 나쁜 사람에게 안경을 잃어버린다는 건 엄청난 공포가 따르는 일이다. 안경이 사라지는 순간 빛과 함께 소리마저 약해지는 것 같으니. 가이드의 손에 의지해 산길을 내려오면서 온갖 생각이 몰려왔다. 이제 이런 걸 할 나이는 지났나보다. 어제의 등반 실패도, 오늘의 사고도 이제는 내 나이에 맞는 여행법을 찾으라는 신의 뜻일지도 몰라.

그래도 나는 아무 일 없었다는 듯 바뇨스에서 논다. 쓰던 안경을 찾으러 키토에 다녀온 후 심지어 래프팅도 한다. 이웃 마을 룬툰으로 트레킹도 다녀온다. 라틴팝이 귀를 찢을 것처럼 울리는 치바버스를 타고 폭포 투어에도 참여한다. 하지만 마음 한 켠은 계속 불편하다. 엄마에게 꾸중을 듣고 집을 뛰쳐나온 꼬마같이 의기소침해 있다. 온천과 폭포와 숲에 둘러싸인 이 작은 마을에 나를 꽁꽁 숨긴 채 웅크려 있다. 연속해서 닥친 시련의 충격에서 벗어나지 못한 채. 어째서 그랬던 걸까. 뭐

가 문제인 걸까. 내내 이 질문을 던지며.

비 내리는 오늘. 수영복을 챙겨 온천으로 향한다. 가장 뜨거운 탕에 들어간다. 빗방울이 조금씩 떨어진다. 따뜻한 물에 몸을 담그고 있으니 졸음이 밀려든다. 꾸벅꾸벅 졸며 한 시간쯤 몸을 푼다. 긴장해 있던 몸이 풀어지며 마음도 느슨해진다. 가만히 내 몸을 바라본다. 회사를 그만두고 세계일주를 떠난 이후, 지난 10년간 내 의지에 충실하게 반응했던 몸이다. 언제까지나 건강하게 버텨줄 줄 알았던 내 몸은 이제 조금씩 삐거덕거리고 있다. 당연한 일일 것이다. 40년을 넘게 써왔고, 최근 10년 동안은 그것도 꽤나 가혹하게 굴렸으니. 몸이 늙는다는 사실을 왜 이렇게 받아들이지 못하는 걸까. 건강한 몸이 내가 지닌 유일한 재산이자 밑천이기 때문일 것이다. 지금의 내 삶의 방식을 지탱해온 건 돈이 아니라 건강한 몸이었다. 몸이 잘 견뎌주니 가장 싼 음식을 먹고, 가장 허름한 잠자리에서 잠을 자면서도, 오래 걷고 멀리 가는 여행을 해올 수 있었다. 그런데 이제 몸이 비명을 지르기 시작한다. 이제 나를 좀 돌봐달라고, 나도 예전 같지 않다고.

몸이 삐거덕거리니 마음이 덩달아 무너진다. 내 재산이었던 용기와 인내, 세상에 대한 호기심도 꺼져가는 장작불처럼 사그라지고 있다. 나는 늘 나에게 말했다. 더이상 이십대가 아니라고, 그러니까 예전 같은 체력과 감성일 수는 없다고. 잃는 게 있으면 얻는 것도 있으니까 나이 드는 걸 두려워할 필요는 없다고. 하지만 막상 이십대의 체력과 감수성이 더이상 내 것이 아님을 확인하자 이를 받아들이지 못한다. 언제

391

나 내 몸과 마음의 상태가 이십대의 그것이길 바랐던 걸까. 내가 늘 지나친 욕심을 부렸던 걸까. 내 여행은 남들과 달라야 한다는 욕심을. 그래서 남들보다 더 많이 걷고, 더 오래 머물고, 더 높이 올라가려 했던 게 아니었을까. 좋아서 하는 일이지만, 어쨌든 이제 여행으로 밥을 버는 사람이니까. 한마디로 아마추어의 자연스러움보다 프로의 전문성에 내 마음이 기울었던 건지도 모른다. 그러니 여행을 하다가 도중에 돌아가거나, 산을 오르다가 중간에 내려오는 일은 있을 수 없는 실패라고 느꼈던 게 아닐까. 뜨거운 물에 몸을 담그고 두 팔로 내 몸을 꼭 안아준다. 어쩐지 오늘은 그래야만 할 것 같다. 이 온천욕이 내 몸과 마음에 쌓인 고단함을 녹여주기를 바라면서.

다음날에도 '자가 온천 테라피'에 나선다. 어제와는 다른 온천이다. 눈앞의 폭포에서 쏟아지는 시원한 물줄기를 바라보며 온천욕을 즐길 수 있는 곳. 몸을 담그고 해 지는 마을과 산을 오래 바라본다. 쉬는 김에 제대로 쉬자 싶어 다음날은 아예 마을의 수영장을 찾아간다. 텅 빈 수영장에서 몸의 긴장을 풀고 자쿠지와 사우나, 터키식 증기탕을 오가며 쉰다. 이게 얼마 만에 맛보는 여유로운 생활인지…… 뭘 봐야겠다는 욕망을 비우고, 지친 몸을 달래는 일에만 마음을 쏟는다. 몸의 피로가 풀어지니 마음의 응어리도 조금씩 녹는 것 같다.

10년 전 내 모습이 문득 떠오른다. 서른넷에 사표를 내고 방을 뺀 돈으로 배낭을 꾸렸을 때, 세상을 보고 싶다는 욕망 외에는 다른 욕심이 없었다. 여행가로 살겠다는 야무진 꿈 같은 것도 없었다. 그저 여행

392

은 내가 가장 좋아하는 일이었고, 여행을 통해 끝까지 나 자신으로 남고 싶었을 뿐이었다. 어디에도 휩쓸리지 않는 단단한 사람으로 서고 싶었다. 함부로 세상 탓을 하지 않고, 남들과 나를 비교하지 않고, 세상에 나를 맞추기보다는 나에게 맞는 세상을 스스로 찾아내고 싶었다. 그 마음 하나로 길을 떠났다. 어쩌다보니 운이 좋아 책을 내게 되었고, 여기까지 계속 올 수 있었다. 그 길이 늘 행복하기만 했다면 거짓말이다. 나이가 들수록 배낭의 무게가 나를 짓눌렀고, 끝내는 허리에 문제가 생기고 말았다. 벌이는 늘 신통찮았다. 조금만 돈이 생기면 바로 여행을 떠났기에 나이 마흔이 넘도록 가진 건 여전히 무형자산뿐이다. 여행가가 되었다고 해서 가고 싶은 곳을 마음대로 갈 수 있는 것도 아니다. 물가가 비싼 나라는 여전히 먼 훗날로 미루고만 있는 처지다. 늘 바깥을 떠돌기에 가장 소중한 이들에게 나는 언제나 가장 멀리 있는 사람이다. 가족과 사랑하는 이들을 두고 떠나온 여행길에서 늘 사람에 목말랐다.

393

　가족과 친구들은 말한다. 나처럼 여행에 어울리지 않는 사람도 없을 거라고. 지독한 길치에, 편식쟁이에, 태생적인 겁쟁이에, 누군가 옆에서 부스럭거리기만 해도 잠이 깰 정도로 예민한데다가 낯을 심하게 가리는 성격을 타고났으니. 아무리 봐도 좋은 여행가가 되기에는 가장 먼 지점에 내가 서 있었다. 그래서 더 여행이 좋았는지도 모른다. 길 위에서의 나는 달랐으니까. 매번 길을 잃어도 포기하지 않고 앞으로 나아갔다. 입에 맞지 않는 음식도 잘 먹었다. 밤새 아이들이 드나드는 호스텔의 도미토리에서 선잠을 자면서도 잘 견뎠다. 처음 만나는 사람과 금세 마음을 나누고 친구가 되었다. 무거운 배낭을 앞뒤로 메고도 잘도 돌아다녔다. 어쨌든 길 위에서 나는 날마다 자라고 변해갔다. 한 번도 해보지 못한 일을 하고, 한 번도 가보지 못한 곳에 이르고, 몰랐던 나의 어여쁜 얼굴과 만났다. 나는 길 위에 서 있을 때가 가장 좋았다. 길 위에 서 있을 때만큼은 무엇이든 할 수 있을 것 같았다.

그랬는데 첫 실패를 겪었다. 좋아하는 일을 하며 여기까지 왔는데, 이제 그 방식으로 더는 갈 수 없는 건가 싶었다. 누군가 그랬다. 오후 세시라는 시간은 무엇을 하기에 애매한 시간이라고. 하루를 시작하기에도, 하루를 마감하기에도 어정쩡한 시간이라고. 나이 마흔을 넘겨 하는 배낭여행 또한 그런 게 아닐까. 지난 8개월간 중남미를 여행하면서 나는 내가 어디에도 끼지 못하는 어중간한 나이가 되었다는 걸 느끼고 있었다. 호스텔의 도미토리에 머물면 동양 사람들 중에서는 대부분 내가 제일 연장자였다. 좋은 호텔에 머물며 안락하게 다닐 돈도 없지만, 그런 여행은 어쩐지 지루하게만 보였다. 아직 굳지 않은 말랑말랑한 심장으로 세상을 떠도는 젊은 친구들이 내게는 더 근사해 보였다. 그런데 어느 순간, 그들 사이에 끼는 게 어색해졌다. 마음이 맞는 여행 친구를 찾기도 점점 어려워졌다. 육체의 나이라는 건 마음의 나이와 아무 상관이 없는 거라고 믿었는데, 몸의 조건이 달라지면서 마음도 그들과 멀어지고 있었다. 돌이켜보니 나 또한 이십대나 삼십대에 비슷한 또래들과 어울리기를 좋아했다. 호스텔의 외로워 보이는 사십대 배낭여행자에게 먼저 다가가 손을 내민 적이 몇 번이나 있었을까. 다른 선택의 여지가 없을 때에야 먼저 다가가지 않았을까.

나이가 든다는 게 이렇게 여행에 있어서도 여러 가지 장애를 가져올

줄은 몰랐다. 나도 이제는 다른 방식의 여행을 꿈꾸어야 하는 걸까. 언제까지 좋아하는 이 일로 밥을 벌 수 있을까. 두려움이 밀려들었다. 내 인생의 최고점은 이미 찍었고, 이제는 내려가는 일밖에 남지 않은 거라면 어떡해야 하나. 산다는 것은 마지막 순간까지 실패하고, 실수하고, 흔들리다 가는 거라는 걸 알면서도 어째서 여행에서는 늘 성공해야 한다고 생각했을까. 여행에서도 일상처럼 주저앉고, 쉬어야 할 때도 있는 건데……

지금까지 그랬듯 하고 싶은 만큼만 하고, 갈 수 있는 데까지만 가면 된다. 즐겁게 할 수 있는 만큼만 하자. 이게 내 여행의 방식 아니었던가. 더이상 내 가슴이 뛰지 않고, 더이상 다른 사람의 이야기에 공감할

396 수 없고, 더이상 걷고 싶지도 않다면, 그때 그만두면 된다. 여행이 더
이상 나에게 다른 세상을 보여주지 않는다면, 아니 내가 더이상 여행
이 보여주는 다른 세계를 받아들이지 못한다면, 그때 배낭을 내려놓으
면 된다. 아직은 아니다. 아직은 두려워할 때가 아니다. 우선 내 체력과
감성이 조금씩 낡고 무디어감을 인정하는 데서 시작하자. 머뭇거릴 수
도 있음을, 느려질 수도 있음을 인정하자. 대신 그렇게 머뭇거리고 느
려지는 틈새로 이십대의 나였다면 놓쳤을 것들이 보일 것이다. 나이들
어가며 내가 잃어버리게 될 것들을 두려워하지 말자. 산다는 것은 결국
죽음을 향해 착실히 한 발 한 발 내딛는 과정이니까. 그렇다면 결국 상
실이라는 것은 내가 살아 있다는 가장 분명한 증거가 아닐까. 죽는 순

간, 더이상의 상실도 없이 모든 것은 완벽하게 끝날 테니까. 너무 많은 질문을 던지며 답을 구하려 애쓰지도 말자. 시간이 흐르며 저절로 찾게 될 것이다. 설령 답을 찾지 못한들 무슨 상관일까. 인생은 질문을 던지는 데에 더 의미가 있는 것을.

아아, 오래도록 코토팍시라는 이름을 기억하겠구나. 나에게 도중에 내려올 수도 있다는 것을 알려준 산이니. 따뜻한 물에 몸을 담근 채 나는 내 두 팔로 몸을 힘껏 끌어안는다.

라틴아메리카
춤추듯 걷다

ⓒ김남희 2014

1판 1쇄 2014년 10월 24일
1판 3쇄 2015년 11월 5일

지은이 김남희 | 펴낸이 염현숙
기획 김소영 형소진 | 책임편집 임혜지 | 편집 김소영 황은주 장영선 박영신 | 모니터링 이희연
디자인 이효진 | 마케팅 정민호 이연실 정현민 양서연 지문희
온라인마케팅 김희숙 김상만 한수진 이천희
제작 강신은 김동욱 임현식 | 제작처 한영문화사

펴낸곳 (주)문학동네
출판등록 1993년 10월 22일 제406-2003-000045호
주소 413-120 경기도 파주시 회동길 210
전자우편 editor@munhak.com | 대표전화 031)955-8888 | 팩스 031)955-8855
문의전화 031)955-1933(마케팅) 031)955-2672(편집)
문학동네카페 http://cafe.naver.com/mhdn | 트위터 @munhakdongne

ISBN 978-89-546-2610-1 03810

www.munhak.com